복숭아나무와
오얏나무는
말하지 않는다

복숭아나무와 오얏나무는 말하지 않는다

한약방 40년
인생 이야기 78첩

동학사

桃李不言 下自成蹊 도리불언 하자성혜(도곡 친필 휘호)

복숭아桃와 오얏李은 꽃이 곱고 열매가 맛이 좋으므로, 오라고 하지 않아도 찾아오는 사람이 많아 그 나무 밑에는 길이 저절로 생긴다는 뜻으로, 덕이 있는 사람은 스스로 말하지 않아도 사람들이 따름을 비유. 사마천 『사기』에 나오는 말이다

2003년 충북서예전에서 아내 박영희와 함께

아내의 빈틈없는 내조는 학문과 한의학 연구에 어려울 때마다 큰 힘이 되어 주었다. 뒤에 보이는 글씨가 대상 수상 작품 〈수택어룡국水澤御龍國〉 원정 최수성의 제벽시.

도곡 당호기 道谷 堂號記 송담 이백순 선생 친필

송담 이백순李栢淳(1937-2012) 한학자. 전남 보성 출생. 조부 낙천 이교천 선생에게 사사. 고향에서 1천여 명의 제자를 가르침. 『한문학 대계』『송담강학론』 10대 경전 완역 등이 있음.

연군延君 만희萬熙가 당호를 도곡이라 함은 비록 지명을 따른 것이나 그 뜻은 독서에 있으니 옛사람의 글을 읽어 실행하게나. 도는 멀리 있는 것이 아니라 초목처럼 뚜렷하다네. 윗사람을 공경하고 아래 사람을 사랑하며 언행을 돈독하게 하시게. 서恕로써 남을 대하고 내가 원하지 않는 것을 남에게 베풀지 말라. 마음을 가라앉히고 조용히 생각하여 옛사람의 자취를 확고하게 지키고 갈 바를 의심하지 말게나. 화和하고, 부화뇌동하지 말며 비루하고 혼탁한 세상으로 흐르지 마시게. 사악한 것을 물리치고 의심하지 말며 탁연卓然히 입각立脚 하시라. 재물은 집안을 보존할 정도면 충분하고 귀중한 것은 오직 학문이라네. 학문이 날로 진전되지 못하면 바로 고락함에 이르게 되나니. 세월은 나를 기다려주지 않아 마치 문틈 사이로 망아지가 지나가는 것과 같다네. 지금 힘쓰지 않으면 궁벽한 오두막에서 슬피 탄식해도 얻을 수가 없다네. 그대가 나를 종유한 지도 아득한 옛날이 되었네. 삼십여 년을 끊임없이 염려해 주며 비용을 아끼지 않고 해마다 좋은 약을 보내주어 내가 조석을 보전 할 수 있다네. 내가 사례할 방법이 없어 몇 글자 적어 보내니 군은 자리 모퉁이에 걸어 놓고 아침저녁으로

보게나. 비록 의업에 종사 하느라 심력이 부족하겠지만 때때로 한가한 틈을 이용하여 경전에 눈을 붙이시게. 내가 일찍이 용심하여 경전을 해석하였으니 날마다 조금씩 전심치지하여 추역하시게나. 조금씩 진전하면 해마다 쌓일 것이니 부디 헛되게 살지 말고 나의 충정을 헤아려 주시게나. – 임오년 여름 송담

생전의 송담 선생. 오른 쪽이 도곡

약제실에서

의술과 인술의 사이에서 본 도곡선생

성백효
해동경사연구소장

이 책은 도곡道谷 연만희延萬熙 선생이 내원한 손님들과 나눈 대화를 기록한 것이다. 이 책을 보면 세상살이를 많이 겪은 시골 할아버지가 겨울철 화롯불에 군밤을 귀주며 주위 사람들에게 재미있는 이야기들을 말씀해주는 듯한 느낌을 풍긴다. 하지만 이것은 연선생이 70평생을 살아오면서 직접 경험한 것을 토대로, 그리고 40년 동안 약방을 운영하면서 터득한 철학적인 사고思考를 환자 또는 그 친족들과 자연스럽게 나눈 대화 기록이다.

철학이라니까 무슨 굉장한 것으로 잘못 인식하는 분들도 있을지 모

르나, 우리 주위에서 일어나는 사건과 사고, 갈등과 모순을 잘 헤쳐 나
가는 것이 인생의 철학이라고 본인은 생각한다.

도곡 연만희 선생은 본래 타고난 성품이 온화하고 겸손하며 인자하
고 자상하다. 첫 인상이 착하게만 보인다. 나는 70년대 초 연선생과 충
남 부여의 곡부강당에서 함께 한문을 배우고 숙식을 같이 했고 그후 격
의 없이 지내온 지가 어언 50년이 가까워진다. 또 80년대 초에는 서울
로 올라오시어 공부하였는데 종종 나와 한의학 서적인『황제내경黃帝內
經』을 펴놓고 읽은 적이 있다. 나는 일찍이 전북 익산의 서당에서 한의
학을 공부하는 친구들을 통해『동의보감東醫寶鑑』과『방약합편方藥合編』
『본초강목本草綱目』등을 읽은 경험이 있다.

84년, 연선생이 '평화한약방'을 고향 도안에 개원하신 뒤로 나는 한
달에 한두 번씩 약방을 방문하여 공짜로 약도 얻어먹고 손님들과 나누
는 대화도 듣곤 하였는데, 언제나 보면 연선생은 환자들의 말씀을 귀담
아 듣고 손님들의 질병을 자신의 질병처럼 걱정해 주었으며, 진지하게
처방하되 환자의 건강이 웬만하면 약을 지어 주지 않고 평소 지켜야 할
건강상식이나 조심하여야 할 음식물, 단방약單方藥을 가르쳐 주었다.
나는 한의원이나 한약방을 찾아갈 때마다 대부분의 의사 선생님이 환
자의 건강상태가 좋지 않으니 값비싼 한약을 몇 제 먹어야 한다고 하는
것을 자주 보았는데, 연 선생은 식생활을 조심하고 마음을 편안하게 갖
으시라며 약을 지어 주지 않는 것이 특징이었다. 또한, 가정형편이 어
려운 분이나 친구들에게는 최소한의 약재 값만 받거나 아니면 아예 공
짜로 지어주기도 하였다. 이러는 것이 하루에도 여러 번이었다. 한약

방도 영업인 이상 이익이 남아야 한다. 그래서 나는 연선생의 이러한 모습을 보고 내심 염려하여 '저래 가지고 장사가 되겠나' 하는 의구심을 떨쳐버릴 수가 없었다.

또한 연선생은 한약재를 고르는 안목이 높아 최고 좋은 것이 아니면 쓰지 않는다. 30년 전 나는 연선생과 서울의 경동시장에 가서 함께 한약재를 고르곤 하였는데, 건재乾材상회의 주인이나 종업원들이 "평화당에서 가져갈 약재는 지금 없습니다"라며 손사래를 치는 것을 자주 경험하였다. 그래서 내가 은근히 물어보았더니 "저 연선생은 가격을 따지지 않고 최상의 한약재만을 고집하여 웬만한 약재는 거들떠보지 않는다"는 것이었다. 나는 이것이 오늘의 연선생을 있게 하고 평화한약방을 있게 한 비결이라고 장담한다. 연선생은 원래 비방이니 비결이니 하는 것이 없다. 평범한 진리가 성공의 열쇠요, 성실한 자세가 성공의 비결인 것이다.

연선생이 이제는 한의학에 있어 입신入神의 경지에 든 것으로 보인다. 환자만 보고도 정확한 진단을 한다. 옛날 명의인 편작扁鵲처럼 말이다. 물론 이것은 끊임없는 연구와 임상실험을 통한 결과이겠지만 무엇보다도 욕심이 없기 때문에 마음거울이 밝아진 이유에서이리라. 게다가 환자를 배려하여 고통을 함께 나누려는 인자한 태도와 겸허한 자세, 최상의 한약재만을 사용하는 그 진실성이 오늘의 성공을 있게 한 것이다.

서양의 말에 '하늘은 스스로 돕는 자를 돕는다' 하였다. 자신을 위해 노력하는 자를 하늘이 돕는다는 뜻이리라. 그리고 우리 선현의 말씀에 '인자仁者의 말은 애연藹然하다.' 하였다. 인자한 사람의 말씀은 정감어린 온기가 물씬 풍긴다는 뜻이다.

그동안 연선생은 40년간 한약방을 운영하여 얻은 수익으로 수많은 자선사업을 해 오셨다. 한학의 맥을 잇기 위해 '회인서당懷仁書堂'을 열고 이상규李相奎선생을 초청하여 전통 한학을 이어오고 있으며, 매년 거액의 장학금을 쾌척하여 지방의 어려운 학생들에게도 많은 혜택을 주고 있다.

연선생은 한학에도 조예가 깊으며 서예에도 능하시다. 그러나 글을 쓰는 것은 익히지 않았는데, 이 책을 읽어보면 구수한 이야기와 다정한 말씀이 사람의 가슴을 훈훈하게 한다. 동양 의서醫書에 질병을 치료하는 것은 마음을 다스리는 것이 최고이다 라고 하였다. 우리 속담에도 엄마 손이 약이라 하였다. 연선생의 인자한 모습을 보고 이 책을 읽어 마음을 순화한다면 웬만한 질병은 약물이나 수술하지 않고도 치료될 것이다.

이 책이 더욱 많이 읽혀 많은 사람들의 가슴을 따뜻하게 해 줄 것을 기대하며, 50년 동안 연선생을 지켜보면서 느낀 감회를 두서없이 기록하는 바이다.

도곡선생, 구도자로서의 참삶

김기현

전북대 명예교수

세월이 흐르는 물과도 같다고 했던가. 도곡道谷 연만희 형을 알게 된지가 어언 50년이 다 되어간다. 부여(은산면 고부실) 서당에서 처음 만나 함께 생활할 때의 한 장면이 아직도 기억에 생생하다. 어느날 밭에 나가 쭈그리고 앉아 감자를 심어 나가는데 옆에 있던 형이 진한 충청도 사투리로 뜬금없이 질문을 던졌다. "김 형, 산다는 게 뭐유?" 어떻게 대답을 할 수 있었겠는가. 나 역시 삶의 의미를 몰라 방황하고 있었으니 말이다. 형이 서당을 찾은 것도 어쩌면 나와 같은 이유에서였으리라. 선현들의 글을 통해 삶의 절실한 의문을 풀고 싶었던 것이다. 우리의 우정은 그러한 '동병상련' 속에서 다져졌다.

이후 형은 곡절 끝에 한의학에서 삶의 진로를 찾았다. 참으로 삶의 제자리를 얻은 것으로 여겨졌다. 세상물정에는 그렇게 어두운 사람이 한의학에 관해서는 그리도 식견이 깊고 밝았기 때문이다. 정말이지 '삶의 제자리'를 찾는 것은 결코 쉬운 일이 아니다. 한번 자문해 보자. 내가 지금 이 자리(직업)에서 종사하고 있는 일이 진정으로 자신의 적성에 맞고 삶에 만족을 주고 있는가? 내가 평생에 걸쳐서 추구하고자 하는 삶의 의미와 가치를 이 자리에서 실현하고 있는가? 기껏 생계와 출세를 위한 방편으로 이 자리를 택한 것은 아닌가? 사실 나 자신만 하더라도 대학 강단에서 정년을 맞았지만 교수가 내 삶의 자리였는지 지금도 자신있게 말하지 못한다. 정말 그 자리가 나에게 주어진 천명天命, 즉 하늘의 소명이었을까? 거기에서 참삶의 의미와 가치를 찾아 실현했을까?

그런데 형은 삶의 제자리를 찾은 것 같았다. 사람들의 질병을 치료하고 생명을 구하는 인술仁術에서 말이다. 이는 형이 그것을 생계유지의 방편으로 얻었다는 뜻이 아니다. 그동안 가까이서 지켜본 내 생각에 그 자리는 직업적인 의미를 넘어 어쩌면 형이 고등학교 졸업과 함께 고민 속에서 갈구하던 삶의 의미를 찾아 풀어나가는 현장처럼 보였다. 이렇게 생각해 보자. 삶의 의문은 생로병사의 번민과 고통에 대한 성찰에서 비롯된다. 그러한 성찰을 모르는 사람이라면 삶에 대해 어떤 회의도 없이 그저 세상사에 가볍게 부침하면서 덧없이 일생을 마칠 것이다. 그런데 (한)의학은 온갖 번민과 고통의 원천인 '늙음과 병듦'을 성찰하고 임

복숭아나무와 오얏나무는 말하지 않는다

상으로 마주하면서 사람들의 아픔을 치료하려 한다. 그러므로 그 분야는 형이 젊어서부터 가져온 삶의 의문과 고민을 풀어나가는데 매우 적절한 자리였을 것으로 보인다.

많은 사람들이 이러저러한 아픔으로 '평화한약방'을 찾는 이유도 여기에 있을 것이다. 그것은 기본적으로 그들을 대하는 형의 삶의 정신에 있는 것처럼 보인다. 그들을 단순히 돈벌이의 '고객'으로 여기지 않고, 자신과 마찬가지로 생로병사의 아픔에 고통 받는 사람으로 마주하면서, 그들의 고충을 진지하게 들어주고 그들과 함께 아파하며 따뜻한 마음으로 위로하기 때문에 사람들이 찾아오는 것이다. 그처럼 형은 사람들을 약물로 치료하기 전에 인생 상담을 통해 심리치료를 선행하는 것 같다. 그것이 질병을 치료하는 전문가들에게 요구되는 가장 훌륭한 덕목이 아닐까? 나는 형을 찾아가면 종종 실례를 무릅쓰고 그 자리에 참관하여 그러한 모습을 목격하곤 하였다.

옛글에 '감공형평鑑空衡平'이라는 말이 있다. 텅비고 깨끗한 거울처럼, 어느 한편으로 기울지 않고 평형을 유지하는 저울처럼 마음을 가져야 한다는 뜻이다. 살아가면서 매사를 어떠한 선입견과 편견도 없이 맑게, 본래 면목으로 바라보고 처사하라는 것이다. 우리 모두가 좌우명으로 삼아야 할 내용이다. 특히 마음이 욕심으로 얼룩지면 세상이 온통 일그러진 채로 비쳐질 것인 만큼, 평소 자신의 내부에서 욕심의 발동 여부를 주의 깊게 살필 일이다. 세계와 삶의 참되고 아름다운 모습은 그러한 '감공형평'의 눈빛에만 현전할 것이다.

언젠가 형은 나와 이야기를 나누는 중에 저 글귀를 마음 깊이 새겨두고 있다고 말한 적이 있다. 약방으로 찾아오는 사람들을 아무런 욕심 없이 그처럼 맑고 깨끗한 마음으로 대면하겠다는 것이다. 형이 전문적인 관상가에 못지않게 뛰어난 관형찰색으로 신기하게도 사람들의 질병 유무와 성품, 때로는 운세까지도 정확하게 짚어 내는 것은 아마도 평소 그러한 마음 수양의 덕분일 것으로 보인다. 형의 이 책은 그러한 경험담을 인생 이야기와 함께 진솔하게 엮어 내고 있다.

하지만 형은 이것으로 만족하지 않는 것으로 보인다. 한의학의 무한한 세계 앞에서 자신의 턱없는 식견을 종종 토로함은 물론, 한편으로 젊어서부터 가져온 삶의 의문을 나에게 던지곤 하기 때문이다. 한마디로 말하면 나는 누구이며 참삶의 의미는 무엇인가 하는, 가장 근본적인 질문이다. 이에 관해서는 나 역시 여전히 답을 찾지 못하고 있다. 기껏 내가 할 수 있는 말은 한 가지 밖에 없다. 마지막 숨을 거두는 순간까지 함께 구도求道의 정신을 놓지 말자는 것이다. '나를 사랑하며 좋아하는 사람과 손잡고 함께 길을 가는'[惠而好我 攜手同行: 〈詩經〉] 것만으로도 이미 참삶의 한 가닥은 잡은 것이 아닐까?

복숭아나무와 오얏나무는 말하지 않는다

한약방 40년…
하고 싶은 이야기, 남기고 싶은 이야기

도곡 연만희

나는 1952년 4월 11일 괴산군 도안면 석곡리에서 9남매 중 막내로 태어났다. 고등학교를 졸업하고 나니 가정형편이 어려워 어머니는 나한테 남들처럼 빨리 취직해서 돈을 벌어야 한다고 당부하셨다. 그러나 몸이 왜소하고 공부를 잘 하지 못했던 탓에 사회 진출은 두렵기도 하고 어려움도 많았다. 이런저런 고민을 하다 보니 자연스럽게 '산다는 게 무언지' 계속 자문하면서 마음의 방황을 거듭하였다.

그러던 어느 날 윗방 귀퉁이에 처박혀 있던『한석봉 천자문』이란 책이 눈에 들어왔다. 붓글씨로 쓰여 있는 것이 보기 좋아 그걸 배움으로

써 삶의 고민과 방황에서 벗어나고 싶었다. 지도해 주실 분이 필요해서 아버지에게 여쭈었다. "아버지! 저 한문 공부 하고 싶은데 어디 가면 배울 수 있나요?" 아버지가 잠시 나를 쳐다보시더니 기뻐하시며 말씀하셨다. "그러냐? 잘 생각했다. 우리 집안에 학자가 없어 축문 읽을 사람도 없었는데 네가 어떻게 그런 생각을 했느냐? 십여 리 떨어진 곳에 류기영柳基永 선생이 있는데 한학자이며 풍수에도 조예가 깊은 분이다. 내가 잘 아는 분이니 부탁하면 잘 가르쳐 줄 것이다. 내일 당장 찾아가 뵙자구나."

나의 한문 공부는 그렇게 시작되었다. 2년여를 공부하던 중 선생님께서 개인사정으로 더 가르쳐주실 수 없음을 안타까워하시면서 말씀하셨다. "우리나라는 지형상 못자리판 같아서 태어난 곳에서 살게 되면 큰 결실을 맺지 못한다. 모판에서 자란 것을 논에 나누어 심어야 많은 수확을 하는 것처럼 고향을 떠나 세상을 넓게 보고 뜻을 크게 가져라."

청천벽력 같은 말을 듣고 어떻게 집으로 돌아왔는지 모르겠다. 며칠간 마음을 잡지 못하고 힘들어 하던 중 우연히 부여군 은산면 가곡리 곡부서당 서암瑞巖 김희진金熙鎭 선생에 대한 이야기를 들었다. 뒷날 알고 보니 구한말 호남의 대유학자였던 간재艮齋 전우田愚 선생의 학맥을 정통으로 이으신 분이었다. 당장 편지를 드렸더니 선생님께서 바로 답장을 보내주셨다. 당장 오라는 것이었다. 고민과 방황의 삶에 서광이 비치는 것처럼 보였다. 선생님의 수제자인 성백효 사형을 처음 만난 것도 그 자리에서였다.

선생님은 나에게 '뜻을 세우는 것이 공부의 첫걸음'이라 하시면서 율

복숭아나무와 오얏나무는 말하지 않는다

곡栗谷 선생의『성학집요聖學輯要』에서부터 시작하여『대학』,『논어』,『맹자』,『중용』을 읽도록 해주셨다. 아침 일찍부터 저녁 늦게까지 학우들의 글 읽는 소리가 어찌나 낭랑하고 좋은지 나도 덩달아 공부가 되는 느낌이었다. 게다가 선생님의 인자하고 너그러운 성품은 내 평생 본받고 싶은 무언의 가르침이었다.

이후 3년의 군복무를 마치고 서당에 복귀했지만 삶의 방황이 다시 도져 고민하던 중 전남 보성에 있는 서당을 알게 되었다. 역시 간재 선생의 학통을 이어받으신 송담松潭 이백순李栢淳 선생이 훈장으로 계셨다. 몇몇 동문 형들과 함께 갔는데 선생님은『중용』의 박학博學, 심문審問, 신사愼思, 명변明辨, 독행篤行의 정신을 공부자세로 강조하시면서 나에게는『통감강목』을 가르치셨다. 한편으로 강직하고 시비곡절을 분명히 하셨던 선생님의 언행 또한 나에게는 무언의 가르침이었다.

하지만 서당생활을 언제까지나 할 수는 없는 일이었다. 목구멍이 포도청이었기 때문이었다. 우연히 한의학에 대한 관심을 갖게 된 계기가 있었다. 부여의 서당시절 몸이 몹시 아팠을 때 성백효 사형이 처방해준 한약을 먹고 나았던 것이다. 마침 충북 음성에서 개업 중이신 구봉九峯 정조헌鄭祖憲 선생님을 소개받고 찾아뵈었다. 학처럼 깨끗한 모습이 신선 같았다. 눈을 지그시 감고는 말씀하셨다. "그간 많은 사람들이 약을 배우러 왔는데 제대로 배운 사람 하나도 없었다네. 그런데 자네의 얼굴을 보니 의원이 될 것 같구먼. 무엇보다도 많은 한의서를 읽어 지식을 쌓도록 하게. 그리고 약값을 생각하기 이전에 환자의 마음과 처지를 역지사지하면서 측은지심으로 대해야 한다네." 선생님을 처음 뵈었을 때

해주신 이 말씀은 그 후 나의 생활신조가 되었다. 나는 선생님의 지도 속에서 정말 열심히 공부하였고 1983년 한약업사 국가시험에 합격하여 고향에서 '평화한약방'이란 간판을 걸고 개업을 하였다.

하지만 처음에는 참으로 어려움이 많았다. 의학지식이 부족한 것은 물론 환자를 관형찰색하는 안목을 갖지 못하였기 때문이었다. 이에 한의서들을 이리저리 섭렵하였고, 특히 『마의상서』를 비롯한 관상 책들을 두루 열람하였다. 그러면서 환자들을 대하니 점점 질병과 체질은 물론 그 분들의 성격까지도 눈에 보였다. 많은 경우 환자의 고충을 듣기 전에, 그들을 진맥하지 않고도 증상을 알아내는 것도 이러한 공부 덕이었다. 사람들은 종종 이를 두고 쪽집게 같다고 놀라기도 하지만, 한의학의 깊이와 인체의 신비 앞에서 나는 여전히 턱없이 부족함을 자각한다.

그렇게 지내오던 중 어느 가을날 아내(박영희)가 뜬금없는 제안을 하였다. 그 동안의 경험을 책으로 출판해보면 어떻겠냐는 것이었다. 아내가 나와 환자 사이에 오가는 대화를 종종 보고 들으면서 생각한 모양이었다. 사실 나는 단순히 환자의 질병 유무만 따지지 않는다. 질병을 유발하는 환자의 생활사와 가정환경, 사회생활까지도 때때로 묻고 경청한다. 예를 들면 두통과 소화불량의 원인이 어찌 해당기관의 결함에만 있겠는가. 어쩌면 부부생활이나 시부모를 모시는 환경, 직장생활에서 비롯될 수도 있을 것이다. 그렇게 해서 환자와 이야기를 나누다 보니 아내에게는 그 자리가 마치 인생 상담실처럼 보이기도 했을 것이다. 나는 많은 환자들과 대화하면서 삶에 대해 수많은 가르침과 깨달음을 얻었다. 이 책은 그것들을 정리한 것이다. 여기에는 우리 보통사람들

복숭아나무와 오얏나무는 말하지 않는다

이 지나온 삶의 곡절들을 다양하게 담고 있다. 이 자리를 빌려 그 모든 분들에게 고마움을 표한다.

하지만 못난 글들을 써보니 엉성하고 문법에 맞지 않는 것들이 수두룩하였다. 고맙게도 아내가 그것들을 꼼꼼하게 읽으면서 바로잡아주었다. 아내에게 깊은 감사를 표한다. 특히 신혼 초 몹시 어려웠던 살림 시절을 생각하면 지금도 짠하고 미안한 생각이 든다. 그리고 못난 책의 추천서를 흔쾌하게 써주신 이 시대의 큰 한학자 성백효 선생과 전북대 명예교수 김기현 형에게 머리 숙여 감사드린다. 끝으로 이 책을 평생 자식 걱정으로 사셨던 부모님의 영전에 삼가 올린다.

2021년 봄 우거寓居에서

1

약 한 첩에
인생 이야기가
두 첩인 까닭

남편 체면을 살려주고 싶은 부인의 마음

　　　　　　　　가끔 부인과 아들딸을 데리고 와서 약을 지으시는 남자 분이 대전에서 오셨다. 근골이 약한 아이들의 척추측만증을 걱정하고, 공부하는 데는 머리가 맑아야 한다며 총명탕을 지어가시는 분이신데, 오늘은 혼자 오셔서 한탄하듯이 말씀하신다.

"나도 이제는 마누라나 자식만 먹일게 아니라 내 몸을 위해 기력을 보충해야 되겠어요. 집사람이 함께 가자고 하는데 기분 나빠서 '당신 볼일이나 보라'고 하고는 저 혼자 이렇게 왔습니다. (잠시 고개를 떨구며) 참으로 여자의 마음은 알 수가 없네요." 그리고는 며칠 전 부인과 말다툼한 이야기를 늘어놓는다.

"선생님이 제 마음을 알아줄 것 같아 말씀드립니다. 참으로 어려울 때 결혼하여 자영업을 하면서 때로는 식사도 못하고 다른 사람보다 열심히 일해 온 결과 지금은 중산층으로 살고 있습니다. 그런데 집사람

　　　　　　　　　약 한 첩에 인생 이야기가 두 첩인 까닭

이 시댁과 친정을 대하는 태도가 달라졌습니다. 우리 부모님한테 갈 때는 옷이나 음식을 조금만 사가지고 가도 엄청 대단한 것처럼 호들갑을 떨면서 '이 집안에 나 같은 며느리를 얻은 것은 복'이라고 콧대를 세우고, 친정에 갈 때는 식구도 별로 없는데 고기와 과일 등 먹을 것을 트렁크에 잔뜩 싣고 가서는 인근에 사는 처남과 처제까지 불러들입니다. 또 고급 식당으로 처가 식구들을 데리고 가서 실컷 먹고는 식사비는 항상 제가 지불하게 합니다. 말을 할 수도 없고 은근히 화가 치미네요."

나는 이 분이 나를 믿고 부부생활 이야기를 숨김없이 하시는 분이구나 생각하고는 여쭈어보았다.

"그래서 무엇이 불만이세요?"

"며칠 전 장인어른 생신이었지요. 처남 처제 6남매가 있는데도 10여 년 넘게 장인 장모 생신이면 모든 비용을 항상 제가 내왔습니다. 이번에도 '어련히 또 내겠지' 하고 집사람이 생각하는 것 같아 은근히 화가 치밀어 자리가 끝날 즈음 살며시 빠져나와 차를 마시고 있었지요. 그러자 집사람한테 전화가 와서 받아보니 '어머님이 ○○아빠 어디 갔냐. 빨리 오라고 해라' 하네요. 이것 또 분명히 나한테 계산하라고 하는구나 생각하고는 손님하고 사업 이야기로 좀 늦을 것 같으니 부모님 모시고 먼저 가면 따라가겠다고 말하고 전화를 끊었습니다.

그런데 조금 있다가 바로 또 전화가 오더라고요. '모두가 당신을 기다리고 앉아있다'고요. 어찌 처갓집 식구들은 내가 돈 쓰기를 바라는 걸까요? 처남들도 중소기업을 경영하며 나보다도 잘 살고 있는데 사위 돈은 아무렇지도 않게 생각하는 이유가 무엇일까요? 이런 저런 생각을 하며 식당으로 가니 아니나 다를까. 장모님이 '사위 어디 갔다 오는가?' 하고 벌떡 일어나면서 '우리 식사 맛있게 잘 먹었네.' 하시는 것 아니겠어요? 억지로 웃으면서 '바쁜 일이 있어서요' 대답하고는 카운터로 가서 음식값을 지불했습니다. 그리고는 돌아서서 식구들 얼굴을 보니 모두가 당연한 것처럼 생각하는 것 같고, 저한테만 바가지를 씌우는 것 같아 바보스러운 느낌이 들더군요.

불편한 마음으로 집에 오면서 집사람한테 '부자로 사는 오빠들도 있는데 우리만 이렇게 10여 년 넘게 사야 하느냐'고 말을 꺼냈습니다. 그랬더니 집사람 말이 '1년에 두 번 부모님 위해 쓰는 것이 그렇게 아깝냐'며 반문하더라고요. 그러면서 하는 말이 '그 때문에 자리를 피했다는 것도 다 알아요' 하더군요. '이 사람아, 아까워서 그러는 게 아니라 형평에 어긋난다는 것이지. 나보다 잘 사는 처남들은 부모님 위해 돈을 쓰면 안되나?'그랬더니 집사람도 '나도 어려운 집에 시집와서 이 정도 살게 되었으니 이제는 친정 부모님에게 효녀라는 소리를 듣고 싶어요.'

말소리가 점점 커지면서 옥신각신하게 되었지만, 나중에는 스스로가 부끄러워지더군요. 결국 '집사람 말대로 어려운 집에 시집와서 자식 남매 두고 잘 살면 그것으로 만족해야지' 하는 마음으로 억지로 자위했습니다만, 영 불만이 안 가시네요. 이제는 저도 자신의 몸을 위해서 기력도 보충해야겠으니 선생님께서 보신약을 잘 좀 지어주세요."

나는 조심스럽게 조언을 드렸다.

"한약방을 30년 넘게 해서 알겠는데, 자식이 부모님을 모시고 약을 지으러 오면 부모님이 '나는 건강하니 너희들이나 약 먹고 건강하라'면서

약 한 첩에 인생 이야기가 두 첩인 까닭

자식이 돈 쓰는 것을 아까워하세요. 반면에 딸 사위가 부모님을 모시고 약을 지으러 오면 장인 장모는 얼굴에 희색이 만면하여 사위자랑을 한답니다. 사모님도 어쩌면 친정 식구들에게 사장님을 자랑하고 싶어서 그러시는 것 아닐까요? '당신들의 사위, 즉 우리 남편이 이렇게 잘 살고 또 너그럽다'고 말하고 싶으신 거지요. 그러므로 이제 처남이나 처제들과의 형평을 따지지 말고 기쁜 마음으로 베풀어주시면 어떨까요?

모든 일이 마음먹기 나름입니다. 선행도 마지못해 하면 억울하고 기분 나쁠 것이요, 즐거운 마음으로 하면 그게 바로 행복입니다. 정말 세상만사가 마음먹기 나름이지요. 사장님이 마음을 바꾸지 않으신다면 처갓집과의 관계 이전에 부부생활에서도 행복을 누리실 수 없을 겁니다. 처갓집 생각하면 짜증스럽고 불만스럽기도 하겠지요. 하지만 재산도 넉넉하신데, 사모님을 기쁘게 해 줄 수 있다면 그게 바로 행복 아닐까요? 어떻게 하면 서로를 기쁘게 해 줄 수 있을지 사모님과 허심탄회하게 의견을 나누어보시길 바랍니다."

"훌륭한 말씀 고맙습니다. 저의 사랑이 부족했던 것 같아 반성되는군요. 집사람이 저의 체면을 살려주려는 마음을 갖고 있는 것처럼, 앞으로는 저도 집사람의 입장에서 생각하도록 하겠습니다."

인사하며 나가시는 그 분의 표정에 밝음이 번지고 걸음걸이가 가벼워 보인다.

인정의 교류

　　2017년 대통령 선거 날, 지난해와 마찬가지로 단골 할아버지께서 하와이에서 찾아오셨다. 십팔 년째 해마다 오시고 있다. 이번에도 선생님께 드릴 선물이라며 초콜릿, 마카다미아 등 여러 가지를 내놓으신다. 할아버지를 반갑게 얼싸안고 안부를 여쭈었다.

　　"이제 제 나이 여든네 살입니다. 비행기를 오래 타다보니…… 나이는 어쩔 수 없는 것 같군요. 내년에는 못 올 것 같아요. 비행기 타기도 너무 힘들고 몸이 버티지를 못하는 것 같네요. 그래서 이렇게 아들과 함께 왔습니다."

　　나는 문득 아버지 생각이 나면서 눈물이 왈칵 쏟아졌다. 할아버지 손을 잡고 포옹하면서 왜 그런 약한 말씀을 하시냐며 눈물 섞인 대답을 하였다. 할아버지의 정직하고 부지런한 모습을 앞으로 또 다시 뵐 수 없다는 생각에서일까? 사실, 올해 오시면 녹용 넣은 보약을 한 제 지어

　　　　　　　　약 한 첩에 인생 이야기가 두 첩인 까닭

드리려 했었다.

"앉으시지요."

말을 하면서 얼굴을 쳐다보니 또 다시 눈물이 쏟아졌다. 할아버지의 눈물, 나의 눈물, 급기야 같이 온 아들도 따라 울기 시작했고 휴지로 흘러내리는 눈물을 서로 닦아주었다.

"왜 그런 말씀 하셔요. 아직 엄청 건강하신데요."

그러자 할아버지는 계속 눈물을 흘리며 아무 말씀도 안 하시고 나를 쳐다보신다.

"제가, 더욱 건강 하시라고 보약을 선물로 지어드릴 테니 못 오신다는 생각 마셔요."

"그러면 안 되지요, 선생님. 돈을 많이 받으세요."

"어르신, 사람이 살아가는데 물론 돈도 필요하지요. 하지만 저는 돈보다는 전국 각지와 어르신처럼 외국에서까지 저를 알고 찾아 주시는 분들이 더 소중하다는 것을 잊지 않습니다. 여러 가지로 부족한 저를 신뢰해주시는 것이야말로 가장 커다란 기쁨입니다. 그래서 혹시 환자들에게 욕심을 갖고 대하지는 않는지 수시로 반성하면서 환자들과 아픔을 함께하고 기쁨과 슬픔을 나누려 노력합니다."

"그렇지요. 그래서 저도 다른 한약방 안 가고 이렇게 선생님 얼굴을 뵈러 오는 것이랍니다. 선생님을 뵙는 것만으로도 큰 기쁨입니다."

"어르신한테 보약 한 제 값 안 받는다고 가난해지지는 않습니다. 오히려 멀리서 저를 찾아주신 것만으로도 마음이 부자가 되는 걸요."

"선생님의 속뜻을 잘 알았습니다. 약 찾으러 아들을 보내겠습니다."

약방을 나가시는 길에 다시 한 번 손을 맞잡고 인사하고 돌아서니 또다시 가슴이 찡하며 눈물이 핑 돈다.

3일 후 아들이 약을 찾으러 왔다. 아들이 떠난 뒤 직원이 과일 두 박스와 함께 편지 봉투를 건네준다. 봉투를 열어보니 10만 원과 함께 아드님의 편지가 들어 있다.

선생님께 드리는 전상서
저는 하와이에서 온 허○○씨 아들 허○○입니다.
우선 선생님께 너무너무 감사드립니다.
매번 저의 아버지께 따스한 온정과 한약을 지어주셔서 제가 몸둘바를 모르겠습니다.
어떠한 글이나 선물을 드려도 선생님의 따스한 온정에 100분의 1도 안 되는 것 알고 있습니다.
다시 한번 감사드리고 고맙습니다.
건강하시고 즐거운 하루하루 보내시길 바랍니다.
그리고 제가 조그마한 보답으로 과일과, 얼마 안 되는 봉투를 드립니다.
와이셔츠를 사드리려 했는데 사이즈를 잘 몰라서 죄송하고 감사합니다.
선생님 건강하세요.

즉시 아드님한테 전화해서 왜 이러느냐고 정색했지만, 아버님이 그렇게 해야 마음 편하다고 하시면서 다시 한 번 선생님께 감사드린다고 말씀드리라고 하셨다고 한다.

약 한 첩에 인생 이야기가 두 첩인 까닭

나는 정말 행복한 사람이다. 환자와 약을 매개로 관계를 맺지만 이토록 깊게 인정을 나누니 그것을 어떻게 돈으로 환산할 수 있을까. 억만금을 주고도 살 수 없는 기쁨이요 보람이다. 만약 환자 앞에서 마음속으로 약값이나 계산했다면 이러한 기쁨과 보람을 얻을 수 없었을 것이다. 행복은 물질이 아니라 따뜻한 마음과 순수한 인간관계에서 생겨난다는 사실을 다시 한번 느낀다.

60대 초반으로 보이는 여성이 목을 꼿꼿하게 세우고 머리를 바짝 들고 들어오는데 매우 강한 인상이다. 얼굴을 보니 천이궁까지 털이 나서 이마가 삼각형 모양으로 좁아 보인다. 나는 마음속으로 이마가 저렇게 생기고 머리를 바짝 들고 강해 보이면 여성이라도 위맹지상威猛之相(무섭고 사나운 상)이다. 이런 상을 가진 여성이라면 두세 번 시집을 갈 텐데... 또한 과부가 되거나 이혼하는 것을 막으려면 후처로 가거나 늦게 시집을 가야 흉한 것을 면할 텐데... 이렇게 생각을 하고 있는데 여성 분이 먼저 대뜸 이렇게 말을 한다.

"옆집 친구가 여기 선생님이 잘 본다고 해서 왔는데 잘 봐주세요."

"사모님은 얼굴을 보니 체질을 강하게 타고나 부지런하서요. 그런데 이런 말을 해서 미안하지만 남편 사랑이 부족한 것 같네요. 시집을 일찍 가면 후회하고 힘든 생활을 하며 살아야 되는 상으로 보이는데..."

일단 관상학상으로 이렇게 말하자, 약간 놀라는 듯하더니 강한 목소리로 응대한다.

"아니! 내 몸이 안 좋아서 왔는데 선생님은 왜 그런 말씀을 하세요?"

나는 조금은 부드러운 말투로 대답을 하였다.

"그렇지요. 그런데 병을 치료하자면 원인부터 찾아야 하는 게 맞지 않겠어요? 병의 원인도 모르고 환자가 말하는 대로 증상만을 좇아 약을 쓰면 발본색원拔本塞源이 안 된다는 거죠. 그래서 말인데 사모님. 혹시 시집을 일찍 간데다 두 번 결혼하지 않으셨어요?"

이 말을 듣고는 나를 넌지시 쳐다보면서 조금 있다가 되묻는다.

"두 번 결혼한 것 하고 병 하고 무슨 관련이 있나요?"

여전히 못미더운 듯한 질문이지만 그래도 놀라움을 감추지는 못하는 표정이다.

"조금 전에 발본색원이라는 말씀을 드렸듯이 원인을 찾자는 것입니다. 아마도 사모님은 밤이 무서울 겁니다. 저녁때만 되면 가슴이 갑갑한 게 수시로 열이 올랐다 내렸다 하면서 땀도 나고 잠도 잘 안 오고 한숨이 나면서 불안한 마음이 들 거예요. 이러한 사실을 아무도 모르고 사모님 자신만 알 겁니다."

부인이 잠시 한 곳을 응시하더니 나를 쳐다보고는 그제야 마음속 얘기를 털어놓는다.

"저~ 사실은요. 스물둘에 결혼해서 아이 하나를 낳고 살다가 애기가 세 살 때 남편과 헤어졌어요. 이별 후 4년이 지나고 현재 남편과 지금까지 살고 있는데 제 팔자가 그런 건지 선생님 말씀하신 대로 다 맞네요.

불면증에 시달리면서 가슴이 갑갑하여 열이 나는 증상 때문에 병원에 가면 신경성이라고 하고, 또는 화병이라고 하는데 도대체 효험이 없어요. 이제는 병의 원인이라도 알고 싶어서 이렇게 찾아오게 되었습니다.

사실 전남편은 조금도 생각이 안 나는데 헤어진 자식 생각은 나더라고요. 제 속으로 낳은 자식인데 보고도 싶지만 안 보고 살고 있는 것이지요. 모든 것을 잊으려고 재가해서 딸을 하나 낳았는데 이 딸도 지금은 시집가서 애 낳고 잘 살고 있어요. 그런데도 이 외손자만 보면 옛날 자식 생각이 자꾸만 난답니다. 이혼한 뒤로 말을 꺼내진 않았지만 자식 생각에 많이 괴로웠어요. 결혼 전에 집안 형편이 어려워 학교 공부도 못하고 일찍이 공장에 들어가 야간작업까지 해서 돈을 조금 저축했는데 아버지께서 안쓰러우셨는지 괜찮은 사람 있으니 일찍 시집 가 편하게 살라 하셨어요. 그래서 맞선을 보았는데 매우 성실하게 생겨서 바로 결혼을 했지요.

남편 사랑을 받으며 행복하게 살려고 꿈을 키웠지만 모든 게 수포로 돌아갔답니다. 아이 하나 낳고 그때부터 남편은 나를 구박하고 생트집을 잡으며 밥상을 뒤엎고 자신이 결혼을 잘못했다고 소리소리를 지르고 하는 것이었어요. 저의 소박한 꿈이 다 날아가 버리고 아이를 안고서 매일매일 울지 않은 날이 없었어요. 속이 갑갑하고 너무나 무서워 약 먹고 죽을까도 생각했었지만 죄 없이 태어난 아기의 맑은 눈, 작은 손발을 보며 그러면 안 된다고 마음을 고쳐먹곤 했었지요. 구박은 계속되고 애기 세살 때 도저히 참을 수가 없어서 아기는 남편이 맡기로 하고 이혼을 했답니다. 알고 보니 좋아하는 여자가 있었던 것이었어요.

약 한 첩에 인생 이야기가 두 첩인 까닭

헤어진 후 무작정 인천으로 가 식당에서 일하던 중에 나의 부지런한 모습을 보아서 그런지 어떤 남자가 계속해서 같이 살자고 하더라고요. 저에 대한 과거를 털어놓고 이야기를 했지만 모든 것은 묻지 않는다 하면서 현재가 중요하지 과거는 문제가 안 된다며 1년 이상을 따라다니는 것이었어요. 또 제 마음이 움직이기 시작하여 이혼한 지 5년 후 결혼하여 딸 하나를 낳은 것입니다. 그 아이도 시집을 가서 이제는 걱정 없이 살고 있는데 그 때 떼어놓고 온 자식에 대한 그리움이 항상 남아 있습니다. 지금 남편이 착해서 내 마음을 알아주니 다행이라고 생각하고 살아가지만 죄인 같은 생각이 자꾸 들어요. 딸도 제가 재혼한 것은 모른답니다. 이제 선생님께서 말씀하신 제 병의 원인을 알 수 있을 것 같네요. 앞으로는 어떻게 되겠어요?"

자신이 살아온 이야기를 쭉 하고는 "앞으로는 어찌 될 것 같냐"며 묻는 부인의 질문에 나는 어떻게 대답을 해야 할지 잠시 고민하지 않을 수 없었다. 지금껏 굳세게 살아온 부인에게 앞으로의 인생도 희망이 있다는 메시지를 주고 싶었다.

"저는 관상을 전문으로 보는 사람은 아니지만 마음을 화평하게 가지시고 좋아하는 음악도 듣고, 모든 것을 긍정적으로 생각하면서 살아가신다면 말년 운세는 좋으시겠네요."

이 말을 들은 부인이 안도의 표정을 지으면서 즉시 응답한다.

"제 마음이 편해지는 것 같네요. 선생님이 제 몸 상태와 살아온 것을 잘 아시잖아요. 그러니 선생님이 하라는 대로 약을 먹을 테니 약 좀 잘 지어주세요. 좋은 말씀 많이 듣고 가게 되어 기분이 좋아져 약효를 잘 볼 것 같네요."

환자들을 만나 이야기를 나누다보면 별의별 기구한 인생도 많아 때로 마음이 답답하고 애잔해지기도 한다. 한편으로 인생의 지혜를 많이 배우기도 한다. 이 분들이 몸의 건강은 물론 마음의 행복을 얻을 수 있도록 어떻게 도와드려야 할까? 나는 약을 짓는 사람일 뿐, 인생 상담사가 아니지만 공연히(?) 마음이 무거워진다. 직업적인 관심 이전에 인간적인 연민 때문이리라.

구박당한 어린 시절의 트라우마

                     남자 분은 체격이 크고, 여자 분은 입이 약간 튀어나온 모습이 말을 잘하여 재미있게 살 것 같아 보인다. 두 분은 70대 초반의 부부다.

"사장님과 사모님이 엄청 다정해 보이네요. 누가 보시려고요?"

"남편부터 봐주세요."

"사장님은 두상이 크고 입술이 두툼한 모습을 보니, 음식은 가리는 것 없이 잘 드시겠네요. 또 손이 남달리 큰 것을 보니 소싯적부터 일을 많이 하셨겠어요. 그리고 눈썹과 이마(천중) 사이가 좁은 것을 보니, 단순한 것을 좋아하실 테고요. 관상학적으로 볼 때 근면 성실하여 자수성가 하셨지만 몸을 너무 무리해서 어깨와 허리가 약해진 것 같아요. 일 많이 하셨지요?"

이렇게 말하자 남자 분이 빙그레 웃으실 뿐 대답을 안 하신다. 그러자 옆에 있던 부인이 대신 말씀을 해주신다.

 "맞아요. 어렸을 때 부모님이 학교도 안보내고 죽어라 일만 시키고, 말 안 들으면 구박 하고, 많이 맞으면서 자랐대요. 그래서 그런지 우리는 살면서 벙어리처럼 말을 안 하고 지냅니다. 간단한 대답만 하고요. 결혼하기 전에 처음 만났을 때에도 한두 마디 답변만 하고 웃기만 하대요. 집에 와서 가족에게 '그 사람, 말이 너무 없다'고 하자, 아버지가 그러시데요. '남자가 입 가볍게 말을 많이 하면 못쓴다. 무게가 있어야 한다. 배우지 못한 네가 그런 사람하고 살아야지, 똑똑한 놈 만나면 헤어지기 십상이다. 맘에 안 든다고 다른 사람을 골라봐야 별 수 없다. 너도 나이가 꽉 찼으니 빨리 혼례를 치르자.'

 결국 부모님의 말씀을 거역할 수 없어서 가기 싫은 시집을 억지로 갔답니다. 처음 며칠 동안은 외롭고 서러워서 눈이 퉁퉁 붓도록 엉엉 울었답니다. 도대체 말을 안 하니 말이지요. 사람이란 짐승과 달라 애정 표현을 해야 하는데 이걸 어쩌나. 그냥 참고 살아야할지, 아니면 도망을 가야할지 가슴이 답답해 죽겠더라고요. 내가 그토록 며칠을 울어도 이 양반은 '왜 울어!' 한 마디 던지고는 마치 소가 닭 쳐다보듯 하면서 일하러 나가버리니, 이게 어디 사람 사는 겁니까? 여자는 남자의 사랑을 받으면서 따뜻한 말 한마디로 외로움을 녹이는 것인데 지금까지도 말을 안 하고 밥만 먹고 일만 하고 산답니다. 누가 저한테 '세상에서 제일 부러운 게 뭐냐'고 묻는다면 '부부가 손잡고 다정하게 웃으며 이야기를 나누는 것'이라고 말하겠습니다."

 이런 경우, 어떻게 위로와 조언을 해야 하나? 참 난감한 일이다. 먼저

　　　　　약 한 첩에 인생 이야기가 두 첩인 까닭

질문을 던져본다.

"남편 분이 좋아하시는 것이 있나요?"

남편 분은 여전히 말이 없고, 역시 부인이 대답하신다.

"글쎄요. 뭐 특별한 것은 없는데 가끔 일할 때 보면 무슨 노래인지 흥얼거리더라고요."

나는 남편 분을 바라보며,

"사장님, 무슨 노래를 좋아하시나요?"

남편 분이 웃으면서,

"없어요"

나는 재차 또 물어보았다. 그러자 고개를 숙이면서 조그마한 목소리로 "나그네 설움이요."한다.

이 말에 나는 가슴에 찡한 느낌을 받으면서 남편 분이 이해되기 시작했다.

'아~ 이 분이 내성적이며 성품이 착하신 분이구나. 부인이 말씀했듯이 자라면서 조금만 잘못해도 혼나고, 매 맞고 하다 보니 어디에도 의지할 곳을 찾지 못했구나. 부모님 품안이야말로 최상의 안식처인 법인데 그것을 모르고 자랐으니 그 트라우마 때문에 평생 나그네와 같은 서러움에 젖어들 수밖에 없었겠구나.'

나는 남편 분을 따뜻한 눈길로 바라보며 말씀을 드렸다.

"사모님의 말씀대로 심적 고통을 많이 받고 자라셨네요. 부모님한테 혼날까 봐 자신의 의견을 말하지 않다보니 그게 버릇이 되어 아예 말수가 적어진 거네요. 누구에게도 속내를 털어 놓지 못하니 얼마나 외롭고 쓸쓸하시겠어요. 마치 전혀 낯선 고장에서 아는 사람도 없이 쓸쓸하게 떠도는 나그네와도 같은 심정이시겠지요."

남편 분이 고개를 떨구며 눈물을 닦으신다.

"보세요. 사모님. 어린 시절 서러움이 사장님의 입을 막아버린 겁니다. 저 눈물을 보면 마음이 짠하지 않으세요? 앞으로 사장님의 어린 시절, 그 서러웠던 일들을 사모님에게 이야기하도록 이끄셔서 사장님의 마음속 응어리를 따뜻하게 풀어 주세요. 벙어리 같다고 핀잔만 하시면 사장님은 어린 시절과 같은 고통과 외로움에 다시 빠지게 될 것입니다. 여전히 벙어리처럼 말을 안 하실 테고요. 이제부터는 사모님이 사장님의 어머니가 되어 주셔야 합니다. 사장님이 무슨 말을 해도 너그럽게 받아들여 주는 마음을 가지셔야 합니다. 그렇게 해서 사장님의 외롭고 고통스런 마음을 조금씩 녹여드려야 합니다. 그러면 사장님이 서서히 마음을 여실 테고, 사모님이 그토록 바라시는 다정한 부부생활을 하실 수 있을 겁니다."

두 분이 서로를 쳐다보며 눈물을 글썽거린다.

"사실 며칠 전 이 양반의 칠순 생신 잔치가 있었습니다. 그 기념으로 아들과 며느리가 동남아여행을 보내드린다고 했는데, 이 양반이 안 가신다고 하셔서 포기하고 말았습니다. 그러자 어머니 아버지의 몸이라도 건강하셔야 한다면서 자식들이 보약을 지어 잡수라고 돈을 주대요. 그래서 여기에 오게 되었습니다. 그러니 저희 부부 건강하고 몸보신되도록 약 좀 지어주세요, 선생님."

그래서 두 분에게 모두 몸을 보하는 약을 짓고는, 다시 한번 부인에

약 한 첩에 인생 이야기가 두 첩인 까닭

게 당부의 말씀을 드렸다.

"제가 말씀드린 어머니의 역할을 잊지 마세요. 그것이 두분이 행복해질 수 있는 비결입니다. 그리고 사장님이 노래를 좋아하신다고 하니 아들이 준 돈으로 전축이라도 사서 노래를 듣고 부르시도록 하면 좋겠네요."

그러자 지금까지 한 마디 겨우 말하고 듣고만 있던 남편 분이 그러면 좋지요. 하며 웃으신다. 부인도 그런 남편을 보며 진작 사달라고 했으면 얼마나 좋았을까 하며 웃으신다. 두 분이 같이 웃는 모습을 보며 나도 함께 웃었다.

이마가 훤칠한 중학생

할머니가 손자를 데리고 오셨다. 손자는 이제 중학교 1학년, 열네 살이라고 한다. 얼굴이 갸름하고 이목구비가 또렷하여 단정한 이미지다. 한마디로 공부도 잘하고 말도 잘 듣는 모범생처럼 생겼다. 다만 또래에 비해 왜소하고 앉은 자세가 꾸부정하여 그런지 몸이 움츠러져 보인다.

손자에게 공부 열심히 하냐고 넌지시 물어보자 대답을 하지 않고 고개만 푹 숙인다. 공부하면 참 잘하게 생겼는데 하면서 앞머리를 올려 이마를 좀 보여 달라고 했다. 이마를 보니 복서골이 훌륭하게 일어나 둥그스름하게 잘생겼다. 이런 이마를 가진 사람들은 머리가 좋아 공부를 하면 성적이 조금씩 향상되는 것이 아니라 금방금방 쭉쭉 올라간다. 이렇게 좋은 머리를 타고 났는데 왜 공부를 안 할까 이상하게 여겨졌다.

"학생은 이마가 아주 좋구먼. 관상학적으로 이런 이마를 가지면 머리가 아주 좋아요. 학생 같은 사람은 공부를 했다 하면 쭉 올라가지. 그냥 올라가는 게 아니라 쭉쭉 치고 올라가요. 근데 왜 공부를 안 하는지 그것 참 이상하네."

이렇게 말을 건네 보았는데도 손자는 여전히 대답도 안하고 눈도 마주치지 않는다. 가뜩이나 왜소한 체격인데 매사에 자신 없어 하는 모습이 그를 더욱 작아 보이게 했다. 옆에서 잠자코 듣고 계시던 할머니가 입을 연다.

"얘가 초등학교 때는 공부도 잘 하고 전교회장까지 맡아서 했었어요. 그 때는 제가 데리고 있었지요. 지금은 아빠랑 새엄마랑 같이 지내는데 공부도 안 하고 키도 잘 안 크고 그러네요."

이렇게 말씀하시는 할머니의 눈시울이 붉어진다. 듣고 있던 나도 마음이 짠해지면서 손자에 대한 안타까운 마음으로 울컥하였다. 지금 한창 공부도 열심히 하고 가족들의 사랑도 많이 받으면서 자랄 때 아닌가. 그런데 가정환경이 편치 않아 아이가 저렇게 주눅이 들어 소심해지고 공부에도 마음을 두지 않는 상황이 너무 안타까웠다. 어떻게 하면 이 손자가 다시 마음을 다잡고 공부에 매진하여 훌륭한 사람이 될 수 있을까 생각하면서 학생에게 말을 건넸다.

"예전에 어떤 학생이 할머니랑 여기 온 적이 있었어. 그 때도 그 학생 관상을 보니 공부하면 아주 잘 할 학생이었거든. 그래서 '이 학생은 마음만 먹으면 공부로 아주 이름 날릴 것'이라고 말을 했더니, 옆에서 듣고 있던 할머니가 '무슨 소리냐. 지금 꼴찌 하는데 공부는 무슨 공부냐'며 비아냥거리시는 거야. 그래서 '얘는 하면 아주 잘할 거예요. 틀림없이 좋은 대학 갈 겁니다. 두고 보십시오.' 이렇게 대꾸하고는 그 학생한 테 '열심히 공부할 거지?' 했더니 학생이 결연하게 '예!' 이렇게 대답하 고 갔었거든. 그런데 그 후에 이 학생이 아주 독하게 공부해서 고등학 교에 진학하여 전교 1등, 2등 하더니 연세대인가 고려대인가 명문대를 갔다고 한 번 인사를 온 적이 있었어."

그리고는 계속 말을 이었다.

"지금 학생도 관상을 보니 공부하면 아주 잘 하겠어요. 이마가 잘 생 겼잖아요. 머리가 좋아서 하면 아주 쭉쭉 올라가. 지금 가정도 그렇고 마음이 안 편하니깐 공부와 자꾸 더 멀어지고 그런 거 같아요. 하면 아 주 잘 할 텐데… 그러지 말고 한번 마음을 단단히 먹고 해봐요. 〈학교 가는 길〉이라는 영화가 있는데 DVD로 나오니깐 사서 보면 좋겠네. 학 생도 지금 열심히 공부해서 뜻을 둔 대학에 들어가고 훌륭한 사람이 되 어서 예쁜 여자랑 결혼도 하고 가문도 일으켜 세우고 해야 하지 않겠어 요? 공부 한번 다시 마음잡고 열심히 해볼래요?"

"예"

이제껏 말 한마디 안하던 학생의 입에서 드디어 '예' 라는 한마디가 나왔다. 그 소리가 크지는 않았지만 가슴 깊숙이에서 우러나오는 진심 이 전달되었다. 나는 주머니에 있는 돈을 꺼내서 학생에게 쥐어주면서 〈학교 가는 길〉 이라는 영화 DVD를 꼭 사서 보라고 당부했다. 그리고 는 말했다.

"학생이 공부하는데 집중도 잘 되고, 뼈대를 튼튼하게 해서 키도 잘 크게 하는 약을 내가 지어줄게. 학생은 공부 열심히 해봐. 학생은 소음

체질이라 추위를 좀 타고 위장기능도 썩 좋은 편이 아니에요. 먹어도 많이 먹지도 않고 조금밖에 안 먹겠어. 그리고 속도 안 좋아서 항상 배가 좀 아프고 그럴 거예요. 꾸룩 꾸룩 소리도 나고 그럴 건데. 안 그러게 해줄 테니까 확실하게 해 봐요. 알았지?"

"에!"

용돈을 받아서 그런지 이번에는 대답이 씩씩하였다. 옆에서 눈물을 흘리고 계시던 할머니의 표정이 한결 밝아보였다.

"선생님! 우리 손자 약 좀 잘 지어주세요. 선생님이 좋은 말씀 해주시고 용돈까지 주서서 정말 너무너무 감사합니다."

어
지
러
움
과

돌
발
성

난
청

    오늘은 비도 많이 내려 손님이 늦게 오실 줄 알 았는데 벌써 아주머니 한 분이 오셔서 기다리고 있다. 들어오시라 하고 앞에 앉는 얼굴을 보니 기운이 없고 창백해 보인다.

"사모님, 힘들고 어지럽나요?"

"네. 어지러워서 왔는데 처음엔 구역질이 나며 속이 미식거리고 귀가 먹먹하더라고요. 병원에 갔더니 몇 가지 검사를 하고는 메니에르 증후 군이라고 하더라고요. 3일간 입원하고 20여 일 분 약을 먹었는데도 다 낫지 않아 잘 돌아다니지도 못하고 힘들어하자 이웃 분이 여기 선생님 이 용하다고 한 번 가보라고 해서 이렇게 아침 일찍 왔답니다."

"네. 잘 오셨네요. 그런데 사모님! 처녀 때 예쁘다는 소리 많이 들으 셨지요?"

부인이 의아한 표정을 지으며 되물으신다.

       약 한 첩에 인생 이야기가 두 첩인 까닭

"왜요. 그런 것도 보시나요?"

"하기 싫은 결혼을 해서 지금까지 말은 안 해도 후회하면서 사시는 것 같아서요."

부인이 깜짝 놀란 눈으로 나를 물끄러미 바라보더니 이내 눈에 눈물이 고이기 시작한다.

"맞아요. 저는 어렸을 적에 배우지 못해서 서울로 가 주경야독한 뒤에 늦게 결혼하려고 했습니다. 그런데 부모님이 괜찮은 남자가 있다고 억지로 데려가 결혼을 시켰습니다. 모시고 사는 시어머니가 어찌나 잔소리가 많으신지 편안할 날이 없었지요. 육체적 고통보다 정신적 고통이 더 컸습니다. 남편에게 하소연하면 효자인 그는 '부모님이 한 백 년 사시는 것도 아닌데 더 잘 해드리라'며 오히려 핀잔을 주기 일쑤였지요. 그러니 저만 열 받고 살아왔습니다. 젊었을 때 도시로 나가 혼자라도 살까 생각했지만 자식들 때문에 불가능했습니다. 그런데 이렇게 살아온 것도 어지러운 병의 원인이 되나요?"

말을 끝내며 부인이 눈물을 닦는다.

"꼭 그렇다고 할 수는 없어도 정신적 고통에 열이 위로 올라 아래가 냉해지면 몸에 균형이 맞질 않게 됩니다. 그와 같은 증상을 상열하한上熱下寒이라고 하는데 이런 불균형 때문에 어지러운 증상이 올 수도 있습니다. 이를 치료하기 위해서는 약에 앞서 사모님의 마음가짐이 더 중요합니다. 불만을 버리고 화평지심和平之心, 평화로운 마음을 가지십시오. 자식들 때문에 혼자 나가서 살 수 없다면, 그 현실을 있는 그대로 받아들이십시오. 거부하면 그만큼 마음의 번민과 고통이 커질 것입니다.

잔소리 많은 시어머니에 대해서는 측은지심으로 대하면 마음이 누그러질 것입니다. 사람이 늙으면 누구나 잔소리가 많아질 수 있습니다. 누구도 자신의 존재를 알아주지 않으니 자기를 내세우느라 말이 많아지는 것이지요. 입장을 바꿔 생각해보면 시어머님이 이해될 수도 있지 않아요? 그렇게 측은지심과 너그러운 마음으로 사시길 바랍니다."

이렇게 말하고는 약을 지어드리면서 부인에게 〈화안열색和顏悅色〉이라는 글귀를 붓글씨로 써드렸다. 온화하고 기쁜 얼굴빛을 잃지 말라는 뜻이다. 물론 그러한 얼굴빛은 화평한 마음에서만 생겨난다. 부인이 활짝 웃으면서 대답하고 나간다.

"제 병이 벌써 나은 것 같네요! 선생님 정말 감사드립니다."

약 한 첩에 인생 이야기가 두 첩인 까닭

노부부의 성생활

　　　　　　　　아침 일찍부터 할아버지와 할머니가 들어오시
는데 남자 분은 몸집이 상당히 큰데 비해 여자 분은 작은 키에 허리가
조금 구부러져 있다. 할머니가 할아버지를 바라보면서 채근하신다.

"어서 선생님 앞에 앉아요."

"어느 분이 보시려고요?"

"우리 둘이 다 보고 약 좀 먹으러 왔습니다."

"어르신 연세가 몇이시지요?"

"저는 예순 아홉이고, 집사람은 예순 일곱입니다."

할아버지를 보니 체격도 크지만 손과 발이 다른 사람들보다 유별나
게 커 보인다. 관상학적으로 보아도 일복을 타고 났다.

"어르신은 소싯적부터 일을 많이 하신 것 같네요."

"어허, 선생님이 관상과 체질로 약을 지어주신다고 하던데 이렇게 보

시고 아시는구먼요. 맞습니다. 내가 일에는 군자 소리를 듣고 살아가고 있지요. 조실부모하여 안 해본 일 없이 돈 되는 일이면 다 하고 살아왔습니다. 집사람과 일찍 결혼해서 자식들을 학교 보내고 모두 다 성취시키고 나니 이제는 내 할 일을 다 한 것 같네요. 한 달 전에 우리 딸이 돈을 주며 '평화한약방에 가서 꼭 약을 지어 드시라' 하기에 이렇게 왔습니다. 잘 좀 봐 주세요."

할아버지가 몸집은 큰데 얼굴에 검붉은 색이 비친다. 심혈관이 약해지고 전립선이 약해지면서 나타나는 현상이다.

"어르신, 죄송한 말씀이지만 정력이 약해지고 소변이 시원하게 나오지 않지요?"

그러자 할머니가 눈을 동그랗게 뜨고 참견을 하신다.

"아니, 선생님 정말 용하시네. 어찌 얼굴만 보고 아신데요. 맞아요~ 맞아. 이 양반 먹는 것은 잘 먹는데 부부 잠자리를 한지가 벌써 십여 일도 넘었지요. 내가 진즉에 기운 돋우는 약을 드시라고 했드랬는데, 이제야 오게 되었네요. 자식들이 명절 때와 생신 때면, '그간 우리 때문에 고생 많이 하셨으니 이제 건강을 챙기시라'면서 용돈을 주고 갔는데, 이 양반이 여태껏 아끼고 안 쓰고 있네요. 그걸 아껴서 손자새끼 주면 무얼 하겠어요. 곡식에 거름 주듯이 우리 몸에도 좋은 약을 가끔씩 주어야 좋지 않겠습니까. (남편을 바라보며 큰소리로) 이봐요! 이봐! 그것 봐요. 선생님 말씀이 맞지요?"

가만히 듣고 있던 할아버지가 할머니의 손을 잡고 고개를 끄덕이는데, 두 분의 모습이 너무 다정하고 아름다워 보인다. 할아버지가 말씀

약 한 첩에 인생 이야기가 두 첩인 까닭

하신다.

"선생님 말씀이 맞습니다. 지금도 먹는 것은 청년과 다름없는데 잠자리를 하려고 하면 발기된 것이 쉽게 시들어 버립니다. 요즘 와서 더 그러니 집사람이 짜증을 낸답니다. 약 먹고 좋아질 수 있다면 자주 먹어야겠네요."

나는 마음속으로 약을 생각하고 있는데 할머니가 끼어들어 말씀하신다.

"저도 좋은 약 좀 지어주세요. 저도 예전만 못하고 건조해지네요. 아래를 따뜻하게 좀 해주세요."

나는 잠시 놀란 눈으로 두 분을 쳐다보았다. 이렇게 노골적으로 성욕에 대해서 이야기 하는 분이 별로 없는데, 이분들은 나이 70이 되었는데도 거리낌 없이 말씀하시는구나. 젊은 사람들 중에도 각방을 쓰는 경우들이 종종 있는데, 노부부가 대단하시다. 서로 사랑하고 위하는 마음이 바탕에 깔려 있기 때문에 성생활을 더 즐기시는 것 아닐까? 육체만 탐닉하는 것은 오래갈 수 없기 때문이다.

"어르신, 이 약을 드시면 사랑을 더 많이 나누게 될 텐데 혹시 기력이 너무 소모될까 걱정이 되네요."

그러자 할머니가 대뜸 끼어드신다.

"그것은 염려 말아요. 좋게만 지어주세요. 우리 부부는 젊었을 때도 하루돌이로 합방을 했으니까요."

"아니 그렇게 농삿일을 힘들게 하시면서요? 참으로 대단하시네요."

"(할머니가 웃으면서) 우리 부부는 낮에 부지런히 일하지만 밤에 사랑 나눌 생각에 일이 안 힘들어요. 예나 지금이나 항상 설레는 마음으로 살고요. 그렇다고 매일 사정하는 것이 아니라 가끔씩만 하지요."

"아니! 그걸 어찌 아셨어요?"

"전에 남편 친구 분이 이야기 도중에 그렇게 하라고 일러주시더래요."

"『소녀경素女經』이라는 책을 보면 그걸 '접이불루接而不漏'의 방중술이라 하여 매우 권장합니다. 정력의 소모를 아끼라는 것이지요. 하지만 아무리 그래도, 그리고 약을 드셔도 관계를 너무 자주 가지면 심신이 허약해집니다. 조심하세요."

고맙다는 인사를 하며 두 분이 손을 잡고 나가시는 모습을 보니 내 마음이 훈훈해진다. 두 분의 사랑이 느껴졌기 때문이다.

약 한 첩에 인생 이야기가 두 첩인 까닭

소음인 여성의
성적무관심

여자 세 분이 들어와 의자에 앉자마자 젊은 한 분이 말을 꺼냈다.

"우리 엄마 좋은 약 좀 지어주세요. 전에도 잠을 잘 못 주무셨는데 요즈음 불면증에 시달려 수면제를 드시고 잠을 청한답니다."

어머니를 보니 곱살하고 착하게 생겼는데 잔걱정이 많은 상이다.

"연세가 어떻게 되세요?"

"일흔한 살입니다."

"어머니는 걱정거리를 어깨에 메고 다니시는 것 같네요. 항상 머리가 맑지 않고 무거운 것처럼 보입니다."

부인이 눈물을 흘리면서 휴지를 찾아 닦으며 말씀하신다.

"몸이 허약해서 이곳저곳 다니며 치료도 받고 약도 먹고 있지만 가슴이 갑갑하네요. 제 딸들을 보세요. 인물도 남한테 빠지지 않지, 배울 만큼 배워서 석사까지 받아 연구원으로 다니고 있답니다. 하지만 직장 좋고 많이 배우기만 하면 뭐합니까. 결혼해서 가정을 갖고 애들 낳아 키워야지요. 그런데 제 아이들은 지금까지 여러 번 혼담이 있었습니다만 번번이 실패했습니다. 키가 작다느니 몸이 약해 보인다느니, 패기가 없어 보인다느니 하면서 퇴짜 놓기 일쑤였습니다. 물론 우리가 퇴짜를 당한 경우도 많이 있었지만요. 그러다가 지금 와서는 흔한 말로 집토끼 산토끼 다 놓치고 40이 넘어 50에 가까우니 잠이 안와요. 이 딸년들이 내 속병을 들게 해 놓고는, 용하다는 데 데려와 약을 지어준다 하니 그게 목구멍에 넘어가겠어요? 마음이 편해야 보리밥을 먹어도 살로 가지요. 딸들이 시집만 가면 약을 안 먹어도 잠 잘 자고 병도 다 떨어져 나갈 겁니다.”

“어머님! 제가 관상과 체질을 보면, 따님 두 분은 소음인으로 어렸을 때부터 운동하기를 싫어했을 것이고, 또 손발이 차고 아랫배가 차서 생리통이나 생리불순이 있었을 것입니다.”

부인이 깜짝 놀라며 말을 가로채신다.

“그것을 어찌 아셨어요? 애들이 정말 생리를 시작할 때부터 진통제를 먹어왔는데 원래 여자들은 거의 그런가 하고 생각했었네요. 그런데 그게 결혼과 무슨 관계가 있나요?”

“꼭 그런 것은 아니지만요. 예부터 남자 아이는 아래를 서늘하게 통풍이 잘 되는 옷을 입혀 키우고, 여자 아이는 항시 따뜻하게 하라는 말을 들으셨을 것입니다. 그것이 바로 여자와 남자의 차이점이지요. 여자는 아랫배가 따뜻해야만 생리통, 생리불순이 없고, 생식능력이 좋아

저 연애와 결혼의 욕구도 생깁니다. 그런데 두 따님은 아랫배가 차서 연애하고 싶은 생각이 일어나지 않았던 것입니다. 그러므로 자녀가 성장할 시기에 체질에 맞는 약, 즉 신장을 튼튼하게 하고 기혈을 도와주는 약재를 복용하는 것이 좋습니다."

이 말을 듣고 있던 부인이 한숨을 푹 내쉬면서 한 마디 하신다.

"선생님, 제가 딸들한테 잘못한 것 같네요. 자라면서 밥 잘 먹으면 되려니 생각해 약 한 제 못 먹인 것이 죄를 지은 것 같네요. 지금이라도 약 먹이면 사랑하고 싶은 생각이 들까요?"

"그것까지는 알 수 없지만 생리통과 생리불순은 완화될 겁니다. 딸들이 약을 복용하면서 결혼을 생각하고 본인이 좋아하는 동호회 같은 곳에 나가서 활동하면 좋은 소식이 있지 않을까 싶네요."

부인의 얼굴에 화색이 돌면서 얼굴에 미소가 번진다.

"얘들아! 나 오늘 안 오려고 했는데 한약방 선생님한테 잘 온 것 같구나. 얼른 우리 딸 약 좀 지어 주세요."

그리고는 약을 재촉하신다. 실제로 큰 딸한테 물어보니 항상 아랫배가 차고 생리통이 있어서 찜질팩을 가끔 한다고 한다. 그러면 뜨거우면서도 시원하다고 한다. 둘째 딸 역시 비슷하게 말을 하길래 두 딸과 어머니에게 각자 체질과 증상에 따른 약을 지었다. 그리고는 "만약 결혼하시게 되면 남자분과 함께 와서 약을 드십시오. 건강한 아이를 낳으셔야지요." 하고 당부하였다.

"시집이나 가면 죽어도 여한이 없겠습니다. 몇 백만 원짜리 약이라도 지어주겠습니다."

부인이 나가시면서 내 손을 꼭 붙잡고 또 다시 눈물을 글썽거린다. 이게 모든 어머니의 마음인가 싶어 내 가슴이 뭉클했다. 이 세상 모든 자식들이 부모님의 이러한 마음을 헤아린다면 얼마나 좋을까. 효도란 부모의 마음을 헤아리는 데에서부터 시작될 것이다.

　　　　　40대 후반 여자 손님이 들어오는데 매우 힘들어
하는 기색이 역력해 보인다. 먼저 말을 꺼냈다.

"사모님, 요즈음 많이 힘드시지요? 몸이 지쳐 있는 듯 축 처져있는데
그래도 정신은 맑으시고 강단이 있으시네요."

"아~선생님 제가 그렇게 보이시죠? 맞아요. 제가 다둥이 6남매 키우
고 있는데요. 얼마 전 홀어머니가 돌아가셔서 많이 힘들어요."

이렇게 말하는 부인의 눈에 눈물이 차오른다. 나는 하려던 말을 중단
하고 다둥이 엄마를 물끄러미 바라보았다. 요즘 결혼도 안하려 하고,
결혼을 해도 아이를 안 낳는다고 하며 낳아도 많아야 한두 명 정두만
낳는 세상에 보기 드문 다둥이 엄마를 보니 존경심이 우러나왔다.

"참으로 훌륭하십니다. 제가 다둥이 열심히 키우시고 힘내시라고 보
약 한 제 선물해 드리겠습니다."

그러자 다둥이 엄마가 깜짝 놀라며 손사래를 친다.

"선생님, 아니에요! 저 돈 있습니다."

나는 다둥이 엄마에게 미소를 지으며 보약 한 제 선물해 주고픈 마음을 이야기했다.

"네! 알고 있습니다. 허나 저도 자식, 손자를 키워보지만 어려울 때는 한 푼이 새롭지요. 그러니 조금이라도 도움이 되었으면 해서 드리는 거니 부담 느끼지 마시고 받아 주세요."

다둥이 엄마가 나를 바라보면서 흐느껴 울었다. 나는 따뜻하게 위로의 말을 하고는, "약을 우편으로 보내드릴 테니 잘 드시라"고 당부하였다. 돌아가면서 눈시울을 붉히며 거듭거듭 인사를 했다. 그런데 이틀 뒤 직접 약을 찾으러 오셨다. 편지와 된장을 갖고 온 것이다. 그리고 나를 만나지도 않고 돌아가셨다. 편지의 내용은 다음과 같다.

선생님 안녕하세요!

다둥이 6남매 엄마 전○○입니다.

선생님께서 약을 무료로 지어주신다고 하셨을 때 돈이 문제가 아니라 선생님의 따뜻한 말씀이 계속 떠올라 집에 오면서 펑펑 울었어요.

홀어머니가 얼마 전 돌아가셔서 가슴 한구석 돌을 얹어 놓은 듯 많이 힘들었는데 꼭 돌아가신 아빠를 만난 듯 가슴 뭉클함을 느꼈습니다.

아! 살면서 이런 날도, 이런 분도 있구나 하면서 저 또한 남들에게 좀 더 따뜻한 말과 행동을 아끼지 말아야겠다고 마음 다짐했습니다. 그렇게 노력하며 살 것입니다.

약 한 첩에 인생 이야기가 두 첩인 까닭

오늘 약을 일부러 찾으러 왔어요.

제가 할 수 있는 건 시어머니께 배운 된장 만들기입니다. 맛있게 드시고 부디 건강하세요.

저 또한 선생님이 지어주신 약 먹고 기운차려서 아이들 잘 키우겠습니다.

이 약 다 먹고 선생님 얼굴도 뵐 겸 약 한 제 더 지으러 올게요. 그땐 꼭 돈 받으세요.

감사합니다.

다둥이 엄마 전○○

나는 편지를 읽으면서 가슴이 뭉클하였다. 선행에 대한 자긍심 때문이 아니었다. 따뜻한 마음이 그처럼 '전염'된다는 사실에 감동해서였다. 맹자의 말씀에 불씨 하나가 온 산야를 태우고 작은 옹달샘이 온 들녘을 적신다는 말이 있다. 이처럼 밝은 세상은 보통사람들의 따뜻한 마음과 작은 선행에서 비롯되는 것이 아닐까? 그러한 세상을 나 자신이 먼저 만들어나가지 않고 몇몇 영웅이나 위인에게만 기대하는 것은 아닐까? 나는 평범한 사람에 지나지 않지만, 다수의 환자들을 접하는 직업인으로서 인술仁術을 베풀기 이전에 사회의 한 구성원으로서 자신이 해야 할 일이 무엇인지 곰곰이 생각해본다.

너무 마른 부인과 부부사랑

안성에서 온 50대 후반의 여자 분이 남편과 함께 의자에 앉았다.

"작년과 재작년에 약을 다섯 제 먹고 몸이 이렇게 몰라보게 좋아졌어요. 진작에 온다온다 하면서 이제야 오게 되었네요. 내 평생에 밥맛 좋고 살 한 번 쪄보는 것이 소원이라 했는데 선생님이 제 소원을 풀어주셨습니다."

나는 반가운 소리를 듣고 전에 어떤 약을 드셨나 하고 처방전을 찾아보았다. 허냉복통虛冷腹痛을 다스리는 약제를 쓰고 그 옆에다가 '냉하고 마른 체질임, 살찌게 해달라고 하심'이라고 메모를 해놓았다.

"사모님, 약을 드신 후 어떻게 효험을 보셨는가요?"

"항상 배가 차고 아파서 틈만 나면 찜질팩을 댔고 조금만 잘못 먹으면 자주 체해서 토하고는 했었지요. 특히 남들 잘 먹는 빵이나 짜장면

약 한 첩에 인생 이야기가 두 첩인 까닭

도 못 먹었답니다. 어디가면 제대로 먹지 못하니 우울증과 대인기피증까지 생기게 되었어요. 여기 올 때는 40kg 조금 넘었는데 지금은 60kg 가까이 되어 자신감과 의욕이 생겼답니다."

옆에 있던 남편이 좋아라 하며 끼어든다.

"함께 잘 때 보면 배가 차다고 하여 찜질팩을 끌어안고 자고, 저하고는 기름에 물 놓듯 각방을 써 사랑도 제대로 못했는데 지금은 오히려 집사람이 적극적으로 사랑을 나누고자 한답니다. 또한 선생님이 밥 잘 먹는 비법으로 가르쳐주신 반찬인 다진 지고추(소금에 절인 고추), 된장, 마늘, 멸치, 파, 두부, 다시다(조금)에 들기름 1컵을 붓고 냄비에 끓여서 쌀밥하고 먹으니 여러 반찬 필요 없이 밥 한 그릇 먹어 치우고 소화도 잘 된다고 합니다. 전에는 보는 사람마다 얼굴에 화색이 없고 왜 이렇게 말랐냐며 병원에 가서 검진해보라는 말을 수없이 들어왔지만 지금은 아픈 것도 사라지고 맛있는 것도 먹으러 가자고 하고, 백화점에 가서 멋진 옷도 사달라고 하니 사는 맛이 납니다. 할 말은 아닙니다만 저는 살집 좋고 가슴 큰 여자만 보면 부러워서 '저런 사람하고 살아봤으면 얼마나 좋을까' 하는 생각도 했었지만, 지금은 마음속 불만이 해소되어 집사람을 바라만 봐도 푸근합니다. 예민하고 까칠한 성격도 변하여 모든 것을 긍정적으로 받아주는 집사람이 고맙기까지 하답니다."

원래 사람이 살이 없고 마른 체질이면 추워 보이는데, 부인이 살이 찌면서 자신감도 생기고 마음도 더 넉넉해진 모양이다. 남편 분이 그 점을 체감하고 있어 내 마음도 덩달아 넉넉해진다. 그래서 덕담을 했다.

"아무리 그래도 사장님~ 부부란 서로를 위로해주고 아껴주는 마음이 중요하지 몸매가 중요한 것은 아니랍니다."

"죄송합니다. 제가 너무 좋아서 마음속에 있던 것을 저도 모르게 털어놓고 말았습니다. 앞으로 진심으로 사랑하며 살아가겠습니다."

이렇게 말하면서 부인의 손을 꼭 잡아주신다. 부인이 수줍게 말한다.

"이 양반이 항상 이렇다니까요. 전과 같이 좋은 약으로 지어주세요, 선생님."

그래서 부인과 남편에게 각기 알맞은 약을 지어드리고 웃으면서 한마디 덧붙였다.

"적당히 몸에 무리 안 가게 사랑 나누세요."

약 한 첩에 인생 이야기가 두 첩인 까닭

불임 부인의 임신

　　　　　오래 전이다. 30대 중반 되는 부인이 찾아와 "음식을 먹으면 잘 체하고 어깨와 머리가 자주 아프다"며 약을 지어 먹고 싶다고 하셨다. 체형으로 봤을 때 소음인 체질로 아랫배가 냉하고 아픈 증상이 있어 보이며, 역류성 식도염에 위하수증이 수반된 것으로 판단되고, 손이 작은 것이 항상 바쁘게 사는지 눈에는 피로가 쌓여 긴장되어 있다.

　"사모님 얼굴을 보면 아침 일찍 일어나고 저녁 늦게 자는 것 같네요. 혹시 무슨 일을 하시나요?"

　"시장에서 상점을 하나 사서 잡화 야채 장사를 한 지가 여러 해 되었습니다. 선생님 말씀대로 바쁘게 살고 있네요."

　"아이는 몇이나 두었나요?"

　부인이 나를 쳐다보고는 한숨을 푹 내쉬며 말씀하신다.

"불임 판정을 받아 임신하기가 어렵다고 하네요."

"아니! 아직 젊으신데 원인이 무엇이라 하나요?"

머뭇거리며 말을 하지 않으려다 재차 물어보니

"나팔관 한 개는 막혀 버리고, 또 하나는 조금 열려 있긴 해도 제 기능을 못한다고 하면서 포기하라고 하대요. 그래서 돈이나 벌어 어렵게 사는 사람들 도우면서 살고 싶어요. 건강하게 좀 해주세요."

일반적으로 한의학에서는 불임이라고 하면 '조경종옥탕調經種玉湯'이나 '부익지황원附益地黃元'을 복용하는 것을 생각해 보겠는데, 이 분은 병원에서 불임판정을 받았기에 두통과 위장을 다스리는 다른 약을 한 제 지어드렸다.

그 후 6개월 쯤 되었을까. 그 부인이 보자기에 무엇인가를 싸가지고 약방에 들어왔다. 그리고는 내 손을 붙잡고 눈물까지 흘리면서 말을 한다.

"선생님 고맙습니다. 저 임신했어요~! 저를 불쌍하게 생각하시고 임신 잘 되는 약을 지어주셨던 것 같아요."

나는 이 소리에 말문이 막혀 자초지종을 알고 싶어 자세히 물어보았다.

"약을 다 먹고 한 달이 지났는데 생리를 안 하기에 그럴 수도 있겠지 하고 지냈습니다. 그런데 두 번째 달에도 생리가 없더라고요. 좀 이상해 병원에 갔더니 임신 3개월이 되었다고 하는 거예요. 너무 믿기지가 않아 혹시 내가 꿈을 꾸고 있는 것은 아닌지 제 손을 꼬집어보기까지 했답니다. 10여 년 가까이 아이가 없자 시댁에서도 큰아들이 대를 이어야 한다며 양자를 들이자고 하고 저도 그렇게 생각하고 있었습니다. 임신이란 말이 믿기지 않아 집에 와서 말도 안했습니다. 그 뒤 확실하게 배가 불러온 후에야 사실을 알렸지요. 집안의 기쁨이 이루 말할 수 없었답니다. 혹시라도 태아를 튼튼하게 하는 약이 없을까요, 선생님? 있으면 얼마든지 먹으려고 합니다.”

나는 이 얘기를 듣고 너무 기쁜 마음에 사모님의 손을 꼭 맞잡고 기쁨의 인사를 드렸다.

“너무너무 축하드립니다. 한약은 드실 것 없고 자극성이 있거나 뜨거운 음식은 피하시고 편안한 마음으로 지내시면 똑똑한 아이가 태어날 것입니다.”

“이 은혜를 무엇으로 보답할지 모르겠네요.”

어떤 사람의 질병에 약을 처방하여 그가 건강을 회복했을 때의 모습을 보는 기쁨은 그동안 수없이 맛보았지만, 이렇게 불임환자의 임신을 도와주는 기쁨은 정말 컸다. 그 부인과 가족들의 근심을 약 한 제로 낫게 해주었으니 이 얼마나 대견한 일인가. 한약을 개발한 우리 선조들의 지혜에 감사하는 마음이 새삼 일어난다. 그 뒤로도 부인은 종종 찾아왔는데 아이를 두 명이나 낳아서 건강하게 키우고 있다고 한다. 요즘에도 불임으로 오는 분들이 있으면 이 부인을 떠올리곤 한다. 아마도 위장 기능을 호전시키면서 인체에 쌓인 담음을 제거했을 때 막혀있던 나팔관이 제 기능을 하지 않았나 하는 생각이 든다. 불임으로 마음고생을 하는 분들이 무조건 포기하지만 말고 병원은 물론, 한의사를 찾아 한번 상담을 받아보면 어떨까?

추석이 지나고 며칠 후, 60대 초반의 부인이 들어오는데 몸집이 크고 얼굴이 누런 색깔을 띠며 부은 것 같아 보인다. 앉자마자 내가 먼저 말을 건넸다.

"사모님 혹시 체하지 않으셨나요?"

부인이 깜짝 놀라 두 눈을 동그랗게 뜨고 대답한다.

"아니, 그것을 어찌 보자마자 아시나요? 추석 때부터 뭘 잘 못 먹었는지 명치끝이 답답한 게 주먹만한 뭐가 매달려 있는 것 같아요. 밥을 안 먹어도 거북한 것이 가스가 차 있는 것 같고요. 내과에 가서 내시경을 해봤더니 위염이라고 하대요. 그래서 약을 7일 간 먹었는데도 낫지를 않아 여기를 왔답니다."

부인의 관상을 보니 남자처럼 생겨서 온갖 일을 도맡아 할 체구에 얼굴이다.

약 한 첩에 인생 이야기가 두 첩인 까닭

"혹시 사모님은 집안에서 맏며느리 역할을 하시나요?"

"그렇지요. 7남매 맏이로 일찍이 시집와 홀시어머니를 모시고 시동생, 시누이 공부시키고 시집 장가도 다 보냈답니다. 이렇게 몸집이 크다 보니 몸이 좀 아프다고 해도 식구들이 눈 하나 꿈쩍도 안 하고 황소같이 일만 시키니 엄청 힘이 드네요. 남편은 왜소한 체격에 근골이 약해 빠져서 조금만 일해도 죽겠다고 드러누우니 내가 안할 수도 없지요. 내가 일 많은 팔자를 타고 났나 봐요."

"맞아요! 사모님, 제가 드리는 말씀을 이상하게 듣지 마세요. 관상학적으로 여인의 얼굴과 몸집이 크면서 뼈대가 굵고 가슴이 크면 항상 일이 많지요. 일이 없으면 찾아서라도 하고요. 제가 알기로는 이번 추석에도 늦게까지 밖에서 일하고 들어와 차례 지낼 음식을 준비하다 배가 고프니까 물도 안마시고 무엇을 집어 드신 것이 체한 것 같네요."

"그러면 저처럼 생긴 사람은 평생 이렇게 일만하고 살아야 하나요?"

"공부를 하면 면할 수는 있지만 대부분 그렇다는 것이지요. 사모님! 그래도 농촌 일은 힘들어도 마음은 편하잖아요. 추수해서 자식과 동기간에 쌀이며 콩, 고추, 기름 등을 나누어 줄 때 얼마나 마음이 푸근하고 기쁩니까. 받는 것보다 주는 것에서 느끼는 기쁨이 몇 배나 더 크답니다."

"그렇지요. 어미가 바라는 것은 자식 하는 일 잘 되고 건강하면 되는 것이지요. 사람의 마음은 언제나 자손이 잘 되는 것을 바라는지라 저도 한 번 여쭤보고 싶네요. 우리 자식들은 잘 되겠어요?"

본인의 속이 안 좋은 것은 뒷전이고, 자식들 잘 되겠는가를 물으신다. 이것이 진정 부모의 마음이리라.

"사모님『명심보감』에 이런 말이 나옵니다. 〈種瓜得瓜 種豆得豆종과득과 종두득두〉 풀이하자면 '오이 심은데 오이 나고 콩 심은데 콩 난다'는 말이에요. 부모님이 열심히 사시는데 어찌 자손들이 안 되겠어요."

"전에는 아무리 일해도 힘든지도 모르고 먹어도 체하지를 않았는데 요즘엔 자주 체하고 뼈마디가 아프답니다. 오늘 이렇게 시간 내서 왔으니 저 건강하게, 그리고 속도 쑥 내려가게 약 좀 지어주세요."

"네 사모님. 물론 약도 중요하지만, 급하다고 음식을 빨리 드시지 마시고 일도 몸을 아껴가며 하세요. 건강해야 손자 손녀도 잘 봐 주시지요."

이처럼 기운을 북돋아 주는 말에 부인이 어찌나 좋아하는지 "약을 안 먹어도 절반은 이미 나은 것 같다"면서 속이 시원하다고 하신다.

부인은 분명히 밀가루 음식에 체했을 것이다. 명치끝이 답답한 게 가스가 찬 것 같고 얼굴에 부종이 있으니 위를 다스려야겠기에 이에 맞게 약을 지어드렸다. 덧붙여 "위장이 좋아지면 다른 약을 지어드리겠다."고 말씀드렸다.

"맞아요. 제가 건강해야 가정을 지켜나갈 수 있죠 선생님이 하라는 대로 하겠습니다."

자손들 잘 되겠다고 하니 고맙다고 내 손을 잡고 인사를 하며 나가시는 뒷모습에 성실함이 묻어나온다.

약 한 첩에 인생 이야기가 두 첩인 까닭

따뜻한 인정

70대 초반의 할머니가 아침 일찍 한약방에 오셨다. 말도 꺼내기 전에 비닐봉지에 싼 뭔가를 내놓으신다.

"선생님, 제가 드릴 것은 없고 농사지어서 짠 참기름과 고춧가루를 가지고 왔습니다. 좋은 것들 많으시겠지만 어저께 짠 것이라 고소할 겁니다."

"아니! 웬 참기름이에요?"

"선생님은 저를 잊으셨겠지만 저는 한시도 선생님을 잊은 적이 없답니다. 5년 전 신경을 너무 써서 그런지 어지러워 음식도 잘 못 먹고 했지요. 병원에 가서 영양제도 맞아 보고 안정제도 먹어 봤지만 별 효과가 없어 여기를 오게 되었는데요. 선생님께서 제 얼굴과 눈을 자세히 보시더니 '눈이 충혈된 걸 보니 잠을 잘 못 자고 얼굴이 누런색을 띠니 밥맛이 달아나 버렸다'고 말씀하셨지요. 그리고는 '마음에 큰 충격을 받으셨지요?' 하면서 측은한 눈으로 보시더니 '집안에 슬픈 일이 있었는지' 물어보셨지요.

사실 그 때 남편 상을 치루고 한 달 정도 지났을 때인데 정신이 나간 것 같았지요. 참으로 마음이 착하셨던 분인데 제가 가끔 모진 말을 해서 돌아가신 것 같아서요. 능력 없는 당신을 만나 내가 이런 고생을 하고 있다. 남들은 부모님이 물려주신 땅으로 잘도 사는데 어찌 우리는 밭 한 뙈기 안 물려주었느냐고 원망하고 다그치기도 했습니다. 남편은 묵묵히 듣고 있다가 한 마디 툭 던지데요. '아이들 잘 키우면 됐지 뭘. 나는 재복이 없나 봐요. 그렇다고 도둑질을 할 수도 없잖아요'

그러다가 갑자기 급성 폐렴으로 입원한지 보름 만에 저 세상으로 가셨으니 제가 잘못해서 돌아가셨나 하는 죄책감이 든답니다. 이런 시름과 슬픔에 젖어있을 때 선생님 말씀이 저에겐 큰 힘이 되었답니다. '부부란 인연으로 만나 인연이 다 되면 헤어지는 것'이라며, '누구나 함께 살다가 한 사람이 먼저 갈 뿐이요, 일찍 가느냐 조금 늦게 가느냐 시간 차이일 뿐'이라면서 너무 슬퍼하거나 외로워하지 말라고 위로의 말씀을 해 주셨답니다. 그리고는 약을 지어 주시고 잘 드시라며 약값도 받지 않으셨어요. 지어주신 약을 먹고 지금까지 큰 효험을 보았는데 은혜를 갚지도 못해 죄송합니다, 선생님."

몇 번이나 고개를 숙이며 인사하고 나가시는 분을 다시 앉으시라고 하고, 가져오신 선물을 바라보니 가슴이 뭉클해지며 코끝이 찡해졌다. 비록 가격을 따지고 보면 몇 푼 되지 않지만, 나를 주려고 얼마나 많은 생각을 했을까 하는 고마운 마음이 느껴졌다.

"농사는 얼마나 지으세요?"

"텃밭 조금 있는데 이것저것 조금씩 심어 자식들과 함께 나누어 먹는 답니다."

"그러면 팔다리가 저리고 아플 텐데요?"

"그러긴 해도 크게 아픈데 없으니 다행이라 생각해요."

"아~ 그러세요."

그리고는 기운을 보충하는 약을 지어드렸다. 문밖으로 나가시던 할머니가 다시 들어와 말씀하신다.

"이러시면 안 돼요. 제가 얼굴을 들 수가 없습니다."

"저도 드릴 것은 없고 건강 보약을 선물로 드리니 부담 느끼지 말고 드셔요."

할머니가 나의 손을 잡으시며 눈물을 글썽거린다. 그 눈빛과 눈물이 내 마음 깊이 와 닿는다. 직업적인 자리를 넘어 서로 주고받는 진정에 가슴 뭉클하다. 만약 내가 약값을 생각했다면 이러한 보람을 맛 볼 수 있었을까? 삶의 행복은 물질적인 것을 떠나 이처럼 소박하고 따뜻한 인정을 나누는 데에 있지 않을까?

환자와의 인간적 교류

남자 세 분과 여자 한 분이 들어오신다. 모두가 60대 초반으로 부지런하게 생겼다. 그중 두 분을 먼저 보고나서 한 분을 더 보는데 그 역시 몸을 아끼지 않고 일에 종사하고 있는 것처럼 보인다. 대화를 시작하였다.

"사장님은 다른 분보다 더 많이 바쁘신 것 같구먼요."

"네, 많이 바쁘지요. 바빠야 온 가족이 편히 먹고 살지요."

"물론 바쁘신 것도 중요하지만 내 몸도 생각하셔야죠. 귀중한 몸 병 나기는 쉬워도 낫기는 어렵습니다. 어디서 오셨나요?"

"강원도 고성에 사는데 선생님께서 약 잘 짓기로 소문이 나서 이렇게 먼 길을 왔습니다. 그리고 빨리 돌아가서 일해야 합니다."

"무슨 일을 하시는데요?"

"문어 잡는 일이요."

"왠 문어요?"

"제가 선장인데요. 특히 요즘에는 문어철이라 문어를 잡아서 팔아야 합니다."

나는 잠시 처방전을 쓰면서 생각 끝에 웃으면서 이야기하였다.

"사장님, 제가 몸 건강하시도록 보약 지어드릴 테니 그 대신에 문어 조그마한 것 한 마리 보내주시겠어요?"

"아니, 그래도 되겠어요?"

사실 나는 전에도 도자기 명장한테도 약과 도자기를 교환한 일이 있었다. 그 인연으로 그분들하고는 지금까지도 가깝게 지내고 있다. 그래서 선장님과도 돈을 떠나 사귀고 싶어 장난기가 발동된 것이다. 그렇게 해서 부부에게 보약을 지어드리면서 잘 드시라 하니 참으로 고맙다고 인사하신다.

이후 나는 그 일을 잊고 지내다가 6~7일 후에 택배를 받았다. 거기에는 엄청 큰 문어가 들어 있었다. 나는 깜짝 놀라 전화를 해서 결례를 한 것 아닌지, 손해를 끼친 것 아닌지 걱정스럽게 말을 하였다. 하지만 그 선장님은 절대 그런 것 아니라고 대답하였다. 덕분에 그 문어를 가까운 사람들과 맛있게 나누어 먹었다.

그 뒤로 나는 곰곰이 생각해 보았다. 인간관계는 결코 돈으로만 맺어지는 것이 아니며, 손익계산 이전에 각자의 재능을 교환하는 것도 좋은 방식이 될 수 있다는 것을 말이다. 거기에는 오히려 인정이 담겨 있어서 더욱 좋았다. 사람들을 대하는데 금전적인 관심만 발동하면 사는 일이 얼마나 삭막하겠는가. 사람들이 손익계산을 떠나 인정까지 주고받을 수 있는 인간관계를 고민하고 모색해 보면 좋겠다는 생각이 들었다.

그 후 큰 자식의 결혼식도 있고 해서 이바지 음식과 손님들 접대용으로 문어를 써야겠다는 생각에 그분에게 전화를 했다. 돈을 보내드릴 테니 가격의 고하를 막론하고 여러 마리 보내 주십사고 말이다. 그리하여 그것들로 손님들을 대접하니 모두들 이렇게 맛있는 문어는 처음 먹어 본다고 칭찬 일색이었다. 그 후로 선장님 부부는 "약을 먹고 좋아졌다"며, 또 다시 지어 달라 부탁을 하시기에 흐뭇한 마음으로 정성껏 달여서 보내드렸다. 이해타산을 떠나 환자와의 교류는 삶의 또 다른 기쁨이다.

약 한 첩에 인생 이야기가 두 첩인 까닭

환자의 의욕 북돋우기

딸이 아버지와 함께 왔다. 딸의 나이를 물으니 30세라고 한다. 얼굴을 살피니 한껏 긴장되어 있고 전반적으로 검으며 눈에 정기가 없어 보인다. 눈 주위도 검고 입술도 검푸르며 피부는 푸석푸석한 게 윤기도 없다.

"수면이 일정치 않은 것 같네요. 전에 신경과민이 있었어요? 신경을 많이 썼던 것 같군요."

옆에서 아버지가 대신 대답을 하였다.

"3년 전에 애 엄마가 저 세상으로 갔거든요. 그래서…"

움츠린 자세로 앉아 있는 딸의 표정이 더욱 어두워 보인다.

"신경을 많이 써서 그런지 항상 긴장된 상태인 것 같아요. 간열이 올라와 있는 거죠. 마음에 큰 충격을 받아서 그런지 무슨 일을 하려고 하는 의욕도 떨어져 있어요. 나이는 어린데 의욕감퇴가 온 것이지요. 그래서 몸도 항상 개운하지가 않고 찌뿌둥해요. 속이 갑갑한 것처럼 열이 조금씩 올라와 있고요. 마음이 실타래가 얽힌 것처럼 답답하면서 기분까지 울적해지는 것 같네요."

딸은 대답도 하지 못하고 긴장된 표정으로 고개만 끄덕였다. 옆에서 아버지가 한 번 더 거들었다.

"애 엄마도 갑자기 세상을 떠나고, 또 취직도 마음먹은 대로 잘 되지도 않고... 힘들 거예요 본인 스스로도요."

그래서 이렇게 딸의 얼굴이 소심하고 위축되어 있었던 것이었나 싶다. 일단 딸의 긴장되고 위축된 마음을 풀어주는 것이 먼저라는 생각에 다음과 같이 말을 해주었다.

"따님은 지금도 고3처럼 항상 긴장된 상태로 살고 있는 것 같군요. 제가 관상을 좀 볼 줄 아는데요. 따님은 이마가 봉긋하게 솟아올라 있어서 관운이 있는 상이에요. 그것을 관록궁官祿宮이라 합니다. 분명히 취업은 잘 될 겁니다. 그런데 자꾸 딴 생각이 나서 집중이 잘 안 되는 것 같아요. 그리고 자꾸 마음도 우울해지고 그러네요. 늦게 자는 것보다 일찍 자고 일찍 일어나서 공부하는 게 좋아요."

관운이라는 말에 아버지와 딸의 눈이 동시에 커져서 나를 쳐다보았다. 아버지가 정색을 하고 물어본다.

"관운이라고 하면... 공무원 같은 직업운을 말씀하시는 것인가요? 그렇지 않아도 지금 공무원 시험을 보려고 계속 준비 중이긴 합니다. 잘 될까요? 합격할까요?"

딸의 얼굴을 보니 표정이 살짝 풀어져서 조금은 기대가 생긴 듯한

　　　　　　　　　　　약 한 첩에 인생 이야기가 두 첩인 까닭

눈치다.

"그럼요. 관록궁이 좋으면 관운이 있다고 보거든요. 이렇게 이마가 도도록하게, 둥글게 올라와 있으면 관록궁이 좋아서 관운이 있어요. 이마가 꺼지거나 움푹 들어간 사람들은 관운이 없습니다. 이마가 얼마나 잘 생겼어요? 게다가 눈썹도 잘 생겨서 틀림없이 될 것입니다. 그러니 공부 한번 열심히 해 보세요. 자꾸 딴 생각하지 말고요. 늦게 자지 말고 일찍 자고 일찍 일어나서 공부해요.

이 말을 들은 딸이 배시시 웃으면서 미소를 짓는다. 이렇게 희망의 말을 해 주어서 마음을 풀어 주고 힘을 보태어주니 우울했던 표정이 미소로 바뀌게 된 것이다. 딸의 미소를 보니 나의 기분도 편안해진다.

"가끔 어지러울 때도 있을 거예요. 자주 체해서 머리도 많이 아플 거고요. 머리를 개운하게 해 줄 테니 이 약 먹고 공부 열심히 해 봐요. 합격할 거예요."

마지막으로 한 번 더 기운을 북돋아주는 말을 해주니 딸의 힘찬 대답 소리가 되돌아 왔다.

"네!"

이참에 인술仁術의 의미를 다시 한 번 생각하였다. 그것은 환자에게 약을 처방하는 것 이상으로, 환자의 인생사를 들어주고 그와 고통을 함께 나누는 훌륭한 상담자가 되어야 하는 것이 아닐까? 어질 '인仁'자에 담긴 뜻처럼 환자를 대하고 그의 아픔을 어루만져주면서 그에게 삶의 희망을 주는 일 말이다. 희망 없음은 우울과 허무의 삶으로 이어질 수밖에 없는 것이고 보면 약의 처방은 물론, 진지한 정신상담을 통해 환자에게 삶의 희망을 주는 것도 중요한 과제일 것이다. 내방한 환자를 넘어 모든 사람들을, 아니 미물에 대해서까지도 '측은지심'에서 발동하는 사랑의 마음이 일어나도록 부단히 노력해야겠다.

약 한 첩에 인생 이야기가 두 첩인 까닭

약
제
없
는
처
방

손님 두 분이 들어오셨다. 부부라고 한다. 약을 지으러 왔다고 하면서 이렇게 묻는다.

"선생님은 시골에서 한약방을 하는데 어찌 이렇게 전국적으로 소문이 나서 예약하기가 힘든지요? 저희 생각으로는 도저히 이해가 가질 않아요. 저희는 이제 막 결혼했고 규모가 작은 장사를 해 보려고 하는데 좋은 말씀 좀 부탁드립니다."

남편의 얼굴이 상당히 겸손해 보인다.

"사장님이 보기에는 내가 별 고생 없이 자라서 한약방을 하는 것 같아요?"

"네! 그렇게 보입니다."

"지금은 그렇게 보일 수도 있겠지요. 이렇게 두 분을 보니 내가 결혼하던 때가 생각나네요. 우리는 가진 게 너무나 없었지요. 무작정 서울로 올라와 전세방 하나를 얻기는 했는데 애기 우유 먹일 돈이 없어서 결혼할 때 아내에게 해 준 금반지를 팔았습니다. 남편으로서, 가장으로서 정말 가슴이 아팠지요. 아는 것이라고는 고등학교 졸업 후 서당에 가서 익힌 한문과 한약방에서 일하며 선생님께 한약을 배우며 의서를 독학한 것 밖에 없었으니 어떻게 하면 살아갈 수 있을까 고민이 깊었지요. 제기동 한약재 시장에 가서 여기저기 상점을 둘러보고는 집에 와서 일주일 동안 집 밖을 나가지 않고 살아갈 궁리만하기도 했지요. 집사람한테 무능력하게 보이는 내 자신이 너무 부끄럽고 창피해 힘들더군요. 생활비가 없어서 집사람이 파출부로 나간다고 하는데 정말 가슴이 무너지는 것 같았습니다.

그 말을 들은 후, 다시 제기동 한약재 시장을 나갔는데 그 많은 상회 가운데 두 평 밖에 안 되는 작은 집에 유독 사람들이 많이 와서 약재를 사가더라고요. 그 사장님 장사하는 것을 옆에서 어깨너머로 보고 많은 것을 배웠습니다. 무엇보다 그 사장님은 정직했고 친절했고 사람들한테 인색하질 않았어요.

하루는 함께 저녁식사를 하면서 물어보았지요. "약재를 사가는 사람이 많아서 큰돈을 버시겠네요. 머지않아 상가 하나 사시겠습니다." 그랬더니 대답하시대요. "그러나 장사를 해보면 남을 때도 있고 손해 볼 때도 있습니다. 중요한 점은 이득만 생각해서는 안 된다는 사실입니다. 손님들에게 믿음을 주고 좋은 인간관계를 맺는 것이 제일 큰 자산이라고 생각합니다. 가끔 약재를 외상으로 가져간 사람한테 돈을 떼이면 화도 나지만 바로 잊어버리려고 노력합니다. 나의 계획은 돈을 벌어

약 한 첩에 인생 이야기가 두 첩인 까닭

어려운 사람들을 도우며 한의원을 운영하면서 한약 도매상을 같이 하는 것입니다." 나는 그분의 말씀을 들으면서 많은 것을 깨닫게 되었습니다. 특히, 환자를 직업적으로 대하지 않고 인간적으로 대해야겠다고 다짐했습니다. 환자를 돈벌이 대상으로 대하지 않고 순수하게 인격적으로 만나겠다고 말입니다. 사람들을 장사수단으로 만나면 사는 게 얼마나 각박하겠습니까. 어느 자리에서든 따뜻한 인정으로 사람들을 만나는 게 나의 소망입니다. 맹자의 말씀이 생각나는군요. '선의후리先義後利'라, 세상을 사는데 의로움을 먼저 할 것이며, 이득은 뒤의 문제라는 것입니다. 나는 한약방에 찾아오는 분들을 항상 따뜻하게 대하고 인정을 나누려 합니다. 약값으로 이해타산하지 않습니다. 종종 외상으로 약을 짓는 분들이 있습니다만, 저는 외상장부를 만들지 않습니다. 그걸 떠들어보면 약값을 떼먹은 사람에게 기분이 나빠지고 그 분을 미워할 것 같아서입니다. 차라리 잊어 먹고 있다가 그분이 돈을 가져오시면 마치 공돈을 얻은 것 같아 고마워지기까지 하지요. 아무튼 무슨 사업을 하든 인간적인 교류의 자세가 가장 중요할 거 같습니다. 사람들을 잇속으로만 만나면 무슨 재미가 있습니까. 돈을 만지는 재미요? 그러나 돈을 적게 벌더라도 따뜻한 인정을 나누며 사는 행복만 할까요?

그 뒤로 나는 꾸준히 약재공부를 하고 한의학 공부를 해서 '83년도 한약업사 국가고시에 합격을 했고, 도안면 하작 삼거리에 방 한 칸 얻어서 한약방을 시작했어요. 몇 달 간은 간판도 없이 영업을 했는데 일심으로 정직하고 친절하게 손님 한 분 한 분들을 대했습니다. 그러자 손님들이 자꾸 입소문을 내주시고 또, 오셨던 분들이 다른 손님까지 모시고 오곤 하더군요. 그렇게 대략 16~17년이 되니깐 손님이 몇 배로 늘어나서 이 곳 증평으로 오게 된 것입니다.

하지만 나는 지금도 다른 분들이 모두 나보다 더 많이 배우고 훌륭하다고 여깁니다. 그래서 그분들에게 뒤지지 않기 위해 겸손한 마음으로 공부에 게으름을 피우지 않았습니다. 『서경』에 이르기를 '자만하면 손해를 부르고 겸손하면 이익을 얻는다滿招損 謙受益하였습니다.' 여기에서 손해와 이익은 금전적인 것만을 뜻하지 않습니다. 어떤 자리에서든 자만은 더 이상의 진보가 없으므로 그것이 '손해'요, 자신이 부족하다고 여기는 겸손은 무언가 더 노력하는 열성을 동반하므로 그것이 '이익'입니다. 많은 사람들이 다행히 나를 알아주고 믿어주는 것은 아마도 그러한 자각 속에서 어떻게든 더 공부하고, 또 정성과 신뢰를 닦아서일 것입니다. 사실이 그렇지 않은가요? 의성醫聖으로 일컬어지는 화타나 편작, 허준 선생에 비하면 이 연만희의 식견이라는 것은 참 보잘 것 없지요. 사장님도 어떠한 사업을 하든지 그 분야에 대해 식견을 단단히 쌓고 정직, 친절, 겸손하게 사람들을 대한다면 꼭 성공하시리라 믿습니다."

이 분들에게는 이것이 알맞은 처방일 것이었다.

"아, 선생님 정말 놀랍네요! 우리는 선생님이 처음부터 잘 되었다고 생각했습니다. 말씀 너무나 감사합니다. 선생님의 말씀을 마음속에 새기고 저희도 선생님처럼 정직과 신뢰, 겸손과 꾸준한 노력의 자세를 잃지 않겠습니다."

오래 전의 일이다. 40대 중반 되는 남자 분이 서울에서 왔다며 허리를 펴지 못하고 구부정하니 매우 괴로운 표정을 하고 앞에 앉는다. 얼굴이 갸름한 것이 성격이 꼼꼼한 편이고 눈이 빛나 보이는 소음인 체질이다.

"허리가 아프신가요?"

"예. 강직성 척추염이라네요. 며칠 전 택시를 타고 기사와 이야기를 나누던 중 이곳 한약방을 알려주며 양심적인 것 같다는 소리를 듣고 왔습니다. 잘 좀 봐주십시오."

"무슨 일을 하시는가요?"

"전에 의상 디자이너로 많은 돈을 벌었는데 이 몹쓸 병에 걸려 고쳐보려고 유명한 병원을 다 다녀도 못 고치고 전 재산만 날려버렸네요. 처자식 때문에 놀 수는 없고 아픈 몸을 이끌고 회사에 다니며 겨우 살아가고 있답니다."

울먹이면서 이어가는 말에 측은한 마음이 생겼다. 이 남자 분에게는 간신허약肝腎虛弱 근련골통筋攣骨痛에 쓰는 약이 적절하리라는 생각이 들었다. 그래서 『동의보감』의 해당부분을 펼쳐 보여드리며 말을 이어 나갔다.

"사장님이 앓고 있는 증상이 이와 같습니다."

"잘 좀 지어주세요."

추후에 남자 분이 약 한 제를 다 복용한 후 다시 찾아왔다.

"양약 한약을 두루 먹었어도 효험을 못 보았는데 선생님이 지어주신 약을 먹고 허리 통증이 감소하고 상당히 부드러워졌습니다."

나는 그 말을 듣는 순간 자신도 모르게 남자 분의 두손을 꼭 잡고는 감사하다는 말을 했다. 그렇게 오랫동안 고통스럽게 했던 병을 고쳐드 렸다는 사실이 너무나도 기쁘고 또 한편으로는 고마웠기 때문이다.

요청에 따라 약을 한 제 더 지어드리면서 "이곳까지 오시기가 불편하고 또 형편이 어렵다고 하시니 계속 약을 지어드리기가 민망하네요. 제가 처방을 써서 드릴테니 앞으로는 서울 제기동 한약건재약업사에 가서 구입하시지요. 다소라도 절약이 될 겁니다. 그리고 생녹각을 넣어 드시면 근골이 더욱 강해질 것입니다."

남자 분이 한동안 멍하니 나를 쳐다보다가 "아끼시는 처방을 주시고 약 사는 곳까지 가르쳐주시니 그래도 괜찮은가요?"

"조금도 부담스럽게 생각하지 마시고 사장님 건강해서 사업에 성공하시면 더 바랄 게 없습니다."

5년 쯤 지났을까. 한 통의 편지가 왔다. 읽어보니 그 분이었다. 다음은 그 편지의 내용이다.

선생님과 저는 무슨 인연인지는 몰라도 어진 마음과 측은지심으로 좋은 약과 처방을 주셔서 몸이 많이 좋아서서 일상생활을 하는데 큰 무리가 없답니다. 병원에서 진찰결과 척추염이 더 진행되지 않고 호전되고 있으니 건강관리를 잘 하라고만 하더라고요. 저와 온 가족의 기쁨을 선생님께 전해드립니다. 크신 사랑을 살면서 갚을 수가 있을런지요. 앞으로도 고통 받는 많은 사람들을 고쳐주세요. 그 이후 저는 회사를 퇴직하고 전에 하던 디자이너로 옷을 만들어 유명 백화점에 납품을 하고 있답니다. 선생님께 저의 마음을 담아 제가 디자인한 옷을 보내드리니 사양치 말고 받아주세요. 저는 선생님께 더 큰 사랑을 받아서 보답하기에 부족하지만 제 마음이라고 생각해 주시면 감사하겠습니다.

그리고는 또 해마다 신상품 옷이 나오면 보내주기를 10여 년이 넘었다. 올해는 아들, 며느리, 손자까지 온 식구가 다 함께 오셨다.
굽은 허리를 잡고 있는데 눈이 매우 괴로운 표정을 짓고 있었다.
"앉으세요. 몸이 불편하세요?"
"배가 땡기고 아파서 유명 대학병원에 가서 검사한 결과 아무 이상이 없다는데 누워서 잠도 못자고 웅크려 잠을 잔 지가 한 달이 넘습니다. 선생님이 고쳐 주실 것 같아서 이렇게 온 가족이 오게 되었습니다."
"혹시 뜨거운 것을 배에 대주면 어떻던가요?"

"조금은 덜 하는 것 같습니다."

의원이 환자를 볼 때는 체질과 음양·허실·표리·한열陰陽·虛實·表裏·寒熱을 분별하여 한寒으로 생긴 병에는 따뜻한 약을 쓰고 열熱로 생긴 병에는 찬 약을 쓴다. 이 분은 성격이며 생활상을 볼 때 항상 구부려서 있고 자기 일에 열중하므로 상열하한上熱下寒과 허냉복통虛冷腹痛으로 인한 질병일 것이다. 그래서 『방약합편』의 처방약을 썼다. 그 후 소식을 전해왔는데, 약을 먹자마자 통증이 완화되더니 한 제를 다 먹고는 90% 정도 호전되어 정상이나 다름없이 생활한다고 하였다. 나는 다시 한번 감사한 마음에 기쁨을 감출 수가 없었다. 모든 이들이 이렇게 잘 낫는다면 얼마나 좋을까.

약 한 첩에 인생 이야기가 두 첩인 까닭

늙고 병듦의 서러움

　오후 한시 쯤, 일이 끝날 무렵 얌전하게 생긴 80대 노신사가 인사를 하고 들어오셨다.

　"제가 10여 년 전에 집사람과 함께 왔었는데 기억이 나지 않으시겠지요? 오늘 온 이유는 다름이 아니라, 그 때 선생님이 제 아내 얼굴을 가만히 살피더니 '어깨와 목이 굳어져 머리로 가는 뇌혈관이 약해 숙면도 안 되고 눈도 침침해지고 기억력도 감퇴 될 우려가 있으니 약을 먹고 미리 예방 하는 게 좋을 듯하다'고 말씀하셨더랬습니다. 그 이야길 들은 아내가 벌떡 일어나 '약 먹을 돈이 어딨냐. 병원도 아니고 한약방에 왜 데려왔냐. 당신이나 먹어라. 보약 먹으면 죽을 때 고생한다더라.'고 성질을 내며 나갔습니다. 집으로 돌아오는데 어찌나 민망스럽던지 고개를 들 수가 없었답니다.

　그 후 2년이 지나 아내의 몸이 불편해지면서 기억력도 현저히 떨어지고 전에 하지 않던 행동을 하기에 검진을 받아보니 치매가 많이 진행되었다고 하더군요. 곁에 항상 보호자가 있어야 한다는 말을 듣고 하늘이 무너지는 듯했습니다. 그간 세월이 흘러 벌써 간호한 지 8년이 되었고, 저 또한 늙은 몸이 되어 불쌍하지만 어찌 할 수 없이 요양병원에 보냈습니다. 저도 긴장이 풀어져서 그런지 전신이 아파 며칠간 입원하고 나오면서 선생님이 전에 하신 말씀이 생각났습니다. 그래서 오게 되었지요. 지푸라기라도 잡는 심정으로 혹시나 한약을 복용하면 효험이 있지 않을까 해서요. 내가 남편으로서 해 줄 수 있는 것이 약 밖에 없네요."

노인의 눈에 눈물이 글썽거린다.

"자손은 어떠신가요?"

"(잠시 머뭇거리시더니) 긴 병에 효자 없다고 하잖아요? 자식들이 부모에게 폐 안 끼치고 사는 것만으로도 만족합니다. 이제 제가 할 수 있는 것은 아무 것도 없네요. 세상을 살아야 할 이유가 없어져 어찌하면 편안하게 죽음을 맞이할까 하는 생각뿐입니다."

"살아오시면서 부부 사이는 어떠셨는가요?"

"아내가 너그럽고 유순한 성격은 아니지요. 자기가 하는 일은 모두 옳고 다른 사람이 하는 것은 부정적으로 바라보니 지금까지 살면서 다정한 말 한마디 못해보고 살아왔습니다. 10여 년 전에 싸워서라도 약을 먹게 했더라면 서로가 이런 고통은 없지 않았을까 생각이 들지만 지금은 불쌍한 생각에 가슴이 메어지고 허전해서 잠을 못 이룹니다. 어렵게 찾아온 저를 생각해서 거절하지 마시고 약 한 제 지어 주세요."

"잘 오셨습니다. 아시겠지만 치매는 오늘날 치료하기 어려운 병입니다.

약 한 첩에 인생 이야기가 두 첩인 까닭

다만 제가 해드릴 수 있는 것은 한의학의 처방을 따르는 것 밖에 없네요. 그리고 어르신께서 8년간 간호하시느라 고생 하셨으니 약값은 받지 않겠습니다."

"(놀라시면서) 일가친척도 아닌데 그런 법이 어디 있습니까? 약값을 충분히 치를 수 있습니다."

"아닙니다. 제 마음에서 우러나와 하는 것이니 사양마시고 받아 주세요."

"선생님의 마음을 잘 알겠습니다. 정말 고맙습니다."

얼마 후 어르신께서 나가셨다 음료수를 들고 다시 들어오셨다.

"염치가 없어서 이렇게 다시 왔습니다. 저는 살아오면서 아무도 도와주지 못하였는데 이렇게 은혜를 베풀어주니 다시 한 번 감사드립니다. 많은 것을 배우고 갑니다."

어르신을 물끄러미 바라보니 가슴이 찡해온다. 그 측은한 모습에 나의 눈시울이 뜨거워졌다. 그처럼 외롭게 사는 사람들을 어떻게 하면 위로해 줄 수 있을까? 외로움을 덜어 줄 수 있을까? 되돌아 생각하면 저 노부부와 같은 처지를 겪지 않으리라고 누구도 장담할 수 없다. 병들기 전에 부부 사이에, 그리고 가까운 사람들과 어떻게 하면 서로 보듬으면서 외로움을 줄일 수 있을까? 질병 치료 이상으로 참으로 어려운 문제다. 늙고 병드는 것만큼 서러운 일이 없는 것 같다.

공수래공수거 인생

양복과 한복을 깔끔하게 차려입은 칠십대 부부가 앞에 앉았다.

"어디 예식장 다녀오시나요?"

"아닙니다. 우리는 외출할 때 정장과 한복 차림으로 다닙니다."

"무슨 특별한 이유가 있으신가요? 이렇게 하기가 쉽지 않으실 텐데요."

"내 친구 중에 마음을 나눌 수 있는 이가 하나 있는데 자손들도 다들 잘 되고, 운동을 좋아하여 등산도 하고, 건강검진을 받아보면 혈관에 콜레스테롤이 좀 있을 뿐이지 아주 건강했던 친구였지요. '남들처럼 몸에 좋은 보약 좀 먹어보지' 하면, '삼시 세끼 밥 잘 먹는 게 보약'이라며 근력을 자랑하곤 했던 친구, 어쩌다 '맛있는 소고기를 좀 먹자'고 하면, '혈관이 나빠진다'며 '보리밥이나 칼국수를 먹자'던 친구, 초중년에 몹시 어려웠지만 자식들이 명문대에 들어가 교수, 대기업 중역으로 일하며 매월 1일이면 용돈을 넉넉히 보내주어 근심걱정 없다던 친구, 자

약 한 첩에 인생 이야기가 두 첩인 까닭

식들이 새 양복을 맞추어 주었다고 자랑하던 친구, '야, 친구야. 아들이 해준 양복 그거 착복식 좀 해봐라' 하면, '헌옷이 있어야 새 옷이 있지' 하며 아끼던 친구. 그런 친구가 어느 날 심장마비로 저 세상으로 갔다는 비보를 받고 바로 달려가 손을 잡고 얼굴을 만져보고 쓰다듬어 보았지만 이승을 하직한 사람, 다시 올 수 없는 곳으로 가버린 친구를, 매장은 관리하기 힘들다고 화장하는 것까지 3일을 지키고 왔지요. 친한 친구를 보내는 마음이 참 서글프기 한이 없었답니다. 어쩌면 내 자화상을 보는 것 같아 눈물이 하염없이 흘러내리더군요. 입구부터 진열해 놓은 조화가 무슨 소용이 있어요. 상을 치루고 삼우제 때 친구 집에 가니 부인이 옷 정리를 하는데 한 번이나 입었을까 하는 새 양복 3벌이 나오고 안 입은 내복도 수북하게 나오더라고요. 부인이 이 옷들을 태우려고 내놓으며 새 옷도 못 입어보고 떠난 남편이 불쌍하다고 목 놓아 우는 것이었습니다."

어르신은 친구 분이 다시 생각나시는지 잠시 말씀을 멈추시고 땅을 향해 한숨을 푹 내쉬었다. 눈물이 글썽거리는 눈을 한 번 지그시 감았다 뜨고는 다시 말씀을 이어가셨다.

"첫째로 자식들이 해준 옷을 입고 다니고, 둘째로 비록 부유하지는 않지만 연말연시에 불우이웃돕기 성금을 내기로 하였답니다. 언제 떠날지 모르는 인생인데 '남한테 인색하다, 지독하다, 돈밖에 모른다' 이런 소리는 안 들어야죠. 우리 부부는 건강을 위해 춘추로 약을 먹곤 했는데 선생님이 약 잘 짓는다는 소리를 듣고 온 것이지요. 선생님께서 우리 부부의 건강을 위해 약을 좀 잘 지어주셨으면 좋겠습니다."

어르신의 말씀을 들으면서 나는 인생을 즐겁게 사시려는 두 분을 다시 한번 쳐다보았다. 특히 누군가를 돕는 일이야말로 허무한 삶에 의미를 채우는 훌륭한 방법일 것이다. 이에 두 분이 건강하게 사시도록 남편 분과 사모님에게 체질에 맞게 약을 지어드렸다. 마침 옛시 한 구절이 생각난다.

空手來空手去(공수래공수거) 빈손으로 왔다 빈손으로 가니

人生事如浮雲(인생사여부운) 세상만사가 뜬 구름 같구나

成墳墓客散後(성분묘객산후) 묘지에 성토하고 조문객들도 다 떠나니

山寂寂月黃昏(산적적월황혼) 산은 적막하고 황혼 달빛만 처량하네

2

밝은 마음의
통찰력

자식의 배은망덕

80세 가까이 되신 할머니가 아드님과 함께 들어오셨다. 나를 쳐다보는 그 눈빛과 얼굴에 세상을 힘들게 살아왔음이 역력히 드러난다. 허리와 다리에 힘이 없고 피골이 상접한 것을 보니 평소 드시는 것도 변변치 않은 듯하다.

"할머니, 그간 사시면서 힘들고 어려운 일이 많으셨지요?"

"우리 나이에 편하게 산 사람이 몇 명이나 되겠어요? 요즘 젊은 사람들은 모두가 복 받고 태어난 것이지요. 세상에 먹을 것 풍부하지, 차도 타고 다니지요. 그래도 힘들다고 야단이니, 편하게 살려는 욕심이 끝없는 것 같아요. 저는 나이 80이 되다 보니 자꾸 잊어버리고 생각이 왔다 갔다 할 때가 한두 번이 아니랍니다. 다리도 아프고 몸도 여기저기 쑤시고, 기운도 없고 추위도 많이 탄답니다. 아들과 함께 이렇게 왔으니 잘 좀 봐 주세요."

　　　　　　　　　　　　　　　　　밝은 마음의 통찰력

이렇게 할머니가 말씀하시는데 옆에 있던 아들이 짜증 섞인 목소리를 내뱉는다.

"어머니, 나이가 80이 다 되었는데 안 아프고 기운이 펄펄 나고 기억력 좋은 사람이 어디 있어요! 밥 잘 먹으면 되었지요."

아들이 어머니를 모시고 와서는 왜 신경질을 내며 저런 말을 할까? 모자 사이의 분위기가 갑자기 싸늘해진다. 재차로 짜증난 아들의 목소리가 들렸다. 나를 바라보면서 하는 이야기다.

"선생님! 안 그래요? 나이 먹으면 다 그런 것 아니에요? 얼마 전에 병원에 가서 종합 검사한 결과 이상 없다고, 그냥 노환일 뿐이라고 했는데 말이에요. 조금만 아프면 이곳저곳에 전화해서 바쁜 사람 오라 하네요."

아들이 그렇게 투덜대면서 불경스러운 말을 해도 할머니는 아무 말도 안하시고 듣고만 계신다.

"할머니, 자손은 몇이나 두셨나요?"

"아들만 4형제랍니다. 모두 다 객지로 나가 살고 있지요. 시골에서 나 혼자 살고 있는데 혹시 몸에 이상이라도 생기면 어찌하나 방정맞은 생각이 문득문득 든답니다. 전에 남편이 힘든 일을 하면 가슴이 답답하다고 하며 가끔 통증을 느꼈답니다. 병원에 가서 검사를 한 결과 '심장이 부었으니 무리하게 일하지 말라'고 충고하대요. 연전에 가을 추수를 하다가 힘들다면서 집에 가서 조금 쉬었다 온다고 하더니 그 길로 심장마비로 돌아가셨습니다."

그리고는 눈물을 흘리신다. 이 모습을 옆에서 보고 있던 아들이 퉁명스럽게 한 마디 던지고는 밖으로 휙 나가버린다.

"가는 곳마다 저런 소리를 한다니까!"

할머니는 아들의 뒷모습을 힐끗 보시고는 말씀하신다.

"저것 보셔요. 자식들은 손자 손녀 낳아놓고 힘들면 나한테 봐달라고 맡겨놓으면서, 내가 힘들어 병원에 가야겠다고 말을 꺼내면 짜증을 내네요. 다들 바쁘다고 짜증스럽게 둘러대니 연락하기도 마음에 부담이 된답니다. 그동안 고생스럽게 농사지어 자식들 공부시켜 출가시켰으니 내 할 일은 다 한 셈이지요. 그런데 이제는 아픈 데만 늘어나네요. 마음대로 죽을 수도 없고, 나를 두고 돌아가신 남편 생각에 꼬박 날밤을 새우기도 한답니다. 내가 모아놓은 돈이 좀 있으니 좋은 보약 좀 잘지어주셔요, 선생님."

할머니가 이렇게 이야기하시는데 밖에 있던 아들이 다시 들어오면서또 퉁명스럽게 내뱉는다.

"별 이상 없으면 얼른 가요. 나도 바빠요."

그리고는 할머니의 팔뚝을 잡아채 끌고 나간다. 약을 지어드릴 생각도 안 하고 말이다. 아니 이게 도대체 무슨 경우란 말인가! 마치 뒤통수를 망치로 얻어맞은 것처럼 한동안 멍하니 앉아 있었다. 저런 불효가어디 있단 말인가! 효도는 부모님의 은공에 대한 보답의 방식이다. 부모님이 나를 힘들게 낳아 길러주신 것을 되돌아 곰곰이 생각해보자. 만약 결혼해서 자식을 키우고 있다면 하늘보다도 높고 바다보다도 깊은부모님의 은혜를 실감할 수 있으리라. 부모님으로 인해, 개똥밭에 굴러도 이승이 좋다는 이 세상에 내가 존재한다는 것만으로도 얼마나 감격

밝은 마음의 통찰력

적인가!

그런데 사람들은 효도를 기껏 의무로 여겨 마지못해서 행하거나, 아니면 부모에게 등을 돌리는 경우가 있다. 본인도 나중에 자기 자식에게서 그런 대접을 받는다면 그것을 당연한 일로 생각할까? 그럴 리가 없을 것이다. 이 세상에 자식한테서 효도를 받고 싶어 하지 않는 사람은 하나도 없다. 따지고 보면 효도란 어려운 일이 아니다. 물질적인 봉양은 부차적인 일이다. 가장 중요한 것은 부모님의 마음을 편하게 해드리는 것이다. 말 한마디라도 부드럽게, 그리고 따뜻한 얼굴빛으로 부모님을 대하는 것 이상으로 효도가 없다. 그것이 늙으신 부모님으로 하여금 자식을 키워온, 인생이 허망하지 않다는 자부심을 갖도록 해줄 것이다. 또한 자식 본인도 행복하고 평화로운 마음을 자연스럽게 얻게 될 것이다. 부모에게 불경 불효하는 자식의 거칠고 신경질적인 마음을 들여다 보자. 비록 사회에서 성공을 한다 하더라도 그의 마음은 결코 행복과 평화를 누릴 수 없을 것이다.

『소학』의 일화가 생각난다. 노래자老萊子라고 하는 노인이 아주 늙으신 부모님을 모시고 살면서 색동저고리를 입고 마당에서 춤을 추곤 했다고 한다. 그리고 부모님과 함께 밥을 먹는 도중에 부엌에서 숭늉을 떠 가지고 들어오다가 문지방에 걸려 넘어져 울기도 했다고 한다. 일부러 넘어져 거짓으로 운 것이다. 부모님이 그런 자식 앞에서 당신들의 존재감을 느끼시도록 그렇게 연출한 것이다. 자식이 장성해서 너무 어른스럽게 행동하면 부모로서는 더 이상 자식 앞에서 자신의 의의를 못 느낄 것이기 때문이다. 늙으면 죽어야지라는 허망한 독백이 그래서 나온다. 부모님이 늙어 돌아가실 때까지 삶에 대한 허망감을 느끼시지 않도록 하는 게 바로 효도다. 이 세상의 모든 자식들도 그러한 노년의 삶을 바랄 것이다. 그러한 마음을 미루어 부모님에게 행하는 것이 효도다.

밝은 마음의 통찰력

　　　　　50대 후반 부부가 들어오는데 힘들게 살아왔는
지 상당히 초췌한 모습이다. 남자 분은 전에도 오셔서 약을 드신 분이다.

"선생님 우리 부부 보약을 지으러 왔습니다."

"요즈음 많이 힘드신 일이 있었나요?"

"네, 농촌에서 못자리도 하고, 고구마도 심고요. 여러가지로 눈코 뜰
새가 없었답니다. 그리고 아버지를 모시고 살았는데 며칠 전에 돌아가
셔서 상을 치르고 삼우제 지낸 지 삼일 지났습니다."

"아~ 그러세요."

전에 약도 드신 분이라 모른 체 할 수 없어서 일어나 조의금을 준비
해가지고 상주 분한테 예의를 갖추고 정중하게 절을 하자 극구 사양하
면서 남자 분께서 눈물을 글썽거린다.

"저희는 3남 2녀인데 큰 형님은 선생님, 둘째는 공무원, 제가 셋째입

니다. 부모님께서는 위로 형님들만 공부시키고, '집에서 농사짓는 놈도 있어야 한다'고 하시면서 저에게는 공부보다는 농사일을 가르치셨습니다. 그래서 저는 농사를 지으며 부모님을 모시고 살다가 이제는 두 분이 다 돌아가시고 나니 마음 한편에 허전한 생각이 많이 든답니다. 아버지께서 척추 질환으로 여러 해 동안 고생 해 집사람이 수발 하느라고 어려움도 많았지요. 삼우제 지내고 모두 우리 집으로 와서 서로를 위로하는 자리에서 형님들이 '그간 막내 동생 제부가 고생 많이 했다'며 우애 있는 말들이 오갔지요. 그때까지는 좋았습니다. 그런데 아버지가 쓰시던 방에 들어가 버릴 짐들을 정리하는데 만 원짜리 지폐가 방바닥에 쫙 깔려 있는 걸 발견하고는 모두가 놀랐습니다.

이어 큰 형님 부부가 나서더니 '동생들은 저리가라'며 둘이 정리를 하더군요. 그리고는 '이 돈은 내가 맏아들이니 내 것'이라고 하면서 손도 못 대게 했습니다. '그러면 부모님 모신 저는 뭐예요?' 하며 따지자, '제사도 내가 모실 테니 걱정 말라'며 완강하게 나가는 겁니다. 할 수 없이 '그러면 잘난 형 맏아들이 다 알아서 하세요! 이제부터는 서로 형제지간에 오가지도 맙시다!' 하고 쏘아붙이면서 험한 말까지 해버렸습니다. 하지만 제 마음이 너무 편치 않았습니다. 그간 별 탈 없이 잘 지내다가 그놈의 돈 때문에 형제지간에 의가 나게 생겼으니 참으로 한숨이 나온답니다."

"사장님! 지금까지 그 돈 없이도 잘 살았잖아요? 오죽하면 형님이 그랬겠어요. 형님께서 조카들하고 어렵게 사셨나보다고 좋게 생각하시고 다음에 형님 찾아가서 우애를 회복하세요. 그렇게 하지 않으면 평생 마음의 응어리를 풀지 못하고 원망만 키우게 될 거예요."

"선생님 말씀 잘 알겠습니다. 그러나 제 생각에 큰 형님은 평생 교직에 있었는데 학생들에게 무얼 가르쳤나 의심이 든답니다. 저는 배우지는 못했지만 근면, 성실하게 살아왔고, 인의예지를 알며, 백행지본百行之本이라는 효도를 실천해왔으며, 형제지간 우애 있게 지내야 한다는 생각을 해왔습니다. 아무튼 우리 집안 치부를 드러낸 것 같아 부끄럽네요."

이렇게 이야기를 주고받다가 부부가 체력을 보충하시도록 약을 지어드렸다. 두 분이 나가시고 나서 한동안 씁쓸한 마음을 금치 못하였다. 어쩌다가 세상이 이렇게 변해버렸는가. 물질적인 풍요는 허울에 불과한 것이 아닌가. 돈 때문에 형제간, 친구간, 부부간, 심지어 부자간조차 갈라서니 사람들은 삶의 행복을 어디에서 찾고 있는 걸까?

부부화합의 처방

어느 부부 이야기다. 둘이 들어오면서부터 서로 째려보는 모양새다. 남편이 부인을 가리키며 대뜸 "이 사람 보약 한 제 지어주세요."라고 하니, 부인도 지지 않고 "약 먹고 싶으면 당신이나 먹지~ 흥!" 하고 응수한다. 남편이 "왜 당신은 항상 말을 그렇게 하지?" 하면서, 나를 향해 "미안합니다, 선생님! 이 사람이 원래 성격이 괴팍해서요."라며 양해를 구한다. 이에 부인이 다시 소리를 높여 대꾸한다. "내가 무슨 성질이 괴팍하다고 그래요! 당신이 살면서 나를 이렇게 만들어 놓고. 보약이면 다야?" 옆에서 듣기에도 민망하다.

"사장님, 사모님 일단 앉아보세요. 왜 이렇게 잘 나신 분들이 다투시는 거예요?"

부인이 화를 벌컥 내면서 말한다.

"우리는 언제 헤어질지 몰라요."

밝은 마음의 통찰력

"왜요? 자초지종을 말씀하셔야지요~!"

부인이 눈물을 글썽이며 다시 받는다.

"말하면 뭘 해요. 저 양반이 맨날 술 먹고 늦게 들어오지, 모든 것을 일방적으로 혼자 다 결정 해버리고, 이게 사는 거예요?"

"사장님, 우리 약방에 사장님 부부 같은 분들이 가끔 오시거든요. 이런 분들이 제 말 듣고 잘 사시는 분들이 많아요. 제 말 한 번 잘 들어보세요. 부부는 첫째 대화를 많이 해야 합니다. 사장님이 사모님께 당신은 여자니까 남편한테 무조건 잘하라고 일방적으로 하면 안 되지요. 옛글에 '상경여빈相敬如賓'이라는 말이 있어요. 서로 손님을 대하듯이 공경하라는 뜻입니다. 사장님도 손님 접대 많이 하시지요? 만약 손님을 함부로 대하면 일이 깨지고 맙니다. 하물며, 부부는 얼마나 예민한 사이인가요? 입장을 바꾸어 생각해 보시지요. 만약 사모님이 사장님을 함부로 대한다면 기분이 어떻겠어요. 사장님이 공경 받고 싶으신 것처럼, 사모님도 똑같은 마음을 갖고 있다는 점을 헤아리면서 대해 보세요. 지난날 사모님을 속상하게 했던 태도에 대해 사과하고 부드럽게 다가가시면 사모님이 감격하여 사랑을 담뿍 주실 것입니다. 공자 말씀에 '잘못이 있으면 그것을 고치는 것이 군자'라 했습니다.

그리고는 부인에게 말을 돌렸다.

"사모님은 '어떻게 남자가 되어 여자 하나 포근하게 보듬어 주지 못하고 모든 일을 일방적으로 밀어붙이지?' 이렇게 계속 생각하면 사는 게 지옥일 겁니다. 모든 일이 마음먹기 나름입니다. 만약 사장님이 화를 내거든 함께 화로 맞받아치지 마시고 투정부리는 자식 대하듯이 받아들여보시지요. 남자들에게는 없는 너그러운 모성애로 나서는 겁니다. 사장님은 제풀에 지쳐서 사모님의 품안에 들어올 것입니다. 부드러움이 강함을 이기게 되어 있습니다.

그리고 자녀가 두 명이시라면서 아이들 보는 앞에서 진정으로 편안하게 사는 모습을 보여주세요. 잘 아시는 것처럼 아이들은 부모를 그대로 닮습니다. 부부생활의 화목 여부를 아이들이 그대로 배웁니다. 만약 애들이 두 분의 싸움만 배운다면 걔들의 결혼생활이 어떻게 되겠습니까? 아이들에 대한 책임의식을 가지셔야 합니다. 한마디로 가화만사성家和萬事成입니다. 가정이 화목해야 모든 일이 다 잘 풀리고 이루어집니다. 이것이 저의 처방입니다."

이 말을 들은 두 분이 멍하니 나를 쳐다보면서 "아이~참. 한약 지으러 왔다가 인생 상담 받고 가네요~." 하면서 나간다.

그 후 1년이 지나 부부가 과일을 잔뜩 사가지고 와 웃으면서 말을 꺼낸다.

"선생님! 우리는 1년 전에 왔다가 인생 상담 받고 부부화합 처방을 받아갔던 사람들입니다. 선생님 덕분에 싸우지 않고 잘 지내고 있습니다. 부부싸움은 서로 간 이해 부족에서 오는 것 같아요. 상대방을 생각 안하고 일방적으로 이끌어가다 보니 결국 이혼까지 이르게 되나 봐요. 그 때 우리도 최악의 상태였기 때문에 선생님의 화합처방이 아니었다면 결국 갈라섰을 겁니다. 이제는 사이가 좋아져 둘이 보약 먹고 더 건강하고 행복하게 잘 지내려고 이렇게 왔습니다. 선생님! 약 좀 잘 지어주세요!"

두 분의 얼굴을 보니 정말로 기쁘지 않을 수 없었다. 나의 직업에 커다란 보람이 느껴졌다. 극단적으로 이혼까지 생각했던 부부였는데 이렇게 화목한 모습으로 다시 찾아와 감사의 인사를 올리며 약 먹고 더 행복하게 잘 지내겠다고 다짐하니 말이다. 내가 말을 받았다.

"맞아요. 죽을 먹어도 마음이 편해야 살로 간다는 말이 있잖아요. 그렇듯이 마음 편한 게 제일이지요! 사모님! 얼굴 더 예뻐지는 약으로 지어드릴 테니까 사장님께 잘 하세요. 사장님도 기력을 팍팍 보충해줄 테니까 사모님 더욱 사랑해 주시고요!"

밝은 마음의 통찰력

눈이 크고 이목구비가 뚜렷하게 생긴 부인 한분이 들어와 앉았다. 그런데 얼굴에 왠지 모를 근심이 많이 서려 있다. 내가 먼저 대화를 시작했다.

"지금 나이가 몇이시죠?"

"쉬흔 셋입니다."

"혹시 젊었을 때 선을 많이 보셨나요?"

"많은 사람을 만나보았는데 인연이 닿질 않아서인지 늦게 결혼해서 42세에 첫 아이를 하나 낳았습니다."

그러나 결혼 생활이 순탄치 않은지 눈과 얼굴에 수심이 가득하다. 좀 더 자세하게 물어보기로 했다.

"혹시 가정적으로 어려움이 많이 있었나요? 그래서 마음에 상처도 많이 받고 그랬지요?"

이 말을 듣자마자 부인이 눈물을 흘리면서 자신의 사연을 털어놓는다. "세상에 말이에요. 남편이 성적으로 병이 있는지 밤이면 밤마다 욕정을 채우려 덤비는데 제가 정말 죽겠어요. 그러다 친정어머니가 돌아가셔서 삼우제를 지낸 뒤 정신이 혼미하고 몸은 지칠 대로 지쳐서 잠을 청하려고 누웠는데 그 날도 남편이 합방을 하려고 하는 것 아니겠어요. 그래서 제가 짜증을 내었더니 그 즉시 한다는 말이 '안 하면 나 바람피울 거다' 하고 윽박질러 '알아서 하라'고 했더니 그 때부터 대놓고 다른 여자를 만나고 다니지 뭡니까. 이러니 제가 얼마나 분하고 억울합니까. (눈물을 주르륵 흘리면서) 계속 살아야할지 헤어져야할지 가슴이 답답하고 두근두근해서 잠을 이룰 수가 없었습니다. 친구한테 이야기를 했더니 '평화한약방을 가봐라. 거기 선생님이시라면 해답을 주실 거야' 하더군요. 그런데 정말 저를 보시고는 제 마음을 알아주시니 눈물이 자꾸만 나오는 걸 멈출 수가 없네요."

눈물 맺힌 사연을 묵묵히 듣고 있던 나는 아무 말도 하지 못한 채 잠시 생각에 잠기지 않을 수가 없었다. 부인이 받았을 마음의 고통과, 곪을 대로 곪아버린 상처의 깊이가 얼마나 깊은지 짐작조차 힘들었다. 나는 어떤 말로 위로의 마음을 전해줘야 할지 고민하다가 다음과 같이 말을 이어나갔다.

"약을 써서 일시적인 효험을 볼 수 있지만 말로써 받은 상처는 오래가기 마련입니다. 그렇기 때문에 시간을 가지고 부부간의 대화를 많이 나누어 보시는 게 어떨까요?"

"지금 생각으로는 헤어지는 것만이 서로를 위하여 행복한 길인 것만 같아요. 이제 5학년 된 아이는 제가 맡아 키우려 합니다."

이미 온갖 수많은 생각을 해왔을 부인의 답변을 듣고 나니 마음이 울컥해지면서 가슴 속을 뭔가가 답답하게 조여 오는 듯했다.

"어쩔 수 없기는 하지만 바로 이혼 하지는 마시고 좀 더 솔직한 대화를 나누며 상대의 마음을 충분히 읽고 나서 결정하셔도 되지 않을까 싶어요. 아이가 벌써 5학년이면 곧 사춘기가 오게 될 텐데, 자식한테 그런 모습을 보여주는 것이 어떤 영향을 끼칠지도 깊이 생각해 보셔야 할 것입니다."

부인이 한숨을 들이쉬었다 내쉬었다 하면서 한참 있다가 고마움을 표한다.

"선생님의 말씀은 제 마음 속에 담아가겠습니다. 제 마음이 이러니 선생님께서 약이라도 한 제 지어주시면 제가 많이 편해질 것 같아요."

부인의 부탁을 들으며 왠지 모르게 내 마음 한구석에서 일어나는 아리고 쓸쓸한 감정을 지울 길이 없었다.

앞서 부인에게 처녀시절 선을 많이 보았는지 뜬금없이 물었던 것은 부인이 부부관계에서 무언가 문제가 있을 것 같은 예감에서였다. 사람들은 나를 두고 환자가 말을 꺼내기도 전에 그의 질환과, 심지어 과거사까지도 꿰뚫어본다고 말들 한다. 그것이 어떻게 가능하냐고 물으면 할 말이 없다. 환자의 얼굴에 그렇게 쓰여 있는 것이다. 그렇다고 해서 그것이 관상술로만 되는 일은 아닌 것 같다. 그래서 내가 평소에 노력하는 일이 있다. 마음을 맑게 유지하는 일이다. 족집게라고 소문난 점쟁이가 복채에 관심을 갖는 순간 신기神氣가 사라진다고 하는 것처

밝은 마음의 통찰력

럼, 마음 한 구석에 약값의 욕심을 갖는다면 환자를 보는 눈이 흐려지고 말 것이기 때문이다. 때 묻은 거울이 사물을 제대로 비출 수 없는 것처럼 말이다. 아니 나는 환자를 대하기 이전에 세상을 그렇게 맑은 마음으로 살고 싶다. 『채근담菜根譚』에 나오는 글귀가 떠오른다. '바람이 성긴 대숲에 불어오는데 바람이 지나가면 대숲은 바람소리를 머물러두지 않고, 기러기가 차가운 연못 위를 날아가는데 기러기가 지나가면 연못은 기러기의 그림자를 남겨두지 않는다. 마찬가지로 군자는 일이 다가오면 마음이 비로소 나타나고, 일이 지나가면 마음도 따라서 빈다.'

이혼 이야기가 나왔으니 한마디 덧붙여야겠다. 인간관계에서 만나면 헤어지기도 하는 법이니 부부라고 해서 예외가 될 수는 없다. 하지만 문제는 자식을 가졌을 경우다. 자식이 받을 심리적 충격은 말로 표현할 수 없을 것이다. 그것은 그의 평생에 걸쳐 삶의 병균처럼 작용할 것이다.

어떤 사람이 자식을 미국에 유학을 보냈다고 한다. 그 아이가 자기 실험실의 동료였던 백인 미국학생의 말을 전하더란다. 자기 부모님이 이혼을 하지 않은 것에 대해 너무나도 감사한다고 말이다. 이혼이 일상화되어 있는 그 나라에서조차 자식에게는 부모의 이혼이 마치 무슨 형벌처럼 여겨지는 것이다. 이러한 자식의 인생을 고려하면 이혼은 생각할 수 없을 것이다. 그렇지만 부부생활의 낙을 모르는, 아니 서로에게 고통과 불행을 끼치는 당사자들의 삶은 어디에서 위로받아야 할까? 참으로 지난한 문제다. 일반적으로 말하면 평소에 부부 당사자가 서로 인격을 존중하고 서로에게 감사의 마음을 갖는 것이 미연의 방지책이요,

문제가 있을 때에는 역지사지를 통해 상대방을 이해하고 어루만져주는 세심한 노력이 필요할 것이다.

　　　　　　　　12월 중순 쯤 토요일 이른 아침이었다. 수원에서 오셨다며 우리 아들 좀 잘 봐달라고 하신다. 아이에게 허리를 펴고 반듯하게 앉으라고 했다. 얼굴은 희고 성장기에 들어서인지 몸이 마른 듯하고 손가락이 길쭉길쭉한 것이 소음인 체질이다.

"몇 학년이지?"

"6학년이요."

"추위를 안 타는가?"

"겨울이면 조금만 추워도 내복을 입어야 해요."

"추위를 타면 소변이 자주 마려울 텐데..."

이렇게 말을 하니, 옆에 있던 아버지가 대꾸하신다.

"그것 때문에 왔습니다. 밤이면 밤마다 새벽에 잠자는 애를 깨워 소변을 보라 해야 하고 어쩌다 안 깨우면 그대로 이불에 지도를 그려놓으니 학년은 높아지고 참으로 걱정이 되네요. 그동안 이름 난 병원은 다 다녀도 '방광이 약하고 신경이 예민해서 그렇다며 크면 괜찮다'고 약을 처방 해 주는데 전혀 효험이 없습니다."

"그러면 한약을 먹여보셨는가요?"

"한약 먹으면 간이 나빠진다고 하여 안 먹여 보았습니다."

"그러면 어찌하여 한약방을 오셨는가요?"

"지인과 이야기를 나누다가 이런 고민을 털어놓자 자기 누님의 아들도 매일 밤 그랬는데 이곳에서 약을 먹고 나았다고 하여 한번 와 봤습니다. 그런데 한약을 먹어도 간에 지장이 없는가요?"

"사장님, 우리나라에 양약이 들어온 지가 얼마나 되었습니까? 양의가 들어오기 전까지는 모든 질병은 한약으로 다스렸잖아요. 그래서 〈동의보감〉을 편찬한 허준, 사상의학을 창안하신 이제마 같은 훌륭한 선생님이 나오셨고요. 그렇다고 한약이 최고라는 것은 아니고요. 양의와 한의가 장단점이 있기 마련이지요. 양방에서는 수술이나 전염병 등에 치료율이 높은 반면, 한의에서는 체질에 따라 그에 상응하는 약을 써서 면역력을 높이거나 근골을 튼튼하게 하는 장점이 있답니다. 아드님 같은 경우를 보더라도 몸이 냉한 반면에 신장기능과 방광의 괄약근이 약해서 본인도 모르게 유뇨를 하지 않나 싶습니다."

이 말을 들은 아버님이 고개를 끄덕이면서 "저는 잘 모르니 알아서 치료해 달라"고 하신다.

"보통 유뇨에는 3가지 원인이 있는데 첫째는 가족력, 둘째는 신장과 방광 괄약근이 약해서, 셋째는 꿈에 화장실에 온 착각을 하는 것입니다."

나를 가만히 쳐다보던 아버지가 일어서면서 말을 꺼내신다.

"어쩌면 그렇게 정확하게 말씀하시지요? 수차례 병원에 다녔어도 이런 말은 들어보지 못했습니다. 저도 어려서 늦게까지 소변을 가리지 못해 초등학교 때 한약을 먹은 기억이 납니다. 우리 아들을 꼭 좀 고쳐주세요. 은혜에 꼭 보답할 게요. 선생님!"

나는 웃으면서 학생한테 말을 건넸다.

"아침밥을 꼭 먹고 약을 잘 먹어요. 저녁에는 과일이나 탄산음료는 삼가 하고요."

"알겠습니다."

우선 약을 한 제 지어주면서 효과가 있으면 더 먹으라고 했다. 20여 일 후 아버지한테 전화가 왔다.

"지어주신 약을 먹고 60%는 효험을 봤습니다. 지난번처럼 잘 지어주세요."

나는 참으로 다행이라고 생각하고 같은 약을 보내 주었는데, 또 다시 전화가 와서 정말로 좋아졌다고 하신다. 그래서 이번에는 지능을 촉진시키는 약을 보내주었더니 한참 후에 전화를 하셨다.

"이제는 어쩌다 한 번 실례를 할 뿐, 거의 다 나은 것 같습니다. 앞으로 얼마나 더 먹이면 되지요?"

"앞으로 한 제를 더 먹이고 분기별로 가끔 복용하면 면역력도 높일 뿐 아니라 공부하는데도 많은 도움이 될 것입니다."

"고맙습니다. 말씀대로 하겠습니다."

그로부터 약 1년 후 방학 때 온 가족이 찾아오셨다.

"우리 식구 모두가 미리 약을 먹고 건강하게 살자고 약속했습니다. 한약이 진짜인 것 같습니다. 정말 고맙습니다."

이참에 나는 한약에 대한 불신의 현상을 다시 한 번 목도하였다. 그것이 일반인들의 잘못은 물론 아니다. 잘못 주입된 교육의 결과다. 사람들은 한약이 비과학적이라고 잘못 배워온 것이다. 서양의학만 과학적이라고 여겨 모든 질병을 그것으로만 재단하려는 오류를 범하고 있는 것이다. 하지만 우리 선조들이 수백 년 동안 수많은 사람들한테 약초로 임상하고 경험한 것을 그렇게 쉽게 무시해도 되는 것일까? 그렇다면 오늘날 중국에서 일반적으로 널리 시행하고 있는 한의학을 어떻게 설명할까?

물론 서양의학을 폄훼하려는 뜻은 조금도 없다. 서양의학은 사람들의 질병과 위생을 치료하고 개선하는데 대단한 역할을 해왔다. 하지만 그것만을 최상으로 여기는 독선은 버려야 한다. 그동안 내가 경험한 바에 의하면 한의학의 지혜로 병을 쉽게 다스릴 수 있는 경우도 너무나 많다. 그러므로 한의학과 서양의학이 서로 존중하면서 소통하고 협진하는 노력이 필요하다. 국민들의 건강한 삶에 기여하는 데에는 양자가 모두 중요하다.

　　　　　　　　어머니가 왜소한 학생과 함께 들어와 아들의 체
력이 너무 약해서 약을 지으러 왔다고 한다. 고등학교 2학년이라는데,
얼굴에 누런색이 비친다. 위장이 냉하여 소화력이 약해 보인다. 학생
에게 물었다.

　"공부를 하려고 하면 자꾸 졸음이 오고 집중력이 떨어지는 것 같네.
공부하기가 싫은가?"

　"아니요. 공부는 계속 하고 싶어요."

　이 학생은 고1 때는 상위권에 속했는데 성적이 안 오르고 떨어지니 학
교 선생님께서 한약방 잘 하는 곳에 가서 이야기를 하고 보약을 지어 먹
이라고 해서 여기에 왔다고 한다. 어느 학교를 가고 싶냐고 물어보니 서
울의대를 들어가서 아픈 사람들을 고쳐주고 싶다고 한다. 열심히 공부하
면 될 것 같은데 시간은 자꾸 가고 성적이 안 올라 걱정이란다. 체력을

보충해서 더 열심히 공부해 상위층에 들어가야 한다고 조바심을 내고 있었다. 어머니가 끼어들었다.

"서울의대든 어디든 건강이 첫째예요. 약 좀 잘 지어주세요."

나는 잠시 고민하였다. "이 학생한테는 체력을 향상시키는 약도 필요하지만 공부를 더 열심히 할 수 있도록 좋은 말을 해주어야 하지 않을까?" 문득 주자朱子의 시가 떠올라서 읊어주었다.

젊음은 쉽게 늙고 공부는 이루기 어려우니
촌각의 시간이라도 헛되이 보내서는 안 되네
연못가 봄풀의 꿈을 아직 깨닫지 못했는데
어느덧 섬돌 앞의 오동나무에 가을소리로구나
소년이노학난성少年易老學難成 일촌광음불가경一寸光陰不可輕
미각지당춘초몽未覺池塘春草夢 계전오엽이추성階前梧葉已秋聲

"학생, 이것은 주자의 〈권학문勸學文〉이라는 시라네. 봄인가 했더니 벌써 가을이라는, 무상한 세월 속에서 어떻게 하면 의미 있는 삶을 살 수 있을까? 인생의 어느 자리에서든 촌각의 시간이라도 헛되이 보내지 말고 순간순간을 성실하게 임하는 길밖에 없을 게야. 학생의 신분에서는 공부에 열의를 다하는 것이 젊음을 무상하게 허송하지 않는 최선의 방법이지. 가만히 보니 학생은 정신력과 뜻이 좋으므로 체력만 보충하고 열심히 공부한다면 틀림없이 원하는 대학에 무난히 합격할 테니 이 약을 잘 먹고 부지런히 공부해."

밝은 마음의 통찰력

학생의 어머니가 또 끼어들었다.

"선생님한테 너무너무 잘 왔네요. 이렇게 좋은 말씀도 해주셔서 감사합니다."

"어머니께서는 음식으로 체력을 잘 보충해 주세요. 공부는 아들이 하는 것이니까요. 제가 정성껏 약을 지어드릴 테니 이 약 먹고 효과가 있으면 가끔 먹이세요."

그 후로 어머니가 전화를 해오셨다.

"선생님께서 지어주신 약을 먹고 나서 밥도 잘 먹고 공부할 때 졸음도 안 오고 해서 성적도 많이 올랐습니다. 선생님께 정말 고마움을 표합니다. 약을 다시 한 번 지어주세요."

두 해쯤 지나서 모자가 다시 찾아와 인사를 하였다.

"선생님이 지어주신 보약에다가 좋은 말씀까지 해주셔서 서울의대에 합격해 인사를 드리러 왔어요. 너무너무 감사합니다."

나는 기쁘고 보람된 마음을 가지며 내 자신을 되돌아보았다. 내가 한약업에 종사하는 것이 이처럼 환자의 건강과 행복을 위해서인가, 아니면 일말의 이득을 취하기 위해 하는 것인가? 말로는 환자의 건강과 행복을 이야기하면서도, 약값에 한 눈을 파는 것은 아닌가? 앞으로 수양을 더 많이 하여 순수하고 따뜻한 마음으로 환자를 대면하고 그의 삶을 헤아려야겠다. 인술仁術은 그 가운데에서만 펼쳐질 수 있으리라.

온정의 교환

　여자 분이 남편 손을 꼭 붙잡고 들어와 자리에 앉았다. 자세히 보니 여자 분은 앞을 못 보는 시각장애인이다. 언뜻 몇 년 전에 오셨던 분 같은 생각이 들었다. 여자 분이 먼저 이야기를 꺼냈다.

　"3년 전에 어깨와 손목, 손가락이 아파 여기에 와서 약을 먹고 지금까지 아주 건강하게 지내왔는데 요즘에 다시 조금씩 안 좋아져 선생님을 찾아 왔습니다."

　"집에서는 무슨 일 하시는가요?"

　"안마사입니다."

　비록 앞을 보진 못하지만 얼굴에 항상 웃는 모습을 띠고 밝은 목소리를 잃지 않고 살아가시는 모습이 내 눈앞에 그려졌다. 이 세상에 태어나서 대명천지를 보지 못하고 살아가다니! 나도 모르게 측은한 생각이 들면서 약으로나마 도와주고 싶은 마음이 일었다.

　　　　　　　　　　　　　　　밝은 마음의 통찰력

"사모님! 잘 오셨네요. 이렇게 몸이 조금 안 좋을 때 드셔야 효과를 많이 보거든요. 어쨌든 몸이 건강하셔야 돈도 벌어서 생활을 할 테니까 제가 약 한 제 그냥 지어드릴 테니 잘 드셔 보세요."

부인이 손사래를 치면서 말을 받는다.

"아니에요. 선생님. 절대로 아니에요, 선생님! 3년 전에 왔을 때도 약값을 안 받으시고 그냥 지어주셔서 지금까지 건강하게 잘 지냈는데요. 말도 안 돼요, 선생님"

"사모님! 절대로 부담 느끼지 마세요. 눈뜬 사람도 빈둥대고 노는 사람이 많은데 저는 사모님처럼 부지런히 일하는 분들을 보면 존경스럽고 사랑스러운 마음이 우러나서 미력하나마 도움이 되고자 건강 선물로 지어드리려는 것이에요."

부인이 그제야 고개를 끄덕이면서 말을 한다.

"네! 너무 너무 고맙고 황송합니다."

그렇게 약을 지어드렸는데 며칠 후 굴비가 왔다고 연락이 왔다. 전화를 해보니 지난번에 약을 지어드린 안마사님이다. 먼저 인사를 드리고는 말을 꺼냈다.

"왜 굴비를 보내셨어요?"

"사람이 염치가 있지 어떻게 그냥 두 번씩이나 받아먹어요? 저도 조그마한 성의를 표하는 것이니 맛있게 드시길 바랍니다."

대답을 듣는 순간 나 자신도 모르게 눈물이 핑 돌면서 가슴이 울컥했다. 그러고 보니 나는 약을 지어드렸고 저 분은 나에게 따뜻한 마음을 지어 주시는구나! 세상은 이렇게 따뜻한 마음을 주고받을 수 있어서

아름다운 것이로구나! 마음의 문을 단단히 걸어 잠그고 남들에 대해서
나 몰라라 하는 세태에 저이의 마음은 분명, 사막의 오아시스와도 같구
나! 나는 마음을 얼마나 열어놓았을까? 평소에 알게 모르게 세상 사람
들의 도움을 받으면서 얼마나 감사의 마음을 갖고 있을까? 앞으로 좀
더 겸손해야겠다.

60대 초반 남자분인데 언뜻 봐도 부지런하게 생겼다. 들어오자마자 내가 먼저 말을 꺼냈다.

"사장님은 언제나 바쁘게 사시는 분 같네요."

"맞아요. 저는 바쁜 팔자를 타고 났는지 어디를 가나 일이 따라 다니네요."

"그럼 쉬는 날도 없으시겠군요?"

"비가 많이 오면 쉴까 그밖에는 한 번도 쉬는 날이 없었습니다. 이제는 온몸이 아픕니다. 십여 년 전에 중이염이 있었는데 병원을 여기저기 다녀도 낫지 않다가 선생님한테 약을 한 제 먹고 싹 나았더랬습니다만, 요즘 무리해서 그런지 중이염이 재발해서 약을 먹어야 할까 봅니다."

"사장님, 물론 일도 많고 부지런한 것도 좋지만 몸도 생각하셔야 합니다. 중이염은 상부 열로 인하여 심하면 이명증과 돌발성 난청까지 유발합니다."

"사실 저도 쉬고 싶은 생각이 많지만 장남으로 태어나서 부모님 모셔야지, 처자식 돌봐야지 돈 쓸 일이 많습니다. 그러다 보니 남들 다 가는 제주도도 한 번 못 가봤습니다. (이어 한숨을 푹 내쉬고는) 그래도 요즘은 옛날보다 돈벌이가 좋아요. 사람들이 일을 안 하려 해서 그렇지 자기만 열심히 하면 못살지는 않을 거예요. 요즘 젊은 사람들은 시대를 잘 만난 탓으로 먹을 것도 풍족하게 살아가는데, 내 자식부터 열심히 일을 안 하려 하니 그게 걱정이네요. 자식 앞날이 걱정되어 이런 저런 충고를 하면 녀석이 '제 걱정은 마시고 부모님 건강이나 걱정하세요'라며 퉁명스럽게 대꾸합니다. 이제는 자식한테도 함부로 말을 못하는 세상이 되어버렸네요."

부모-자식 이야기가 나왔으니 몇 마디 덧붙여야겠다. 요즘 젊은이들은 부모에게 말을 공손히 할 줄 모른다. 이는 당연히 부모에 대한 공경심의 부재에 기인할 것이다. 그것은 존경받지 못할 부모의 생활태도나 잘못된 가정교육의 탓이기도 하다는 점에서 일차적으로 어른들이 자성해야 할 부분이기는 하다. 하지만 젊은이들도 겪어 보았을 것이다. 친구가 자기에게 함부로 말하면 기분 나쁘다는 사실을 말이다. 우정도 상호 존중과 공경의 마음을 가져야만 오래가는 법이다. 부모 자식이 아무리 천륜이라 하지만 말 한마디가 정을 상하게 하는 점은 일반의 인간관계와 다를 게 없다. 특히 자식한테 함부로 대접받을 경우 부모는 체면과 권위가 크게 구겨지는 느낌을 갖는다. 그동안 어떻게 키웠는데 하면서 자식을 위해 헌신과 희생을 마다하지 않은 삶에 허망함을 느껴 자탄하게 될 것이다. 그러므로 자식은 자신에게 삶을 주신 부모님에게 감사와 은혜의 마음을 잊어서는 안 된다. 그러한 마음을 항상 지닐 때 공자의 말씀대로 부모님 앞에 부드러운 말씨와 온화한 얼굴빛을 갖게 될 것이다. 효도란 그처럼 사소한 언행에서부터 시작된다. 서양의 어떤 학자는 인류가 다른 행성으로 이주한다면 가져가야 할 인류의 유신 가운데 하나가 한국문화의 효도라고 말했다는데, 우리는 왜 그것의 소중함을 모르는 것일까? 마음이 안타깝다.

욕심의 재앙

　　　　　　몸집은 단단한 편인데 얼굴색이 검푸름하고 눈
이 맑지 못하며 붉은 색을 띠고 있기에 앞에 앉자마자 나이를 물었다.
50대 중반이라고 한다.

"사장님, 잠을 못 주무시는가요? 어째 눈과 얼굴이 피곤함에 찌들어
있는 것 같네요."

"네! 잠을 못 자서 그렇습니다."

"왜요?"

"40대 중반에 건축업을 해서 돈을 많이 벌었는데, 좀 더 크게 해보려
고 계곡과 폭포가 있는 부지 수천 평을 매입했습니다. 펜션 사업을 하
려고요. 주변 일가친척과 친구들의 돈을 끌어들여 1년 넘게 일을 진행
했는데 함께 일하던 친구가 수억 원을 가지고 도망가 버렸습니다. 일은
해야겠기에 또 다시 친척들한테 돈을 빌려 재기를 노렸지만, 뜻대로 되

질 않았답니다. 결국 빌린 돈이 너무나 많아 감당하지 못하게 되어 공사 현장이 어느 중소기업 하는 분한테 경매로, 그러니까 헐값으로 넘어갔습니다. 빚을 갚으려고 하니 턱없이 모자라 정신도 없는데 집사람과의 사이마저 나빠졌습니다. 제 양심상 남의 돈을 떼어먹지도 못하고 해서, 아파트까지 팔기에 이르렀지요. 지금은 원룸을 얻어 사는데 가족들은 돈을 번다고 뿔뿔이 흩어져 나가고, 남은 돈을 털어 조그마한 편의점을 하고 있습니다. 2년 째 잠을 못자고 있으니 몸이 망가질 지경입니다. 제가 욕심을 부린 게 화근이 된 거지요. 내 자신이 원망스럽습니다. 그렇지만 편의점 수익금으로 친척들한테 빌린 돈을 조금씩 갚아가며 나름 열심히 살고 있답니다. 아무래도 몸이 건강해야 돈도 벌 테니 건강해지는 약 좀 부탁드리러 이렇게 오게 되었습니다."

사연을 듣고 나니 욕심이 화를 불러일으키긴 했지만, 그래도 빌린 돈을 조금씩이라도 갚아나가시는 모습이 참 바르고 강직해 보였다. 그래서『명심보감』안분편安分篇의 말을 인용해 드렸다.

知足常足이면 終身無辱이요
만족을 알아 항상 만족하면 평생토록 욕먹을 일이 없을 것이요
患生於多慾하고 禍生於多貪이라.
근심은 욕심 많은 데서 생기고, 재앙은 탐욕 많은 데서 생긴다.

이야기를 듣고는 "모든 것이 자업자득"이라 하면서 쓸쓸한 미소를 지으신다. 편의점을 운영하느라 밤을 새워가며 잠을 못자기 때문에 체력

이 많이 소모된 상태임을 감안하여 약을 지어드렸다. 약 잘 먹고 효과를 꼭 봤으면 좋겠다고 하면서 나가시는 뒷모습에서 오늘날 사람들의 삶을 본다. 권력욕이든 재물욕이든 명예욕이든 얼마나 많은 사람들이 욕심을 쫓아 사는가. 위의 분은 육체건강을 염려해서 찾아왔지만, 정신건강은 어떨까? 욕심으로 인해 황폐해지고 삭막해지는 인간성은 우리모두가 직간접으로 겪는 현상이다. 이에 대한 처방은 전문의사를 필요로 하지 않는다. 자기 자신을 진지하게 되돌아보면 모두가 스스로 처방약, 즉 답을 찾을 수 있다. 어떤 노랫말처럼 부귀영화가 꿈속의 꿈이라하지 않던가.

밝은 마음의 통찰력

외모의 열등감을 극복하는 방법

엄마와 아빠, 딸이 함께 들어오는데 딸의 얼굴에 주근깨와 여드름이 덕지덕지 나 있다.

"누구를 보시려고요?"

"우리 딸을 보러왔습니다."

"학생은 몇 학년이지?"

"중학교 2학년이예요."

키가 작은데다 몹시 수줍음을 타는 모습이다.

"생리는 했는가?"

엄마가 "네" 하며, 시작한지 4개월 되었다 한다. 언뜻 보기에도 소음인 체질이고 몸이 상당히 차가워 보인다.

"가끔 배가 아프고 생리통이 있는가?"

"네"

"공부는 열심히 하는가?"

학생이 고개를 푹 숙이고 말 대신 울려고 한다.

"아가, 말 안 해도 괜찮아. 나는 의원인 동시에 얼굴을 보는 사람이야"

이렇게 말하고는 『면상비급』과 『마의상법』 책을 보여주면서 이야기를 이었다. 이 학생한테는 관상 이야기를 하는 편이 가장 적절한 것 같았기 때문이다.

"지금 학생의 얼굴은 참으로 개성 있는 얼굴이에요. 여드름은 약 먹으면 많이 좋아지고, 주근깨가 약간 있는 것은 키가 크고 밥 잘 먹고 배가 안 아프면 깨끗해질 거야."

이렇게 말을 하니 고개를 숙이고 있던 학생이 고개를 번쩍 들고는 대꾸한다.

"정말이요?"

"그럼. 내가 시키는 대로 할래?"

"네!"

"첫째로 집밥을 먹는데, 쌀밥에 검은콩이나 좁쌀, 보리를 조금씩 넣어먹고, 가공식품이나 인스턴트 식품은 자제해야 한단다. 둘째로 아침에 일어나면 따뜻한 보리차나 현미차를 마시는데, 이 물은 예전 우리 어르신들이 드시던 숭늉 같은 역할을 한단다. 공복에도 먹고 하루 종일 물 대신 따뜻하거나 미지근하게 마시면 참 좋단다. 마지막으로 해산물 같은 자연식을 많이 먹어야 몸에 좋은 거란다."

이렇게 얘기를 해주니 옆에서 듣고 있던 엄마가 아이를 힐끗 바라보면서 끼어든다.

"우리 애는 선생님 말씀 반대로 해요."

"학생은 개성 있게 생겨서 무엇을 한 가지 선택해서 전문분야로 가면 크게 성공할 거야."

내가 말을 하는 동안 학생이 눈을 마주치지 못하고 아래로 깔면서 기어들어 가는 목소리로 대답한다.

"저는 못 생겼는데요. 다른 애들은 다 이쁜데…"

나는 지금이 학생에게 관상학적인 이야기를 해 줄 타이밍이라고 생각하고 학생을 부드러운 눈빛으로 쳐다보면서 말을 이어나갔다.

"사람들은 얼굴의 미모 여부만 살피지만, 관상학에서는 기품을 살피지. 남한테 기죽지 말고 열심히 공부해서 선생님한테 용기 있게 질문도 하고 친구들과 토론도 열정적으로 해야 그 기품이 살아나는 것이지. 그러려면 먼저 책을 많이 읽어야 해. 위인전을 통해 훌륭하게 산 사람의 삶과 역사를 아는 것이 무엇보다 중요하지. 항상 손에 책을 가지고 다니면서 수시로 읽는 습관을 들이는 거지."

이런 말을 해주니 학생이 어찌나 좋아하는지 얼굴에 화색이 돌고 웃음꽃이 피어났다. 함께 오신 부모님은 더욱 좋아하면서 키 크는 약과 얼굴 예뻐지는 약 좀 지어달라고 부탁하신다. 약을 지어줄 테니 효과가 있으면 더 먹으라고 하자 "네!" 힘차게 대답한다. 또한 부모님도 "선생님, 우리 딸한테 좋은 말씀 해주셔서 감사드립니다." 하고 큰 목소리로 인사를 한다. 딸과 함께 나가는 모습이 아름다워 보였다.

미모와 균형 잡힌 몸매는 동서고금을 막론하고 누구나 선망해온 것이 사실이지만, 오늘날에는 그 도가 지나쳐 아예 사람평가의 잣대가 된 것 같다. 하지만 그렇지 않은 외모로 위대한 업적을 이룬 사람들이 얼마나 많은가. 더러 잘난 외모만으로 행세하려는 사람도 있지만 그것만으로 남들의 존경을 받기는 여간 어려운 일이 아니다. 왜냐하면 외모 지향적인 사람들은 인격수양과 자신의 실력을 향상시키는 일을 등한시하는 경우가 많기 때문이다. 게다가 그러한 외적 아름다움은 세월 속에서 시들기 마련 아닌가. 그러므로 정말 남들의 주목과 존경을 받으려면 무엇보다도 인격과 실력을 쌓지 않으면 안 된다. 만약 자신의 외모가 못생겼다고 생각하면 할수록 고통만 가중되고 열등의식에 빠지게 될 것이다. 그것을 극복하는 방법은 자신의 인격과 실력을 연마하는 길밖에 없다. 그런데도 요즘 사람들은 이러한 생각을 하지 않고 어째서 외모에만 집착을 할까? 알 수 없는 일이다.

밝은 마음의 통찰력

남편의 횡포로 인한 부인의 병

　　　　　오래 전의 일이다. 한 여성분이 지금도 생생하게 기억난다. 그분이 들어오는 모습을 보니 얼굴이 깨끗하고 옷차림이 우아한 것이 귀부인 같은 느낌이 들었다. 앞에 앉으시라 권하고는 가까이 얼굴을 대하며 살펴보았다. 눈에는 근심이 서려 있고, 겉으로는 편해 보이지만 속은 매우 갑갑하고 불만이 쌓인 것 같았다.

　"사모님은 나이가 좀 드셨어도 아주 귀한 몸매와 얼굴을 타고 났네요. 하지만 왠지 마음속에는 말 못할 불만이 가득 쌓인 것 같군요. 혹시 남편분이나 자식 때문에 스트레스를 많이 받으시나요?"

　"제 얼굴에 그렇게 쓰여 있나요? 사실은 어지럽고 잠도 잘 안 오고 해서 보약 좀 먹으러 왔는데요. 관상을 보시고 제 속마음까지 읽어주시네요."

　"사실 저는 관상을 보고 체질을 알아 약을 지어드립니다. 더 나아가

135

환자의 타고난 성격과, 그동안 살아오면서 부모, 부부, 자식관계까지 파악하려고 노력합니다. 병의 증상이나 체질만 가지고는 환자에게 정확하게 맞는 좋은 약을 짓기 어렵기 때문입니다. 저는 환자의 증상과 체질과 성격과 살아온 내력 등을 종합적으로 판단합니다. 제가 익혀온, 그리고 지금도 부단히 공부하고 있는 관상학은 이를 위한 중요한 방법론이 됩니다. 사람들은 관상학을 비과학적이라고 비난하지만 제에게는 매우 중요합니다. 그것은 경험적으로 끊임없이 입증되어 왔습니다. 그렇지 않다면 저의 관상법을 환자들이 수긍하지 않았겠지요. 물론 관상으로만 약 처방을 하는 것은 아닙니다. 거기에는 기본적으로 한의학의 토대가 깔려 있습니다."

말을 마치자 부인이 고개를 끄덕이면서 대답한다.

"저는 공무원한테 시집을 가게 되었지요. 장남한테 갔는데 시부모님 모시고 살다 남편이 지방으로 발령이 나서 4년 만에 분가를 했습니다. 그런데 남편이 어찌나 꼼꼼하고 권위적이고 보수적인지 아침, 점심, 저녁밥을 꼭 집에서 먹고, 물그릇도 떠다 바쳐야 하고, 출근 전에는 구두를 깨끗하게 닦아 놓아야 했습니다. 그간에 아들, 딸 남매 낳아서 키우고 대학교까지 마쳤는데, 지금까지도 시집살이와도 같은 남편살이를 하고 있으니 가슴이 갑갑할 뿐이네요. 남들은 겉만 보면서 엄청 행복한 부부라고 부러워하지만, 내 나이 오십 대 중반이 되어서까지 이렇게 살고 있으니 속이 답답하기만 합니다. 물론 끼니걱정 안하고 살면 행복하다고 생각하는 사람들도 있겠지만 남편 시중만 들면서 살려 하니 한숨만 나온답니다.

밝은 마음의 통찰력

한번은 시골에서 함께 자란 제 친구가 찾아와 밖으로 나가 점심도 사 먹고 수다도 떨면서 집에 좀 늦게 들어온 일이 있습니다. 남편이 점심 먹으러 집에 왔다가 허탕치고 직장으로 돌아갔을 것 같아 마음을 졸였 지요. 아니나 다를까 저녁 밥상을 차려놓고 남편의 퇴근을 기다리는 데 남편이 들어오자마자, "어디 갔다 온 거냐"고 고래고래 소리를 지르 며 밥상을 뒤엎어 버렸습니다. 잘못했다고 빌면서 자초지종을 이야기 하자 '돈 벌어다 주는 남편이 중요하지 남이 그렇게 대단하냐'고 소리 를 지르고 난리를 피웠습니다. 이웃한테 창피해서 거우 넘어갔지만 지 금까지 그 때의 충격으로 친구들도 못 만나고 있습니다. 자식을 불러서 그간 살아온 이야기를 하니 자식들도 아버지의 성격을 아는 터라 부모 님 두 분께서 합의점을 찾으라 하더군요. 살아온 이야기가 창피해서 다 른 사람에게는 일절 말을 못했는데 선생님께서 꿰뚫어보시는 것 같아 이렇게 말씀드리는 것입니다."

부인의 눈가를 살펴보니 감정이 복받쳐 오르는지 손수건으로 눈물 을 닦으면서 연신 "부끄럽다"고 말하고는 약을 지어 달라 하신다. 내방 한 부인들로부터 종종 이러한 사연을 듣노라면 마음이 안타깝기 그지 없다. 처방을 하기는 하지만 그것은 부인들의 피폐해진 심신을 안정시 켜주기 위한 일시적인 방책일 뿐이다. 사실 이러한 문제의 근본원인은 남편의 독선과 횡포에 있다. 부인을 마치 종처럼 부려먹으려는 폭력적 인 태도가 진짜 병이다. 그럼에도 그들은 그것을 오히려 남들에게 자랑 하기까지 한다. 하지만 그것을 듣는 사람들이 그를 올려다보며 존경할 까? 오히려 그를 딱하게, 불쌍하게 바라볼 것이다. 아니 부인은 마음속으로 그러한 남편을 경멸하며, 심지어 사람으로 여기지도 않을 것이다. 그러한 형편에 행복한 부부생활이 가능할까? 사랑의 마음이 결여된 삶은 삭막하기 그지없다. 이점은 세상의 이기적이고 폭력적인 남편들이 뼈아프게 반성해야 할 문제다. 부인을 위하기 이전에 자신의 행복한 삶을 위해서라도 말이다. 그러한 남편에게 최상의 묘약이 있다. 바로 사랑이다. 부인을 이해하고 배려하며, 자기희생까지도 마다하지 않는 진정한 사랑 말이다. 부인으로부터 따뜻한 사랑을 받기 위한 비결도 거기에 있다.

밝은 마음의 통찰력

사별의 아픔 死別

거슬러서 과거부터 이야기를 해야겠다. 40대 초반 정도로 보이는 부부가 옷을 깔끔하게 차려입고 들어오셨다. 첫인상은 공무원이거나 아니면 선생님 같은 느낌이다. 이때는 한약방을 연지도 몇 년 안 되었기 때문에 의자도 없이 방바닥에 방석 하나 놓고 앉아서 상담을 할 때였다.

"어찌 이런 시골까지 찾아오셨어요?"

"대전에 같은 학교에 근무하는 분의 소개로 왔습니다. 자기와 가족들이 이곳에서 약을 먹고 건강하게 되었다고 하더군요."

"두 분은 선생님이신가요?"

"네. 저희는 전에 같은 학교에 근무하면서 결혼한 부부랍니다."

여자 분부터 봐달라고 하기에 체형을 보고 관형찰색을 하니 마른 체격에 눈이 상당히 예리하게 보인다. 나는 여자 분의 긴장도 풀어줄 겸

부드러운 말투로 이야기를 시작하였다.

"선생님, 제가 이야기하는 것들을 편안한 마음으로 들어보세요. 관상학적으로 보면 눈이 상당히 예리하여 수학 선생님 같으시네요."

"아니, 그것을 어떻게 아세요? 놀랍네요."

"또한 어렸을 때부터 아랫배가 차고, 위장이 약해 편식을 하셨겠네요. 겨울이면 기관지가 약하여 기침도 하고요. 혹시 아이는 낳으셨나요?"

"아~ 네."

"우리 부부는 아이는 안 낳기로 약속하고 결혼하였습니다. 그리고 방학이 되면 넓은 세상을 구경 다니자고 했답니다."

"아~ 그러시군요. 그것도 좋은 생각이신데요. 지금이라도 아랫배와 자궁을 따뜻하게 하는 약을 쓰면 임신을 할 수도 있으니 늦둥이라도 하나 있으면 좋지 않을까 하네요."

내가 거듭 임신을 권하자 여자 분이 짜증 섞인 말투로 말을 막는다.

"그런 소리 많이 들었습니다. 신경 쓰시지 마시고, 말씀하신 대로 겨울이면 기침을 하고 위가 약하니 거기에 해당하는 약이나 지어주세요."

그래서 이 분께는 면역력을 증강하는 약을 지어 드렸다. 여자 분이 남편을 봐달라고 하며 밖으로 나가신다. 남편 역시 소음인 체질로 코가 오똑하여 자기주장이 뚜렷하고 남의 말을 잘 안 듣는 것 같아 보인다.

"조금 전 사모님이 아이 생각이 없다 하시는데 하나라도 있어야만 후에 선생님이 편하실 것 같아 드린 말씀이에요."

"저도 처음에 그런 생각을 했었는데 집사람 성격이 너무 강해서 어쩔 수가 없네요."하고 한숨을 내쉰다.

밝은 마음의 통찰력

얼굴을 보니 하관 - 턱이 뾰족하여 관상학적으로 보면 말년에 외롭고 고독하게 지내게 될 것 같은 생각이 든다. 그렇다고 손님의 미래를 함부로 말할 수도 없고, 측은지심이 들기까지 했다. 현재로는 젊은 나이에 구경 다니면서 즐겁게 지낸다고 말하지만 정말 그러할까? 후손(종족)의 번식은 모든 생명의 본능인데 말이다. 자식을 구속이라고 생각하는 것 자체가 잘못된 태도다. 그렇다면 결혼의 구속은 왜 자청하는 것일까? 시쳇말로 결혼은 무덤이라는데 말이다. 한편 그들은 구속의 차원을 넘어서는 행복을 간과하고 있다.

그 후로 두 분은 매년 한두 번씩 오셔서 약을 지어가곤 했다. 그러다가 10여 년 넘게 발을 끊었는데, 하루는 남자 선생님이 혼자 들어오신다.

"증평으로 이전한지 모르고 도안으로 갔다 왔습니다."

"반갑네요. 잘 지내셨지요? 어찌 사모님하고 함께 안 오셨나요?"

"네! 그렇게 되었네요."

남편 분이 앞에 앉으면서 눈물을 글썽거린다.

"내가 싫은지 먼 나라로 먼저 갔답니다. 방학 때 무리하게 여행을 했는지 심장과 폐를 치료하다가 악화되어 떠나게 되었는데 어찌나 허전한지 모르겠어요. 제가 처음에 왔을 때 나의 가정과 미래를 위하여 자식이 있어야 편하다고 충고하셨지요? 현재의 즐거움에 만족하지 말라고 하시면서요. 선생님의 그 말씀대로 나이가 먹을수록 더욱 외롭고 쓸쓸하게 느껴진답니다. 가끔 놀이공원에 가보면 할아버지나 할머니가 손자 손녀를 안고 있거나, 손을 같이 잡고 걸으며 웃고 노는 풍경이 들어와 멍하니 쳐다보게 된답니다. 친하게 지내던 친구들도 멀어지고 이제는 사는 동안 건강이라도 지켜야 한다는 생각에 약을 지으러 왔으니 잘 지어주세요 선생님."

이 때 만약 자식이 있었더라면 어떠했을까? 자식이 부인의 빈자리를 채워주면서 삶의 버팀목이 되지 않았을까? 측은한 마음에 약을 한 제 지어드리면서 "약값은 안 받겠습니다. 몇 십 년의 정이 있잖아요?"

"(남자분이 웃으면서) 약 먹을 돈은 넉넉히 있습니다."

"그래도 이번에는 위로의 선물로 받아주세요."

"꼭 그리시다면 감사하게 받겠습니다. 하지만 다음에는 약값을 꼭 받으셔야 합니다. 다시 한 번 고맙습니다."

남자 분의 뒷모습이 매우 외로워 보인다. 회자정리會者定離라, 만나면 헤어지는 것이 아무리 정한 이치라고 하지만 평생의 반려를 잃는 슬픔과 외로움은 무슨 말로도 다할 수 없을 것이다. 마음이 저려온다. 누구나 겪을 수밖에 없는 인간의 숙명을 사람들은 어떻게 대비하고 있을까?

밝은 마음의 통찰력

기
러
기
아
빠
의
고
단
한
인
생

전에도 가끔 오시던 분인데 오늘은 부부와 딸이
함께 오셨다. 얼굴을 보니 모두가 피곤한 기색이 역력해 보인다.

"몇 년 만에 오셨네요~! 그간 잘 지내셨나요?"

인사를 건네며 부부의 얼굴을 보니 남편의 인상이 밝지 않다. 부인
역시 긴장된 얼굴로 나를 쳐다보면서 먼저 말을 꺼내신다.

"선생님은 몇 년 전이나 지금이나 똑같은 것 같네요."

"아~ 그런가요? 헌데 두 분은 요즘 정신적으로나 육체적으로 힘든 일
이 많으신가요?"

남편 분은 묵묵히 쳐다만 보고 있고 부인이 나서서 대답을 하신다.

"저희 남편이 많이 힘들 거예요."

"왜 그런가요?"

"그간 서울에 살면서 가내공업을 했는데요. 전처럼 벌이도 시원찮고

해서 남편에게 이민을 가자고 했더니 안 가겠다는 거예요. 우리 딸은 미국에서 박사학위 준비 중이고, 저는 시민권을 받았답니다. 처음에는 적응하기가 힘들었지만 지금은 지낼 만합니다."

"그러면 사장님은 그동안 어떻게 지내 오셨나요?"

"이민 가자고 해도 안 가고, 자기가 하고 있는 조그만 사업을 하면서 생활비를 계속 보내주었습니다. 이민 가서 함께 살아야 하는데 그러지 못하니 지금은 가족 모두가 우울증을 앓고 있다시피 합니다."

"사장님이 정신적으로 많이 힘드시겠네요."

그러자 남편 분이 씁쓸하게 웃으면서 드디어 입을 여신다.

"말은 안했지만 조금 힘이 드네요. 함께 살다가 혼자 있다 보니 모든 것이 불편할 때가 많지요. 그러나 어찌 합니까. 엄마는 딸 박사 만든다고 딸과 함께 있으니 말이지요. 저도 함께 가자고 하지만 낯선 곳에서 어찌 살아갈까 하는 두려움과 공포심에 안 가기로 했던 것이지요. 지금도 가끔 한국에 오면 이렇게 함께 가자고 한답니다. 어떻게 하는 것이 잘 사는 것인지... 저도 잘 모르겠습니다."

남편 분의 말이 끝나기가 무섭게 부인이 끼어든다.

"당신 하나만 결정하면 되는데 왜 그리 고집을 부리는지... 혼자 있으면 먹고 입는 것도 불편하고 건강도 점점 안 좋아질 텐데..."

이 얘기를 듣고 남편이 조금 목소리를 높인다.

"지금 내 나이가 환갑인데 지금 가서 무엇을 한다고 거기까지 가느냐 말이오. 그래도 여기 있으면 지인들과 식사도 하며 정담도 나누고, 소 규모지만 내 사업 하며 소일할 수 있는데 모든 재산을 다 팔아 외국으로 가면 뒷날 고향에 온들 누가 반겨 주겠소.”

남편의 짜증 섞인 대꾸를 옆에 있던 딸이 받으면서 화제를 돌린다.

“엄마. 아빠 고집은 못 꺾어요. 할 수 없어요. 아빠는 이곳에서 살게 두세요. 그리고 그동안 우리 아빠가 혼자 계셔서 몸이 쇠약해지신 것 같은데 보약을 좀 드셨으면 합니다. 선생님께서 좋은 약을 좀 지어주세요.”

그래서 두 분에게 증상에 맞게 처방전에 약을 적는데 부인이 우리 딸도 같이 좀 보아달라고 하신다. 나이를 물으니 서른 둘이라고 한다.

“따님은 공부도 중요하겠지만 결혼도 생각해야겠어요.”

“네. 결혼도 해야겠지만 제가 목표로 하고 있는 것이 있기 때문에 박사 학위를 받은 다음에 생각해 보려고요.”

“따님 얼굴을 보니 색이 누렇고 다크서클이 있네요. 생리통과 생리불순이 있을 텐데요.”

그러자 딸이 깜짝 놀라면서 묻는다.

“아니 그런 것이 얼굴에 나타나나요?”

“그래서 결혼 이야기를 한 것이랍니다. 어르신들이 하신 말씀에 ‘어린 아이를 키울 때 여자는 생식기를 따뜻하게 하고, 남자는 서늘하게 키우라’ 했습니다. 여자는 아래가 차면 생식능력이 떨어져서 임신이 잘 안 되기 때문이지요. 제 생각으로는 결혼 하게 되면 먼저 아기를 갖도록 노력해야겠습니다. 그리고 중요한 것이 한 가지 있습니다. 아침 식사는 따뜻한 쌀밥을 드시고 식전에 역시 따뜻한 물을 한 컵씩 드십시오. 생리통이나 불순의 치료에 좋습니다. 약이라는 것은 우리 음식에서 섭취 못하는 것을 보충해 혈액순환을 돕고 따뜻하게 해주는 것일 뿐입니다. 말하자면 밥이 보약입니다."

딸이 고개를 끄덕이며 맞장구를 친다.

"아~ 정말 선생님 말씀이 맞네요. 제가 아침식사는 먹는 둥 마는 둥 하고, 탄산음료나 과일을 많이 먹었습니다. 앞으로는 식사를 거르지 말아야겠네요. 제 약도 잘 지어주세요, 선생님!"

그런데 옆에 앉아 있는 남편 분의 얼굴에 왠지 근심과 수심이 가득차 보인다. 언제부턴가 엄마들이 자식 공부시킨다며 미국, 캐나다, 호주, 뉴질랜드 등으로 유학을 보내면서 함께 가는 일이 유행이다. 그러한 기러기 가족의 생활(유학)비는 당연히 아버지(남편)의 몫이 되어버렸다. 참 이상한 풍경이다.

하지만 가족이란 무엇인가. 날마다 함께 지내면서 서로 살을 맞대고 또 부대끼기도 하며 정이 깊어져가는 것 아닌가. 아버지라는 이름 때문에 경제생활의 책임만 맡는다면 옛날의 하인과 다를 게 무엇이겠는가. 아버지의 외롭고 피폐한 인생을 누가 위로하고 보상해줄까. 자식이 유학생활을 끝내고 나면 아버지에게 응분의 효도를 할까? 자식은 서양의 개인주의적 사고에 젖은 데다, 오랫동안 떨어져 살아 정도 서먹서먹할 테니 아버지의 은공도 그다지 느끼지도 못할 것이다. 결국 혼자 늙어가면서 식생활의 어려움에 외로움까지 깊어지는 아버지에게 돌아오는 것은 정신적, 육체적 질병밖에 없을 것이다. 기러기 가족을 꿈꾸는 사람들이 깊이 생각해보아야 할 문제다. 남편 분의 쓸쓸한 눈빛이 오랫동안 잊혀지지 않는다.

밝은 마음의 통찰력

기질과 가정환경

　　　　　　　　지금은 60이 넘었지만 40대 초반부터 지금까지 가끔씩 불쑥 찾아와 정력제를 지어달라시는 남자 분이 계신다. 한번은 대화를 나누어 보았다.

"나이도 젊은데 웬 정력제 타령이세요?"

"여자들이 저를 많이 따릅니다. 저 역시 여자가 좋구요."

"아니 처자식 있는 몸이 어찌 그런 해괴망측한 소리를 하십니까?"

"우리 아버지도 작은 마누라를 얻어서 살았답니다."

　참으로 기가 막힐 소리다. 어찌 저렇게 비뚤어진 사고방식을 갖고 있을까? 그 분은 자랑스럽게 이야기를 이어나갔다. 자기는 40대 중반에 이혼하여 자식들까지 버리고 젊은 여자와 살았노라고. 하지만 음식의 취향이 서로 맞지 않아 다시 헤어질까 생각 중이라고. 아무래도 충고를 해야 할 것 같았다.

"그러지 마세요. 그렇게 부모님의 유산까지 탕진하시면 노년의 어려움을 어떻게 감당하실려구요. 술과 여자 때문에 더 이상 방탕하지 마시고 종교를 가져보시면 어떨까요?"

"하릴없이 왜 교회당 가서 쭈그려 앉아 있습니까? 필요 없습니다."

그러고 보니 이 분의 혼탁한 기질이 눈에 읽힌다. 옛날 학자들은 사람의 기질을 청탁수박淸濁粹駁으로 분류하였다. 간단히 말하면 청수한 기질이 있는가 하면, 혼탁한 기질도 있다는 것이다. 예컨대 오랫동안 수행해온 노스님이나 수도사들의 얼굴을 보면 내 마음까지 정화될 것처럼 맑다. 반면 권력욕이나 재물욕에 찌든 사람들의 얼굴은 탁하기 그지없어 눈살이 찌푸려질 정도다. 물론 청수와 혼탁의 사이에 수많은 유형의 기질들이 있으므로 간단하게 평가할 수는 없다. 관상학이나 사상의학四象醫學은 사람들에게 정확한 관찰법을 알려주기 위해 생긴 분야다. 우리 선조들의 지혜가 돋보인다.

한편으로 이분의 경우는 아버지의 악영향도 컸던 것으로 보인다. 자식은 부모의 생활상을 보며 자라는 것인데, 아버지의 난잡한 여성행각과 음주생활을 그가 본받고 있는 것이다. 그러고 보면 부모는 자식을 위해서라도 행동거지를 조심하며 건실하게 살아야한다는 생각이 든다. 자신의 불행을 자식들에게까지 물려주어서는 안 되기 때문이다. 더 나아가 친구를 사귀는 것도 마찬가지일 것이다. 『소학小學』에 '근묵자흑近墨者黑이요 근주자적近朱者赤'이라는 말이 있다. 먹을 가까이하는 자는 손이 검게 물들고, 주사朱砂를 가까이 하는 자는 붉게 물든다는 뜻이다. 또 거필택린居必擇隣하고 취필유덕就必有德이라 하였다. 거처를 정할 때는 반드시 이웃의 사람됨을 살펴보고, 덕 있는 사람과 사귀라는 뜻이다. 우리 모두 경청해야 할 선현들의 소중한 말씀이다.

아무튼 이분에게 충고는 안 먹혀드는 것 같아서 과음의 경고만 하였다. 정력보강의 약은 그의 생활을 더욱 타락시키겠기에 이제는 응하지 않고, 다만 과음으로 인한 간의 해독을 위해 더덕 반찬을 해먹기를 권하였다. 더덕의 약성은 간과 폐를 함께 보해주기 때문이다.

복숭아나무와 오얏나무는 말하지 않는다

　　　　　　60대 초반의 부부가 들어오셨다. 남자 분은 양복 차림인데 얼굴이 어둡고 매우 근심어린 표정이다. 본론에 들어가기에 앞서 아무래도 힘들고 어두운 표정을 풀어주기 위해 먼저 인사를 건넸다.

"어디서 오셨나요?"

"부산에서 아침 일찍 출발해 지금 도착했습니다."

"여기 증평까지 오시는데 4시간 가까이 소요될 텐데요?"

"네! 초행길이라 천천히 산의 단풍과 누렇게 익어가는 벼를 보면서 왔습니다. 문득 이런 생각이 들더군요. '만물이 봄이면 새싹이 돋아 자라다 보면 녹음방초가 우거지고 가을이면 결실을 맺는데, 나는 계절의 변화에 무심한 채 오로지 돈만을 위해 앞만 보고 달려 왔구나. 게다가 부도까지 났으니... 초라하구나, 여유롭지 못한 내 삶이.'"

　　　　　　　　　　　　　　　밝은 마음의 통찰력

"왜! 무슨 어려움이 있었나요?"

남자 분이 한숨을 푹 내쉬며 그간의 사정을 말씀해 주신다.

"제가 OO의사랍니다. 개원해서 능력 있는 사무장까지 두고, 병원이 아주 잘 되었지요. 그런데 사무장과 약간 불미스러운 일로 인해 내보내고 다른 사무장을 두었는데 그 이후로 환자가 줄어 몇 년 간 경영난에 시달리게 되니 전에 같이 일했던 사무장이 생각나더군요. 수소문하여 만나 이런저런 이야기를 하다가 '지금은 무얼 하냐'고 물으니 프랜차이즈 음식점을 친구들의 권유로 했답니다. 하지만 생각보다 어려움이 많아 몇 달 전에 접고 다른 것을 구상하고 있다고 하대요. '그러면 현재 특별히 하는 일이 없으면 나와 함께 다시 일해 보는 것이 어떻습니까?' '만약 환자들을 많이 끌어주면 후한 월급을 주겠습니다.' 그가 한참 생각하더니 '그러면 제가 구상하고 있던 일을 그만두고 원장님을 모시고 일해 볼 테니 모든 것을 저한테 맡겨주십시오.'라고 대답하더군요. 참으로 능력있는 사무장이었지요.

그 후 몇 년간 다시 환자들이 많아졌지요. 그런데 어느날 갑자기, 그 사무장이 사라져버렸습니다. 어찌된 일인가 하고 병원 업무를 확인해 보니 그가 다 빼먹고 달아난 거였습니다. 믿는 도끼에 발등 찍힌 거죠. 어쩔 수 없어 하던 병원을 그만둔 후 화병이 생겨 불면증과 우울증으로 치료를 받고 있는데 지인이 평화한약방을 추천해 주었습니다. 자기도 우울증 치료를 받다가 선생님 약을 먹고 호전되었다면서요. 참말로 이 세상에서 제일 무서운 것이 사람입니다."

"병원에서 사무장의 역할이 왜 그렇게 중요한지 이해가 안 되네요.

의사의 의학적 식견과 치료술만 뛰어나다면 환자들이 멀리에서까지 저절로 찾아올 텐데요. 옛글에 '도리불언桃李不言이나 하자성혜下自成蹊니라'는 말이 있습니다. 복숭아나무와 오얏나무는 제 열매가 익었다고 말하지 않지만, 그 아래에는 열매를 따먹기 위해 다가오는 사람들에 의해 저절로 지름길이 생긴다는 뜻입니다. 어느 분야에서든 자신의 실력이 쌓이면 다른 사람들이 그를 우러르며 찾는다는 은유입니다.

아무튼 의사 선생님께서 여기를 오시면서 문득 생각하셨다는 자연의 이치를 깊이 깨달으시면 좋겠습니다. 만물이 꽃을 피우고 열매를 맺으며 씨를 남겨놓는 일이 무슨 욕심을 갖고서 하는 것이겠습니까? 그들은 제각각 제 존재를 그렇게 충실하게 실현할 뿐이지요. 우리의 삶도 그러해야 하지 않을까요? 주제넘은 충고를 해서 미안합니다만, 지금부터라도 자연의 이치를 화두로 삼으신다면 후회 없는 삶을 사실 것 같아 말씀드리는 겁니다. 제 생각으로는 그게 평생의 보약일 것입니다. 그리고 지금 지어드리려는 약은 일종의 응급처치인 셈입니다. 응급의 약도 중요하지만, 마음수행의 보약을 아침저녁으로, 아니 수시로, 그리고 평생 복용하시길 바랍니다."

그리고는 증세에 맞는 약을 지어드렸다. 의사선생께서 일어서면서 몸이 좋아져야 개원할 수 있을 텐데 하고 혼잣말을 하신다. 하지만 자신의 마음을 자가 치료하지 않고서 어떻게 건강한 삶을 살 수 있을까? 우리 모두 자신의 정신을 수시로 자가 진단하고 또 치료할 필요가 있다. 의사는 보조자일 뿐이다. 문득『논어』의 한 구절이 떠오른다. 나는 하루에 세 가지를 반성한다. 남을 위해 무슨 일을 하는데 정성스럽지

밝은 마음의 통찰력

못했던 것은 아닐까? 벗을 사귀는데 신의가 없지는 않았을까? 스승의 가르침을 익혀 실천하지 못하는 것은 아닐까? 하는 것이다. 이른바 일일삼성—日三省의 내용이다.

욕심이 자신에게 가하는 상처

50대 중반의 남자 분이 들어오셨다. 얼굴이 갸름하고 하관이 빈약하다. 귀는 뾰족하고 귓불이 없다. 전반적으로 춥고 빈약해 보이는 것이 특징이다. 관상학적으로 살피면 매사에 예민하고 꼼꼼하여 위장이나 기관지가 약해 헛기침이나 매핵기梅核氣(목에 뭉친 가래가 걸려 떨어지지 않는 듯한 느낌의 증상)에 역류성 식도염이 있는 체질이다. 직업은 주로 공직이나 회사에 다니면서 월급쟁이로 살아가는 인상이다. 앉으시라고 하며 이러한 뜻을 이야기하니 남자 분이 돌연 질문을 한다.

"그러면 선생님, 저는 무리하게 투자를 하면 안 되는 팔자인가요?"

"대체로 그렇다는 것이지요."

"아니! 어찌 이렇게 정확하게 말씀 하시는지요. 이 말을 진작 들었으면 내 신세가 이렇게 되지는 않았을 것을... 저를 잘 아시는 것 같아서

154 밝은 마음의 통찰력

말씀드리려 합니다. 제가 공직생활 20년쯤 되어 친구를 만나 저녁을 먹고 술 한 잔 하는데 친구가 대충 이런 이야기를 하더라고요. '나는 부동산에 투자를 해서 큰돈을 벌었는데, 자네처럼 월급생활 해서 어찌 돈을 벌 수 있겠나. 나처럼 부동산 하나 제대로 사면 2~3년 안에 몇 배 뛰는 것은 문세가 아니다. 내 일가친척들도 땅 잘 사서 모두 부자가 되었다네.'

그런 말을 듣고 보니 내 자신이 월급 받아 아껴가며 살아가는 것이 왠지 부끄러운 생각이 들었습니다. 그래서 친구에게 어디 좋은 땅 있으면 소개해 달라고 부탁했습니다. 친구는 '여기저기 알아봐야 해. 몇 달이 걸릴 수도 있지. 만약 투자할 생각이 있으면 나를 믿고 맡긴다면 좋은 물건 하나 해 주겠네. 그런데 자네 재산이 얼마나 되는가? 거기에 맞춰서 사야 하지 않겠는가?' 하면서 이런저런 질문을 하였습니다.

그렇게 친구와의 만남을 끝내고 나도 얼른 부자가 되어보겠다는 욕심으로 집에 들어와 아내에게 친구와의 이야기를 자초지종 했습니다. 그랬더니 아내가 매섭게 대꾸하대요. '고지식한 당신이 어찌 그런 말을 해요? 당신은 항상, 마음 편한 것이 최고의 행복이라고 말해 왔잖아요. 살아가는데 큰 불편 없이 자식들 건강하게 속 안 썩이고 잘 자라준 것만으로도 감사하게 생각해야죠. 헛된 생각은 하지 말아요.' 그 날 저녁 이 생각 저 생각으로 잠을 설쳤고, 며칠 동안 고민하던 중 그 친구한테서 전화가 오더군요. '여기저기 물건을 알아봤는데 마침 좋은 땅이 나왔으니 몇 억을 준비하고 있으시게. 혹시 정보가 새나가면 돈 있는 사람들이 몰려들 수 있으니 절대 비밀로 하고, 2~3년 후면 로또 당첨이라네.'

그래서 땅에 투자하는 것은 처음이라 집 식구도 모르게 앞뒤 생각 없이, 가지고 있는 돈에 대출까지 받아 몽땅 투자를 했습니다. 몇 달 뒤 지인한테 자랑삼아 부동산을 샀다고 말하니 그의 말이 '그런 사람 믿지 말아라. 그들의 말을 들으면 부자 안 될 사람 없다'고 하면서 웃었습니다. 혹시나 하는 마음에 친구한테 전화를 하니 '몇 달도 안 되어 왜 안 달이냐'고 큰소리로 대꾸했습니다. 그리고는 3년 후 그 땅을 팔려고 친구에게 전화를 해보니 '개발이 늦어진다'고 하대요. 왠지 불안한 마음에 다른 부동산에 알아보니 '그 곳은 개발제한구역이라 언제 개발될지 모른다'는 답변이 왔습니다. 하지만 대출금 이자에 시달리면서 이제 와서 친구를 원망하고 후회해 봤자 소용이 있겠어요. 모든 일은 제가 저지른 것을... 집 사람 말대로 욕심 안내고, 열심히 일해 노후에 편하게 지내면 좋았을 것을... 재복이 없는 제가 돈에 눈이 어두워 욕심을 내어 화를 자초하게 되었으니 불안하기만 합니다. 그러니 선생님께서 제 몸 상태에 잘 맞게 약 좀 지어주셨으면 좋겠습니다."

이야기를 들으면서 한편으로 생각하니 인생의 모든 화와 원망과 후회는 욕심에서 비롯된다는 이치가 더욱 분명하였다. 그래서 약을 짓는 것과는 별개로『명심보감』의 말을 인용하여 위로와 충고를 하였다.

"사장님, 아까 사모님 말씀이 지당한 것이었습니다. 옛말에 〈지족가락知足可樂이요 무탐즉우務貪則憂〉라 했습니다. 만족을 알면 행복한 삶을 살 것이요, 탐욕을 부리면 근심이 뒤따른다는 뜻입니다. 집안의 대소사를 결정할 때에는 부인과 상의하시고, 또 전문가의 의견도 경청하실 필요가 있습니다. 지금부터라도 그렇게 하시고, 또 절대 욕심으로 살려

밝은 마음의 통찰력

하지 마십시오. 이미 벌어진 일에 대해서는 조급하게 생각마시고 『명심보감』의 저 글귀로 항시 마음을 다스리시기를 바랍니다."

남자분은 "이번 일이 있고 나서는 누구의 말도 못 믿게 되었다"고 독백하며 인사를 하고 나가는 모습이 애처롭다. 남들을 믿지 못하는 마음의 상처는 어떻게 하면 치료할 수 있을까. 사타간 신뢰만큼 강력한 삶의 힘은 없는데 말이다. 의원의 한계를 느낀다.

대전에서 종종 오시는 60대 초반의 부부가 있
다. 오늘은 두 분이 손을 잡고 근심어린 얼굴로 들어오시는데 남편 분
의 몸 한 쪽이 부자연스러워 보인다. 오랜만에 오셨기에 악수를 건네며
인사를 나누었다.

"어찌 몸이 한쪽으로 안 좋으신 것 같네요."

"네! 지난 해 추울 때 새벽 운동 나갔다가 죽는 줄 알았어요. 한쪽으
로 마비가 와서 119를 불러 병원에 갔더니 뇌경색이 왔다며 조금만 늦
게 왔더라면 한 쪽이 반신불수가 되었을 것이라고 하더라고요. 2주 정
도 입원하면서 치료받고 나왔는데 그 후로 조금만 움직여도 힘이 들고
다리가 무거워지면서 매사가 귀찮아집니다. 양약을 먹고 있는데 한약
을 복용하면 혹시 호전되지 않을까 하는 마음에 선생님을 찾아뵈었답
니다. 또 한 가지요, 약을 지으시는데 도움이 될까 해서 말씀드리려 합

니다. 제가 남모르게 신경을 많이 쓰고 죄인같이 살아가고 있답니다."

"아니! 무슨 일로 그러시는데요?"

"어려운 가정에서 태어난 아들이 머리가 좋아 초등학교 때부터 고등학교까지 1~2등을 놓친 적 없이 공부를 아주 잘했습니다. 이보다 더 기쁜 일이 어디 있겠어요? 부모인 저희 역시 '우리 집안에 큰 인물이 나오겠구나' 하고 커다란 기대감으로 부풀어 있었답니다. 아들이 고3 때 물어보았습니다 '어느 대학교를 생각하냐?' 'S대 컴퓨터공학과를 가서 프로그램을 개발하는 것이 본인 적성에 맞는 것 같아요.' 저는 그 말을 듣고는 반대했습니다. '아버지 생각으로는 네가 법대에 가는 것이 좋을 것 같다. 우리 집안에 지금까지 출세한 사람이 없잖니? 네가 고시에 합격해 법관이 되면 사람들이 우리를 만만하게 보지 않고 함부로 대하지 않을 거야. 지금까지 많은 사람들한테 업신여김을 당하며 살아온 것이 분한 생각이 드는구나.' '좀 더 생각해 볼 게요' 그러더니 며칠 후 '부모님이 그렇게 원하신다면 법대에 가겠습니다.' 하대요.

그 뒤 무난히 S대 법대에 들어가 고시공부를 했지만 관운이 없는지 학교를 마친 지금까지 합격이 안 되어 이제는 포기하고 말았습니다. 그리고는 아들이 친구도 안 만나고 밖에도 잘 안 나갑니다. 무직상태에서 '학원 강사나 해볼까' 하고 말하니 제 마음이 너무 아프네요. 본인이 좋아하고 원하는 것을 응원해 주었더라면 좋았을 텐데요. 저의 욕심이 자식신세를 망쳐 놓은 것 같아 너무 후회됩니다."

남편 분은 이렇게 말하면서 눈물까지 흘리신다. 우선 그의 기운을 바르게 해드리기 위해 약을 지어드릴 필요가 있었다. 그리고는 그의 불편한 마음을 잡아주려고 사주팔자 이야기를 잠시 꺼냈다.

"아마도 아드님은 관운이 없지 않나 하는 생각이 듭니다. 아드님이 원하는 학문에 종사했더라면 박사가 되어 훌륭한 학자가 될 수도 있었을 텐데요. 어쨌든 실패는 성공의 어머니라고 하지 않습니까? 아직 나이가 젊으니까 아드님에게 용기를 주시고 본인이 하고 싶은 일을 하도록 격려해주세요."

부부가 손을 잡고 인사를 하고 나가는 모습을 보면서 화생어다탐禍生於多貪이라는 『명심보감』의 글귀를 생각했다. 근심과 재앙은 욕심에서 생긴다는 말이다. 부모의 욕심이 자식의 인생을 망치는 경우가 그 한 가지 사례. 부모가 자식을 대리만족의 대상으로 여기다보니 자식의 의사를 무시해 버리는 것이다. 그로 인해 자식이 겪을 불행을 부모가 어떻게 책임질 수 있을까? 사람들은 '효도'라는 말로 자식에게 자신의 욕망을 강요하는데 그것은 절대 옳지 않은 일이다. 자식의 의견을 존중해주고 그를 적극 응원해 주어야 한다. 자식이 좋아하는 일을 하는 것을 옆에서 지켜보는 것만으로도 부모는 행복하지 않을까? 사실은 그것이 효도 받는 길이다.

가끔 딸들을 데리고 가족이 모두 건강해야 가정도 편하다며 약을 지어가시는 부부가 있다. 그런데 오늘은 웬일인지 아침 일찍 부인만 혼자서 들어오셨다. 나는 반가운 마음에 일어서서 인사를 건넸다.

"오신 지 5~6년 정도 되신 것 같네요. 잘 지내셨죠?"

"네. 기억 못하실 줄 알았는데 바로 알아봐 주셔서 감사합니다."

"아니~ 제가 사모님 같은 미인을 몰라보면 어찌 합니까? 사모님이 남들보다 특이한 점은 사장님에 대한 배려심과 사랑하는 마음이 깊어 보였습니다."

"그래요. 선생님께서 잘 봐 주셔서 고맙습니다."

부인이 감사의 인사를 하는데 눈을 보니, 숙면을 못 하는지, 아니면 신경을 많이 썼는지, 몇 년 전에 보던 맑은 눈빛이 아니고 술 마신 것처럼 충혈되어 몽롱해 보인다. 그래서 조심스럽게 여쭈어봤다.

"혹시 요즈음 심적으로 충격을 받은 일이 있나요?"

"왜요? 그렇게 보이나요?"

"관상학적으로 눈은 일월과 같이 밝아야 정신도 맑거든요. 우리 몸속 오장의 기운이 눈 안에 있답니다. 혹시 불면증이나 우울증이 생겨 신경안정제를 복용하지 않는지요?"

부인이 깜짝 놀라며 "어찌 눈을 보고 정확히 아시는지요!"

"그간 어떤 어려운 일이 있었나요?"

부인이 시선을 떨구면서 작은 목소리로 "네"한다.

그리고는 잠시 머뭇머뭇하면서 말을 할까 말까 고민하는 눈치이다. 이에 내가 '약을 지으려면 자초지종을 말씀하셔야 한다.'고 이야기하자 부인이 잠시 눈을 지그시 감았다가 뜨고는 이내 마음을 다잡고 말을 꺼낸다.

"저의 가족 관계 얘기라서 창피해서 머뭇거려지네요. 이 말은 제 자존심이 허락지 않아 말을 안 하려고 했는데 선생님이 아시는 것 같아서 말씀드리지요. 전에 함께 온 제 남편은 상당한 학식과 능력을 겸비하신 분이어요. 몹시 자상해서 모든 사람한테 호감형이고요. 같은 직장의 상사로서 제가 어려움에 처했을 때 구세주 역할을 한 분이지요. 제가 늦게까지 일하면 차를 태워 집까지 데려다 주고요.

직장 생활 몇 년 후 과장님이 저녁 식사를 하자고 해서 저녁을 먹고 차를 한 잔 하면서 저한테 '결혼하면 어떻겠냐'며 청혼을 하길래, '농담하신다'고 '언감생심, 과장님 뵙는 것만 해도 행복하다'고 말했지요. 학식과 재력의 차이를 크게 느꼈기 때문이죠. 결혼이란 인류대사라 비슷한 가정이 만나야 평생 행복하게 산다는 부모님 말씀이 있었기 때문에 더욱 안 된다 했지요. 과장님은 '내가 몇 년 동안 보아왔지만 나는 당신 같은 사람 만나야 우리 어머님 모시고 살 것 같다. 학벌이 무슨 소용이 있느냐'고 이야기하더군요.

그 후로 가끔씩 만나면서 몇 달을 두고 청혼하기에 저도 존경하는 분과 살면 좋지 않을까 해서 고심하다가 부모님께 말씀드렸지요. 가정을 물어보시더니 아버지께서 저의 말을 듣고서는 '홀어머니 아래서 자라 명문대를 나와 기업 중역으로 있다면 이 세상에 자기가 제일 똑똑하다고 여기고, 또 어릴 때부터 칭찬만 받고 살아온 사람일 것이다. 또 모든 것을 종합해볼 때 너하고는 짝이 너무 많이 기운다.'고 말씀하시대요. '설령 결혼한다 하더라도 나이 먹게 되면 힘들어지니 가정 형편이 비슷한 사람을 만나 혼인하는 것이 올바른 선택이다. 잘 판단해라. 내 주위에 돈 있고 능력 있으면 이혼하거나 두 집 살림 하는 경우들이 종종 있다. 오르지 못할 나무는 아예 처다보지 않는 것이 좋다.'고 충고를 하셨습니다.

부모님이 반대하신다는 것을 상사님 만나서 이야기 하니 천부당만부당하신 말씀이라며 며칠 후 시간을 내서 부모님을 찾아뵙자고 했어요. 그래서 인사를 드렸는데 아버지께서 '모든 것이 부족한 내 여식인데 더 좋은 혼처를 알아보라'고 하시대요. 그러나 남편이 어찌나 자상하게 이야기하고 마음을 안심시키던지 듣고 있던 아버지께서 '자네가 진정으로 아끼고 변함없이 사랑한다면 부모는 자식의 의견을 따라가는 것'이라면서 승낙을 하셨습니다. 그러고 나서 몇 달 후 성대한 결혼식을 올리고 어려움 없이 자매를 낳아 전업주부로 30년 정도를 살았지요.

그런데 이게 웬일입니까. 가끔 해외출장을 갔다 귀국하고도 허구한 날 안 들어오기 일쑤였어요. '무슨 일이 많아 집에 안 들어오느냐'고 물어보면 '피곤하니 말 시키지 말라'면서 저를 무시하기 때문에 속상하기도 했습니다. 그렇게 몇 달을 지내다가 하루는 술에 취해 늦게 들어와 하는 말이 '부부는 서로 학식과 추구하는 삶의 가치가 엇비슷해야 하는데 우리는 그렇지 못하고 궁합도 안 맞는다'고 불만을 털어놓는 것 아니겠어요. 청천벽력 같은 소리에 '당신 그게 무슨 소리냐, 지금까지 아이 낳고 시어머니 모시고 잘 살지 않았느냐. 그러면 당신하고 맞는 여자가 있느냐'고 다그쳤습니다. 그랬더니 '만나는 여자가 있다'면서 '내가 외국을 다녀보니 서양 사람들은 서로가 더 좋은 생활을 하기 위해 합의이혼을 자연스럽게 하더라'고 하대요.

충격을 감당할 수 없어 자식들한테 이야길 하니 '도저히 이해를 할 수 없다'면서 딸들이 아버지를 붙잡고 '어찌 우리 집에 이런 일이 있느냐'며 눈이 퉁퉁 붓도록 울더라고요. 그 후 암흑 같은 시간이 일 년 동안 계속되자 '어차피 정은 멀어진 것인데 붙잡으면 무엇 하나'하는 생각이 들면서 분노가 연민의 정으로 바뀌자 돌아가신 아버지 말씀이 생각나더군요. 비슷한 사람끼리 만나 혼인해야 길하다고 하신 말씀이요. 배우지 못한 제가 지금까지 너무 과분하고 분에 넘치는 사람하고 살았구나, 이제는 남편이 원하는 대로 해주리라 마음먹고 이혼을 하니 오히려 편해지더라고요. 현재는 딸 둘과 함께 살고 있어요. 후에 알게 되었는데 그 사람이 만나는 여자는 딸 둘을 둔 이혼녀고 학식이 높다 하더

　　　　　　　　　　　　　　　　　밝은 마음의 통찰력

라고요. 그렇다고 자기 자식을 버리고 남의 아빠로 사는 것이 과연 맞는 것인지? 이제 두 아이가 결혼할 나이인데 아이들이 아빠 때문에 충격을 받아서인지 '결혼할 생각이 없다'고 합니다. 자식들한테 커다란 피해를 준 것 같아 미안하고 또 걱정이 됩니다. 이러한 일들 때문에 가끔 신경 안정제를 먹고 있어요. 제 몸에 맞게끔 약 좀 잘 지어주세요, 선생님."

사연을 다 듣고는 부인의 마음을 달래야겠다는 생각이 들어 약을 지어드렸다. 물론 마음의 평온과 안정에 약은 간접적인 것일 뿐, 근본적으로는 당사자가 정신적으로 극복하려는 노력이 있어야 한다. 그래서 부인에게 옛글을 인용하여 위로를 드렸다.

"옛글에 빈천지교불가망貧賤之交不可忘이요 조강지처불하당糟糠之妻不下堂이라는 말이 있습니다. 가난하고 천할 때의 친구는 잊지 말아야 하며, 술지기미와 겨로 끼니를 함께 하며 고생한 아내는 버려서는 안 된다는 뜻입니다. 사모님이 홀시어머니를 모시고 자식들을 기르는데 그토록 정성을 들였는데 버림을 받으셨으니, 남편 분이 사람의 도리를 저버렸군요. 그가 제 자식을 버리고 남의 소생을 데리고 사는 게 정말 행복할까요? 사모님이 잘못을 저지르셔서 버림을 받으셨다면 사모님 스스로 평생 회한 속에 살아야겠지만, 아무런 잘못도 없이 그렇게 되었으니 심적 고통에 너무 빠지지 마십시오. 지나간 일은 어서 정리하시고 두 따님과 미래의 밝은 삶을 계획하시길 바랍니다. 지난 이혼의 충격과 슬픔을 마음속에서 떨쳐버리지 않으면 앞으로 결코 행복을 찾을 수 없습니다."

"참으로 좋은 말씀 정말 감사합니다."

내 안에 숨겨진 보배

언뜻 보니 60대 초반 정도 되었을까 싶은 남녀 두 분이 들어왔다. 남자 분이 자리에 앉자마자 먼저 말을 꺼낸다.

"며칠 전에 동갑들 모임이 있어서 나갔는데 한 친구가 선생님한테 갔다 왔다고 하면서, 어찌나 잘 보던지 현재 몸이 안 좋은 자기 상태며 살아온 내력을 이야기하는데 무슨 점집이나 관상을 보러온 것 같은 착각이 들 정도였다고 자랑을 늘어놓더군요. 원래 그 친구만 약을 지으려고 했는데, 동행한 부인도 상담받고 함께 약을 먹어 효험을 보고 있다면서, '자네도 몸이 안 좋으면 한 번 가보라'고 권하기에 이렇게 왔습니다."

"어디서 오셨는가요?"

"음성에서 왔습니다."

"두 분은 부부신가요?"

"그렇습니다."

"두 분이 남의 말만 듣고 너무 기대를 크게 하고 오신 것 같은데 저는 그 친구 분 말씀처럼 그렇게 잘 보지는 못합니다. 저는 의원으로서 약의 전문가일 뿐, 점술가나 관상쟁이가 아닙니다. 자칫 실망하실 것 같네요."

"아이쿠, 선생님! 별 말씀을 다하시네요. 있는 대로 봐주시면 되는 걸요."

찬찬히 부부의 얼굴을 바라보았다.

"두 분은 부부로서 합심이 잘 되시는 편이고, 얼굴이 후중한 상이라 위에 형님이 있더라도 집안의 궂은일은 도맡아 하시겠네요. 사모님 역시 시집와서 쉬는 날 없이 이것저것 다 하셔야 되는 부창부수형이랄까요?"

그러자 듣고 있던 부인이 한숨 섞인 투정의 말씀을 하신다.

"그러게 말이에요. 저는 평생 죽을 때까지 이렇게 힘들게 일하며 살아야 하는 팔자인가요?"

"그런 소리하지 마셔요. 사람이 이 세상 태어나서 고생 안하는 사람이 어디 있나요. 있으면 있는 대로 없으면 없는 대로 살아가는 것이 우리 인생인 것을... 허나 모든 일을 힘들다 생각하면 한없이 힘들 것이고 힘든 일도 즐겁게 생각하시면 즐거울 것입니다. 불교의 표현을 빌리면 '제법일체유심조諸法一切唯心造'라, 즉 세상만사가 마음먹기에 달려 있다는 것입니다. 사모님의 헌신이 있으므로 집안이 잘 된다고 생각하면 크나큰 기쁨 아닌가요? 기쁨을 스스로 누리십시오."

내 말을 가만히 듣고 있던 부인이 궁금하면서도 답답한 표정을 지으며 묻는다.

"선생님, 그러면 왜 자기 욕심만 챙길 뿐 남에게 베풀 줄 모르는 사람은 잘 살고, 반면에 착한 사람은 못 사나요? 남편이 옆에 있지만 할 말은 해야겠네요. 부모님이 재산을 나눠주실 때 큰 아들한테 곱절이나 더 많이 주면서 '큰 아들은 조상님 제사를 모시니깐 그리 알라'고 하셨습니다. 저는 '그건 아닌 것 같다'고 하니 이 양반은 '형님께서 잘 되어야 한다'면서 부모님의 뜻을 받아들이셨습니다. 그런데 지금에 와서는 종교 때문에 제사도 안 모시고 해외로 골프나 치러 다닙니다. 그리고는 '동생이 집안일을 잘 알아서 하라'며 다 떠밀어 버립니다. 한데 선생님의 말씀대로라면 제가 잘 살고 큰집이 안 돼야 하는 것 아닌가요?"

참으로 어려운 질문이었다. 이를 어떻게 설득해야 하나? 인생철학을 장광설로 늘어놓을 자리도 아니고, 게다가 나에게는 그럴 역량도 부족한데 말이다. 하지만 말을 꺼냈으니 어떻게든 답변을 할 수밖에 없게 되었다.

"흔히들 보면 가끔 독하고 악한 사람이 잘 되고, 착한 사람은 안 된다고들 하는데 그것은 참으로 모르는 사람들이 하는 말이지요. 옛 현인의 말씀대로 오복 중에 최고는 많이 베풀어 주는 데 있습니다. 독하고 악하게 자기만 챙기는 사람은 행복을 모릅니다. 행복은 돈에 있지 않습니다. 형님 내외가 골프 여행을 다니고 맛있는 음식이나 사먹는 것도 기쁨은 기쁨이겠지만, 그것은 매우 일시적일 뿐입니다. 만약 그분들이 그 돈을 형제나 이웃에게 사용한다면 그 뿌듯한 기쁨은 정말 오래 지속될 것입니다. 두 분은 살아가면서 어떤 기쁨을 갖고 싶으신가요? 피상적인 것인가요, 아니면 의미 깊은 것인가요? 두 분께서 학식이 있으신 것

밝은 마음의 통찰력

같으신데 제가『명심보감』에 나온 구절을 하나 읊어보겠습니다.

行善之人은 如春園之草하여 不見其長이라도 日有所增하고
行惡之人은 如磨刀之石하여 不見其損이라도 日有所虧니라.

'선한 일을 행하는 사람은 봄동산의 풀과 같아서 그 자라는 것을 보지
못하더라도 날마다 무성해질 것이요, 악한 일을 행하는 사람은 칼을 가
는 숫돌과 같아서 그 닳아 없어지는 것을 보지 못하더라도 날마다 일그
러질 것'이라는 뜻입니다. 물론 형님 내외가 악한 일을 한다는 뜻이 아
닙니다만, 형제와 이웃을 외면하면서 사는 '일그러진' 마음은 불행의 발
단입니다. 이에 반해 사모님처럼 집안을 위해 헌신하는 삶은 봄날 '무
성하게' 자라는 풀처럼 녹음방초의 아름다운 결실을 얻을 것입니다. 다
만 자신의 선한 마음을 보배로 여기셔야 합니다. 자기 안의 선한 마음
에서 보배를 찾지 않고 남들의 재물만 부러워하는 마음을 버리지 않으
면 평생 불만과 불행을 벗어날 수 없을 것입니다. 형님을 언제까지 원
망하고 미워만 하실 건가요?"

이 말을 듣고는 부부가 진지하게 응대하였다.

"저희가 선생님 말씀을 듣고 보니 한치 앞도 못 내다보고 옹졸하게
살아온 것 같아 부끄럽습니다. 이제는 형님을 원망하거나 미워하지 않
고 인생 즐겁고 보람 있게 살겠습니다."

덧붙여 건강을 챙길 약을 부탁하시기에 두 분의 체질과 증상에 맞게
약을 지었다. 그리고 생각해보면 독하고 악한 사람이 잘 되고, 착한 사

람은 안 된다는 말은 잘못된 것이다. 독하고 악하며 자기 욕심만 챙기는 사람이 남들로부터 듣는 비난과 원망은 고통과 불행의 온상이다. 그렇게 남들과 대립하고 다투며 자타 단절된 삶이 행복할 리 있겠는가. 게다가 그 자식들이 부모로부터 배울 잘못된 사고방식을 생각하면 그 업보는 오래 갈 것이다. 그러므로 부처님의 인과업보는 결코 빈 말이 아니다. 어렸을 때 선한 끝은 있어도 악한 끝은 없다고 하신 부모님의 말씀도 이런 뜻이 아니었나 싶다.

밝은 마음의 통찰력

3

돌아보면
환자들은 내 인생의
스승이었다

효심의 보약

"선생님! 안녕하세요."

밝은 표정으로 3~4개월 된 간난 아이를 안은 앳된 엄마와 두 분의 어르신이 들어오셨다.

어르신들과 같이 앉으면서 아이 엄마가 말을 잇는다.

"저 학생 때 왔었답니다. 이번에는 우리 부모님 약 지어드리러 왔어요."

나는 웃으면서 반갑게 맞이했다.

"결혼해서 예쁜 아기를 낳은 지도 얼마 안 되어 양육비용이 적잖이 들 텐데 부모님 약까지 지어 주신다고 하니 효심이 대단하네요."

"그렇기는 하지만 부모님께 조금이라도 보답하는 마음으로 이렇게 오게 되었답니다."

"자식은 탄생 자체가 부모의 은혜를 입는 것입니다만... 어찌 약을 지어드릴 생각이 들었나요?"

돌아보면 환자들은 내 인생의 스승이었다

"네! 제가 고등학교 때 몸이 몹시 약했습니다. 어지럽고 이명증까지 생겨 병원에 입원도 하고, 음식을 먹으면 자주 토하는 통에 우울증까지 생겼습니다. 그래서 학업을 포기하려고까지 했었지요. 그 때 어머니께서 '병이 있으면 약이 있기 마련'이라며 저를 선생님한테 데려오셨습니다. 선생님은 저한테 '앞에 앉으라'고 하시면서 제 얼굴을 자세히 살피시더니 '얼굴에 누런색과 눈 밑에 푸른색을 띤 걸 보니 찬 기운이 위장에 들었구먼! 이러면 음식을 먹어도 소화가 안 되고 생리통이 있으며, 비위가 약해 미식거리고 어지럽지.' 이렇게 말씀하셨습니다.

사실 그 때 가정형편도 어려운 처지에 이곳저곳 다니며 약도 먹어보았는데 효험을 보지 못해 안 오려고 했었거든요. 그런데 선생님이 저의 얼굴을 보자마자 그렇게 말씀을 해주시니 속으로 '아니! 어찌 얼굴만 보고 이렇게 정확하게 말씀을 하시지? 혹시 어머니가 미리 알려 주신 것은 아닌가?' 하고 의심도 들더라고요. 물론 어머니는 그걸 부인하셨습니다. 선생님께서 웃으시면서 '약을 잘 지어줄 테니 건강해져서 공부 열심히 해야 돼. 학생은 관운이 있는 얼굴이라 공직에 나아갈 것 같네.' 하시며 저에게 용기를 주셨답니다.

그 후 저는 졸업과 동시에 공무원 시험에 합격하였고, 또 결혼하여 아이까지 낳고 보니 부모님의 커다란 은혜가 자꾸 마음에 떠올랐습니다. 그래서 보약이라도 지어 드리려고 이렇게 모시고 오게 된 것입니다."

언뜻 눈을 돌려 어머니의 얼굴과 손을 보니 어렵게 살아온 흔적이 역력히 묻어있다. 그래서 위로의 말씀을 드렸다.

"어려운 집안에 시집와서 자식들 낳고 사시느라 고생 많으셨지요?"

어머니께서 손사래를 치시며 대답하신다.

"우리 시절에 고생 안한 사람이 몇이나 되겠어요. 나이 칠십이 넘다 보니 전신이 아프네요, 이제는. (눈물을 훔치면서) 그래도 나는 복이 많은 사람이에요. 자식 4남매가 다 결혼해서 손자손녀들이 가끔 시골 집에 와서 놀다가니 그것으로 행복을 느끼며 살고 있어요. 오늘도 안 오려고 했는데 딸이 해산한 지도 몇 달 안 되어 딸의 약을 지어주러 올 겸 오게 되었답니다."

어머니가 주머니에서 쌈짓돈을 꺼내 보여주신다. 이 광경을 보고 옆에 있는 딸이 놀라면서 말을 꺼냈다.

"걱정하지 마세요, 어머니. 오늘은 제가 두 분 약 지어드리려고 온 거예요."

"어찌 엄마가 되어 염치없이 받아먹겠냐."

모녀지간에 나누는 대화가 감동스러웠다. 서로를 위하는 두 모녀의 마음이 얼마나 아름다운가! 세상 부모자식들이 모두 이런다면 얼마나 좋을까! 오늘날에는 효도는 고사하고 자신의 이익만 챙기면서 부모를 외면하는 자식들이 허다하여 부모 자식의 관계가 갈수록 각박해져만 가니 말이다.

"두 어르신께서는 따님의 마음을 기쁘게 받아들이시지요. 약값 이전에 보모님을 생각하는 아름다운 마음이야말로 세상에서 가장 값진 것 아니겠습니까? 따님 또한 행복을 느끼실 것입니다. 진정한 행복은 남을 배려하는 마음 속에서 생겨난답니다."

어머니가 흡족한 얼굴로 웃으시면서 말을 하신다.

"자식한테 약을 얻어먹기는 처음이네요. 잘 지어주세요. (그리고는 딸을 쳐다보면서) 네가 안 먹으면 우리도 안 먹는다."

그래서 부모님과 따님에게 각각 맞는 약을 지어드렸다. 세 분이 나가시는 뒷모습이 너무 아름답다. 사실 두 어른에게는 따님의 효심만큼 큰 보약은 없을 것이다.

사랑의 반성

여러 해 전의 일이었다. 젊은 부인 두 명이 들어오는데 한 분은 얼굴이 희고, 또 한 분은 대조적으로 기미가 많이 끼어 검은색으로 뒤덮여 있었다. 물어보나마나 기미 때문에 왔을 것이다. 먼저 이 분께 말을 걸었다.

"사모님 얼굴이 많이 검어 보이네요."

자세히 얼굴을 보면서 말하니 부인이 부끄러운 듯 얼굴을 두 손으로 가린다.

"저 이것 때문에 창피해서 죽겠어요. 보는 사람마다 얼굴이 왜 그렇게 되었냐고 물으니 사람들 만나기가 싫고 회사도 안 다니고 싶어지네요. 지금 함께 온 언니가 5년 전에 선생님한테 약을 먹고 깨끗해졌다고 해서 오게 되었으니 언니처럼 얼굴 좀 깨끗하게 해주세요."

관상을 보니 키도 훤칠하고 이목구비가 뚜렷한 것이 상당한 미인이다.

돌아보면 환자들은 내 인생의 스승이었다

"사모님 몇 살이세요?"

"서른여덟입니다."

"언제부터 이렇게 되었나요?"

"아이 두 명을 낳고 생기기 시작했는데 갈수록 점점 더 심해지는 것 같아요. 한약도 먹어보고 피부과에서 박피수술도 해 보았는데 처음에는 덜한 듯하다가 다시 원상태로 되돌아가네요. (눈물을 글썽이면서) 왜 기미가 생기는 건가요?"

"제가 확실하게는 모르지만 산후에 신장이나 위장이 약해져 몸에 있는 독소가 배출되지 않고 호르몬 불균형으로 생기지 않았나 하는 생각이 듭니다."

"어찌 되었든 기미 좀 없애주세요. 선생님께 크게 보답할게요."

"사모님, 처녀 때 미인 소리 많이 들었지요?"

"네. 그렇지만 미인 소리 들으면 무엇해요. 시집을 잘 가야지요."

"왜 불만이 있으신가요?"

"사실은 남편을 처음 만났을 때 키도 작고 탐탁지 않아 결혼은 안 하려 했습니다. 그런데 남편이 저를 한 번 보고는 서울에서 인천까지 1년이 넘도록 하루가 멀다고 찾아와 저녁 식사를 하고 가곤 하였지요. 이런 이야기를 부모님한테 말씀드렸더니 '너를 사랑하고 성실하면 됐지' 하면서 결혼을 권유하대요. 결국 결혼을 하고는 아이 두 명을 낳고 몸이 이렇게 망가졌으니 일찍 결혼한 것이 후회가 된답니다. 돈이 들어가도 좋은 약 좀 지어주세요, 선생님!"

하도 간절하게 요청하기에 약을 지으며 이야기를 나누었다.

"혹시라도 얼굴이 예뻐지시면 바람 안 나겠지요? 애인 생기면 큰일 나요."

"아이구! 선생님도 참. 진짜 바람 한 번 나보면 좋겠네요."

지어준 약이 몸에 맞았는지 한 제 복용하고 다시 왔는데 기미가 없어진 것이 확연히 눈에 띄었다.

"저와 선생님과 연때가 맞았나 봐요. 이제는 녹용 넣어서 지어주세요."

이렇게 하여 약 세 제를 먹고는 까무잡잡하던 얼굴이 깨끗해졌고 마지막에는 케익까지 들고 오셨다. 미모를 되돌려줬다는 뿌듯한 보람에 더해, 예쁜 모습을 보니 나도 기분이 좋았다.

그 후로 대략 2년이 지난 어느 날이었다. 체구가 작은 남자 손님이 찾아와 머뭇거리면서 말을 더듬는다.

"저, 실은 약 지으러 온 것이 아니고요. 죄송하지만 이런 말씀 드려도 될까요?

"왜, 무슨 일로 오셨나요? 말씀해 보세요."

갑자기 무릎을 꿇고 앉으면서 말을 꺼냈다.

"몇 년 전에 키가 크고 얼굴에 기미가 많이 낀 여성이 왔던 일 기억나시나요?"

"아~ 네! 오셨댔습니다. 약을 드시고는 얼굴이 많이 깨끗해 지셨지요. 그런데 그 분과는 어떤 사이신가요?"

"제가 남편입니다."

"왜, 무슨 일이 있으신가요?"

"그런 게 아니라 다시 기미를 끼게 하는 약은 없을까요?"

"별말씀을 다하시네요. 왜그러시나요?"

자초지종을 물어보니 남편이 한숨을 푹 내쉬면서 조그만 목소리로 저간의 사정을 털어 놓았다.

"약 1년 전부터 애인이 생긴 것 같아요."

"예에? 너무 놀랍네요. 그런데 그것을 어찌 알게 되셨나요?"

"전에는 회사일이 끝나면 일찍 집에 들어왔는데, 요즘은 늦게 들어오는 날도 많을 뿐더러 전화가 오면 밖으로 나가 받거나, 서둘러 '잘못 걸렸다'고 하면서 끊기도 하는 것이 이상합니다. 그리고 속옷도 화려한 색상으로 차려 입는 것이 예전과 눈에 띄게 달라졌습니다. 무언가 불안합니다."

내 예측이 맞았구나 하는 생각이 들면서 나는 남편 분의 고민을 어떻게 풀어드려야 할지 잠시 고민하였다.

"사모님을 많이 사랑하시지요? 결혼 전에 많이 따라 다니셨다 하시던데요."

"그럼요. 집사람이 모든 면에서 저보다 낫다고 생각해왔습니다. 그래서 진정으로 사랑해왔는데 요즘 왠지 거리감이 느껴집니다."

"참으로 어려운 문제네요. 그런데 만약 사장님이 사모님의 불륜을 들춰내시면 자칫 결혼생활이 끝장날 수도 있습니다. 그걸 바라진 않으시지요? 그렇다면 지난날의 일들은 일단 덮어두시고 사장님의 사랑을 한번 반성해보는 것도 좋겠네요. '愛人不親이어든 反其仁'이라는 맹자의 말씀이 있습니다. 어떤 사람을 사랑하는데 그가 나를 사랑해주지 않으면 나 자신의 사랑을 되돌아보라는 뜻입니다. 사랑의 표현이나 방법들이 잘못되었기 때문에 상대방이 나를 무시할 수도 있으니까요. 그리고 때로는 상대방의 인격을 우습게 여기다보니 사랑이 식을 수도 있는 만큼, 사장님이 언행을 더욱 올바르고 고상하게 갖출 필요도 있을 겁니다.

그리고 사모님에게 가급적 시간을 주지 마십시오. 예를 들면 회사 끝날 때 쯤 가서 사모님을 기다리면서 주위 사람들한테 사장님의 존재를 알리는 것도 한 방법일 겁니다. 또 주말이나 휴일이면 아이들과 함께 영화관이나 명승지를 다녀오는 것도 괜찮고요. 잘 아실 테지만 아이들은 부부간 사랑의 촉매제이기도 합니다. 사모님과 아이들 이야기를 자주 하시면서 아이들의 건강과 행복을 위해 아빠 엄마가 해야 할 일이 무엇인지 진지하게 논의해보세요. 한편으로 아이들한테 전화하게 하여 아빠의 성실함을 엄마에게 인지시키면 좋겠네요. 그렇게 해서 사모님이 자신의 지난날을 자책하면서 사장님에게 스스로 되돌아오도록 말입니다."

"선생님, 좋은 말씀 해주셔서 감사합니다. 오기 전 몇 달 동안 어떻게 해야 할까 매우 고민했는데 이제 근심이 다소 풀리는 듯합니다."

이렇게 남편 분을 보냈지만 나의 마음 한 구석에는 답답함이 남아 있다. 정신상담사도 어려운 부부간의 문제를 내가 어찌 해결해 줄 수 있단 말인가. 이러저러한 고민과 걱정거리로 가득한 인생살이에서 어찌하면 행복해질 수 있을까? 권세와 돈과 명예만 찾지 말고 모든 사람들이 삶의 지혜를 추구해야 할 것 같다.

돌아보면 환자들은 내 인생의 스승이었다

　　　　　5년 전에도, 몸이 피곤해서 왔었다던 40대 후반
의 남자 분이 오셨다. 그 때 한약을 한 제 먹고 지금까지 건강하게 지내
왔는데, 요즘에는 사는 재미도 없고 밥을 제대로 못 먹어 그런지 엄청
피곤하다고 말을 꺼냈다.

"지금도 여전히 학교에 봉직하고 계시지요?"

"집사람과 이혼한 뒤 퇴직하고 시골에서 조그마한 양계장을 합니다."

"아니 왜 이혼하셨어요?"

선생님은 한숨을 길게 내뱉고는 차분히 나를 바라보면서 사연을 털
어놓았다.

"말하자면 사연이 깁니다. 제가 젊었을 적, 같은 학교에서 한 여선생
을 만나게 되었습니다. 학생들도 잘 가르치고 부지런했지요. 뿐만 아
니라 얼굴도 예쁘고 심성도 고와 보여 저는 적극적으로 다가갔습니다.

그래서 자주 만나 차도 마시고 어려운 일이 있으면 서로 도와주는 처지가 되었지요. 한 번은 결혼 의사를 타진하자 그 여선생은 '아직 결혼할 처지가 아니라'고 대답하더군요. 집안 형편이 어렵고 동생들 학비를 대줘야 하므로 결혼하고 싶어도 할 수가 없다는 겁니다.

저는 그 대답을 듣고 '아~ 참으로 효녀구나. 이런 여자를 얻어 살면 얼마나 행복할까?' 하는 생각에 가슴이 두근거리려 잠을 이루지 못하였습니다. 며칠 후 다시 만나 '원하는 대로 해줄 테니 결혼해서 행복하게 살자'고 강력하게 끌었습니다. 이에 여선생은 '사실 저도 선생님이 좋은데 집이 너무 어려워 받는 월급 대부분을 부모님과 동생에게 보내주어야 할 형편이라 결혼은 안 됩니다' 하더군요. 그래서 저는 '결혼 뒤에 월급을 모두 친정에 주시라'고 제안했습니다. 여선생은 한참 망설임 끝에 '부모님과 상의해 답변을 드리겠다'고 대답했습니다. 결국 1년 동안 따라 다니고 설득한 끝에 결혼하게 되었습니다. 그 후 임신도 하고 아이 둘을 낳았습니다. 아내는 아이들이 초등학교 6학년, 중학교 2학년이 되었는데도 계속해서 모든 월급을 친정으로 보내길 고집하더라고요.

그런데 저에게도 어머니 한분이 계십니다. 어머니께서 혼자 생활을 하시면서 저를 대학까지 공부시켜 선생까지 만들어 주셨으니 고생을 많이 하셨지요. 그래서 아내한테 몇 번 제안을 했습니다. '나도 어머니가 계시고 우리에게도 자식이 있는데 이제는 친정으로 돈을 그만 보내주고 우리 가정도 생각하자'고요. 그러자 아내는 '당신이 처음 나하고 약속한 것을 지키라'고 하면서 크게 짜증을 내더군요. 제가 받는 월급으로만 살다보니 생활하기가 어려워져 어머니 사시던 집까지 팔게 되었지요.

결국 이대로는 더 이상 살 수 없겠다 싶어 이혼을 했습니다. 그러고 나니 몸도 마음도 지쳐 직업에 대한 자긍심을 뒤로하고 명예퇴직을 하게 되었습니다. 이제 와서야 많은 것을 깨닫게 되었습니다. 결혼은 인륜대사인지라 감정 끌리는 대로만 해서는 안 된다는 것이지요. 서로서로 존중하고 배려하는 마음을 가져야 한다는 것이지요. 하지만 가정의 파탄은 처음부터 제가 잘못 생각해서 초래된 것이니 누굴 원망하겠습니까."

자기의 마음 잘 헤아려서 이전처럼 좋은 약 좀 지어 달라는 선생님의 눈가에는 회한의 눈물이 고이고 있었다. 선생님은 자신도 모르게 흘러내리는 눈물을 닦고 있었다. 마음이 매우 안타까웠다. 아무래도 마음을 안정시켜드릴 약을 지어야 할 것 같았다.

선생님의 뒤늦은 깨달음은 우리 모두에게 중요한 내용이다. 부부간에 서로 존중하고 배려하는 자세야말로 사랑과 행복의 핵심이다. 존중과 배려는 두 당사자에게 국한되지 않는다. 시댁과 친정에 대해서도 마찬가지다. 남편이 자기 집만 주장해서도 안 되지만, 부인이 친정만 보살피려 해서도 안 되는 것이다. 두 집안을 공평하게 살펴야 한다. 이를 위해 남편은 처가의 입장에 서고, 부인은 시댁의 입장에 서서 문제를 처리하면 어떨까?

마누라 공포증

60대 초반의 남자 분이 들어와 앉으면서 다짜고
짜 묻는다.

"선생님, 죄송하지만 관상과 체질을 보고 약을 지어주시나요?"

"그렇습니다."

"그러면 저의 관상과 체질은 어떤가요? 제 집사람과 잘 살겠습니까?"

"사장님은 이마가 잘 생기고 눈이 총명하시네요. 즉, 관록궁官祿宮이
좋아서 일찍이 취업하여 나라의 녹을 받으신 것 같네요."

남자 분이 고개를 끄덕이며 대답하신다.

"아~ 사실 공무원으로 재직하다가 정년 퇴직한 지 1년이 좀 넘었지
요. 퇴직 후의 소일거리를 준비해야했는데 그렇게 하지 못한 것이 후회
가 된답니다. 직장 일에 쫓겨 남들 다 다니는 외국여행도 못 가보고 해
서 한동안은 집사람과 같이 외국도 자주 구경 다니곤 했었답니다. 저의

집사람은 건강하고 굉장히 부지런하답니다. 제가 직장생활을 할 때는 몰랐는데, 집안 살림을 하면서도 틈나는 대로 마트 같은 곳에서 알바도 했던 모양입니다.

그런데 요즘에는 제가 조금만 늦게 일어나기만 해도 전에 없던 잔소리가 아주 대단합니다. '아침에 일어나면 창문을 열어 환기 좀 시키고 이불은 털어서 똑바로 개서 장롱 속에 넣어라.' '양말을 왜 여기에 벗어 놓았느냐 박스에 넣어 놓아라.' '화분에 물을 주어야지 물 안 주면 다 말라 죽는다'는 등등 말입니다. 어쩌다 잔소리가 듣기 싫어 집에서 나가려 하면 아래위로 쳐다보고는, '옷을 왜 이렇게 입었냐. 다른 옷으로 갈아입어라'라고 하니 저는 이제 눈만 마주쳐도 또 잔소리 하지 않을까 스트레스를 받으니 참으로 한숨만 나온답니다. 본인이 한 것은 다 옳고 내가 하는 것은 다 잘못했다고 하니 다른 사람들은 재미있게 사는데 왜 나만 이렇게 사는 건가 고민이 됩니다."

나는 "이 분이 참 재미있구나." 생각하고 질문을 던졌다.

"그 고민을 누구한테 말한 적이 있나요?"

"그런 이야기를 창피해 아무한테나 할 수도 없어 퇴직한 친한 동창을 만나 하소연 할 요량으로 술 한 잔 하게 되었죠. '자네는 요즘 어떻게 지내고 있나?' 하고 근황을 물어보면서 마누라 이야기를 하게 되었지요. 저는 친구한테 말했습니다. '그래도 자네는 현명하고 부덕이 있는 여자를 만나 얼마나 행복한가! 잔소리도 안하고 내가 보기에는 부창부수형이던데. 나는 자네 마누라가 부럽다네.' 그리고는 저의 마누라에 대해 그동안 고민하던 것을 털어놓았습니다. '퇴직한 지 얼마 안 되었는데 그동안 고생한 것 인정도 안 해주고 막말로 대하니 각자의 길을 가야할지 고민이라네. 결국 헤어져야 하는 것 아닌가. 정말 속상해 죽겠네.' 그러자 친구가 긴 한숨을 내쉬면서 저한테 이렇게 말하더군요.

'우리가 부부동반으로 함께 식사를 할 때면 나는 자네의 부인이 무척이나 부러웠다네. 어이~ 내 마누라하고 살아 보았나? 사람에게는 누구나 장단점이 다 있기 마련이지. 자네가 부인 이야기를 했으니 나도 툭 까놓고 이야기를 하겠네. 사실 우리 집사람은 몸이 허약해서 힘든 일은 조금도 못하고 잠시 외출만 하고 들어와도 들어 눕는다네. 선천적으로 허약한 건지 어려서 젖도 제대로 못 먹고 자라서 그런 건지 툭하면 아프다고 찡찡대니 아픈 사람하고 살아보게나. 자네 부인은 눈만 마주치면 잔소리를 한다고 하는데, 나는 눈만 마주치면 아프다고 하니 나 역시 고역이라네. 여기저기 용하다고 하는 데는 다 다니는데도 효험은 없고, 집에만 틀어박혀 있는데 답답해서 운동 좀 하라고 하면 아픈데 어떻게 하느냐며 오히려 큰소리를 치니, 그럴 때마다 나도 억지로 화를 참고 살아가고 있다네. 지금 이야기지만 결혼하고 우리 부부는 성생활도 무재미로 살았다네. 어쩌다 안아주려고 하면 애 낳았으면 됐지 왜 힘들게 하냐고 투정하는 바람에 결국 서로 다른 방에서 자는 것이 태반이라네. 자네는 내 부인이 총명하고 착하게 보여 부럽다고 했는데, 나는 자네 부인의 건강이 너무나 부러웠다네. 저 친구는 얼마나 행복할까 생각하면서 말이야.' 그러면서 친구는 부인의 건강을 결혼생활의 제일조건으로 들었습니다. 하지만 저는 마누라만 보면 또 무슨 말을 할까 하고 공포증까지 올 지경입니다. 이대로 살면 공포증, 우울증이 올 것

돌아보면 환자들은 내 인생의 스승이었다

같은데 어찌하면 좋을까요? 선생님께서 관상을 잘 좀 보아주세요."

종종 이런 인생 상담을 듣노라면 당황스럽고 마음이 아린다. 약이나 다룰 줄 아는 내가 어떻게 고민을 해결해드릴 수 있을까. 그의 심정이 내 마음에 와 닿으면서 연민의 정을 금할 수 없다. 한편으로 생각하면 부부간의 갈등은 대부분 쌍방에 원인이 있다. 손바닥도 마주쳐야 소리가 나는 것처럼 말이다. 그러므로 부부의 문제는 정말 일방의 주장만 가지고는 해결책을 얻기 어렵다. 하지만 그렇다고 해서 아무 말도 못하겠다고 되돌려 보낼 수도 없다. 마음 한 구석에 답답함이 깔린다.

그런데 곰곰이 생각해 보면 무릇 인간관계는 상대방에게서 좋은 점만을 기대해서는 안 된다. 공자나 부처, 예수 같은 성인聖人이 아닌 이상 모든 사람에게는 장점도 있고 동시에 단점도 있는 법이다. 특히 한 이불을 덮고 사는 부부의 경우에는 상대방의 단점이 더 크게 보이는 경향이 있다. 위의 경우 부인은 남편의 단점만 보고서 자꾸 긁어대는 것처럼 보인다. 하지만 부인이라고 해서 단점이 없을까? 그러므로 부인은 남편의 나쁜 점만 보지 말고 좋은 점도 바라보는 넓은 아량을 가져야 한다. 남편이 처자식을 위해 평생토록 애를 써왔음을 생각하면 존경스럽기까지 하지 않을까? 그리고 남편은 자신의 고통스러운 심경을 솔직히 털어놓으면서 상호간 허심탄회하게 이야기를 나눌 필요가 있다. 서로 장점은 인정해주고 단점은 고치자고 하면서 손을 맞잡고 화해하도록 노력해야 한다.

또 한 가지, 부인은 어쩌면 남편의 퇴직 후 게으른 생활이 눈에 거슬렸을 수도 있다. 시쳇말로 '삼식이'가 꼴 보기 싫은 것이다. 남편은 돈을 벌거나 소비할 일 말고, 매일 일거리를 가질 필요가 있다. 예를 들면 붓글씨나 요가나 그림 같은 것을 배우면 좋을 것이다. 남편이 취미활동에 성실하게 나설수록 부인은 남편을 점차 인정하면서 높이 평가하게 될 것이다. 만약 이러한 변모를 꾀하지 않는다면 남편의 공포심과 우울증은 갈수록 커져서 견디기 어려울 것이다. 그것은 약으로만 치유될 수 있는 일이 아니다. 무엇보다도 부부간의, 특히 남편의 변모가 중요하다는 사실을 잊으면 안 될 것이다.

노
년
의

행
복

20년 넘게 아들딸 데리고 오다가 아들딸이 결혼
해서 며느리 손자 손녀의 약도 지어가시는 분이 오늘도 왔다.

"자녀들이 바쁘신가, 함께 오지 않으셨네요?"

"네~ 선생님께서 약을 잘 지어주신 덕분에 건강하게 잘 지내고 있답
니다. 지금까지는 자식을 위해 돈을 쓰고 보약도 지어주었는데 이제부
터는 우리 부부를 위해 좋은 약 먹고 건강한 생활을 해야겠네요."

"(웃으면서) 아니 전에는 '아빠 엄마도 드시라' 하면 '우리는 괜찮다'
하시고는 자녀들에게만 약을 지어 주셨는데 어찌 약 드실 생각을 하셨
어요?"

"사실은 우리도 먹고 싶은 생각은 있었지만 자식이 먼저인 것 같고
약한 모습 보이기 싫어 아직은 튼튼하다고 한 것입니다. 일흔이 가까워
지니 혈액순환이 안 되는지 몸 여기저기 아프기 시작하네요. 며칠 전

형수님이 관절수술을 해서 문병을 갔는데 참으로 못 볼 것을 본 것 같았습니다. 큰 병실 하나가 수술환자로 가득 차 있는데 모두가 주사를 맞고 여기저기서 끙끙 앓는 소리가 쉴 새 없이 들려왔습니다. 수술 결과를 물어보니 울먹이면서 '이루 말할 수 없는 고통과 무릎에 망치질을 하는 것처럼 탁탁 거리는 소리가 들리니, 이렇게 살아야하나. 왜 일찍 내 몸 관리를 안했을까. 후회막급이네요. 돈 아끼지 말고 아프면 참지 말고 빨리 빨리 치료를 받고 건강관리 잘 하세요.' 하더군요.

이렇게 아픈 형수님을 문병하고 돌아오면서 아내와 이야기했습니다. '천당지옥이 따로 없네. 아프고 고통스러우면 지옥이요 건강하고 웃으며 즐겁게 살면 천당인 것을... 형님이 아무리 돈이 많으면 뭐해. 착한 형수 평생 일만 시키고 아프다 해도 약 한 번 해주지 않았을 텐데.' 생각해보니 저 역시 평생 함께 살아온 아내의 하, 많은 고생을 잊고 지냈더군요. 남들은 생일이다 결혼기념일이다 하면서 아내들이 남편을 닦달해대는데 제 아내는 말 한 마디 안하고 묵묵하게 살아왔으니 말할 수 없는 고마움을 느낍니다. 앞으로 이 사람 건강을 많이 챙겨야겠습니다. 좋은 약 좀 지어 주세요."

그리고는 부인의 손을 꼭 잡아 주신다. 부인이 따뜻한 말 한마디에 감동을 하였는지 눈물을 닦으셨다.

"지금까지 자식 농사 잘 되어 결혼까지 시켜 손자 손녀 본 것도 당신이 있었기에 가능한 일이지요. 가장으로 집안에 중심을 잡고 성실하게 살아온 것에 감사할 뿐입니다."

나는 두 분의 모습에 감동하면서 특히 부인에게 존경심이 일어나 한 말씀을 드렸다.

"사모님, 저를 믿고 찾아오신 지가 20년이 넘었는데 오늘은 제가 약을 잘 지어 선물해 드리겠습니다."

"아니 별말씀을 다 하시네요. 저희가 여기 올 때는 좋은 약재 쓰는 것을 알고 약효를 보니까 찾아오는 것이지 효과가 없으면 찾아오겠어요? 돈 걱정은 하지 마시고 잘 지어주세요."

"물론 사모님이 말씀하시는 뜻을 알지만 저의 성의를 받아주시고 다음에는 필히 약값을 받겠습니다."

"(두 분이 일어나 인사를 하시면서) 그러면 고맙게 잘 먹겠습니다."

두 분이 돌아가시는 뒷모습을 보니 내 마음이 푸근해진다. 부부라면 저렇게 서로 존중하고 배려하면서 살아야 하리라. 특히 나이가 들수록 의지할 상대는 부부이니 만큼, 노년의 행복은 부부의 사랑에 달려 있지 않겠는가. 사랑이 없다면 돈이든 명예든 무슨 소용이 있겠는가. 건강도 사랑 속에서만 가능한 일이다. 노년기에 접어든 사람들이 모두 명심해야 할 일이다.

딸 열을 둔 부부

　　　　　　　　　약방을 한 지 5년 쯤 접어들었을 때의 일이다. 가을이 되어 찬바람이 나고 산자락에 단풍이 울긋불긋 들어갈 무렵, 50 대 후반 부부가 들어오셨다. 부인이 먼저 말을 꺼냈다.

"우리 남편 몸이 허약해진 것 같으니 겨울을 잘 지낼 수 있게 보약 좀 지어 주세요."

"사장님은 무슨 일을 하시기에 이렇게 사모님께서 건강에 신경을 쓰 시나요?"

"식당을 운영하고 있습니다. 그런데 오히려 저보다도 집사람이 약을 먹어야 돼요. 아이들을 많이 낳았거든요."

"자녀를 몇 분이나 두셨는데요?"

"(웃으면서) 딸만 열 명을 낳았으니 얼마나 힘이 들었겠어요. 아들 하 나 낳아서 손을 이으려 했지만 팔자에 아들이 없나 봐요. 그래도 집사람한테 고마운 것은 딸 열 명이 손가락 발가락 하나 이상 없이 태어나 탈 없이 자라고, 모두가 심성이 착해서 발걸음 하나 쿵쿵거림 없이 서로를 배려하며 아껴주는 마음으로 잘 생활하는 것이에요."

"저의 어머니도 열네 살에 시집오셔서 열여덟에 아이를 낳기 시작하여 저를 43세에 낳으셨습니다. 제가 아홉 번 째 막내시요. 그 이후로 생활이 곤궁한데 아이를 또 낳을까봐 아버지와 합방을 안 하신 모양이에요. 예전에 어머니께 '저를 어떻게 낳으셨나요?' 하고 여쭤보니, '어떻게 낳긴 어떻게 낳아~' 하시면서, 배가 아프면 가위를 준비하고 간장에 물을 타서 짭짤하게 끓여 놓은 후, 애기 낳으면 준비한 가위로 탯줄을 자르고 준비해 둔 간장물을 드셨다고 하시데요. '그러면 미역국은 드셨나요?' 여쭈니, '미역국은 부자 집에서나 먹는 거'라며 죽이나 감자를 삶아 드셨다고 하시구요."

부부가 웃으면서 대답한다.

"그래도 우리는 출산하고 쌀밥에 미역국을 먹었으니 얼마나 다행이에요!"

부부는 당신이 약을 먹어야 된다고 하면서 상대방에게 공을 돌린다. 그렇게 서로를 위하고 아끼는 모습이 참 아름다웠다. 자녀가 그처럼 많음에도 건실하게 잘 자란 것도 이처럼 애정이 가득한 부부의 마음씨가 빚어낸 것이 아닐까? 역시 사랑은 개인은 물론 가정과 사회를 건강하게 해줄 신비의 묘약이다. 나한테 찾아오시는 모든 분들을 사랑의 묘약으로 치료해드릴 수는 없을까? 그에 앞서 나 자신이 이 세상 모든 사람들에게 사랑의 마음을 가져야 하리라.

홀어머니의 애환

60대쯤 되어 보이는 여자 분이 웃는 모습으로 들어온다. 몸에서 부지런함이 묻어나온다. 앉기를 권하고 먼저 물었다.

"사모님은 하루도 한가한 날이 없나 봅니다."

"아니, 선생님은 어찌 저를 보고 앉자마자 그걸 아세요?"

"제가 약방을 한 지 30년이 넘었으니 아마도 수십만 명은 보았을 겁니다. 그래서 아는 것이지요. 무엇을 하시지요?"

"조그마한 과일 가게를 해요. 지금이 제일 행복하답니다. 예전에 시장통에서 리어카로 포장마차 할 때를 생각해보면 지금은 대통령도 안 부러워요. 추운 겨울 눈보라 칠 때는 천막이 날아가곤 했었지요. 손발이 동상에 걸려 시퍼렇고 아팠지만 나를 찾아주는 손님들이 고마워 신선한 과일을 엄선해 정성을 다해 드리면 모두가 맛있다고 인사를 하시는데 그것이 즐거웠어요. 그렇게 새벽 2~3시까지 장사를 해서 삼 남매

돌아보면 환자들은 내 인생의 스승이었다

모두 대학에 보냈답니다. 큰 딸은 선생님, 둘째 딸은 간호사, 늦둥이 아들은 알바하면서 대학원을 다니고 있어요."

"참으로 대단하시네요!"

"칭찬을 해주시니 힘이 나네요."

"남편은 무얼 하시지요?"

"(갑자기 눈물을 글썽거리면서) 아이들 중고등학교 때 하늘나라로 갔습니다. 애들은 다 학교 다니지요 도와줄 사람도, 가진 재산도 없지요. 처음엔 하늘이 무너지는 것처럼 정신이 하나도 없었어요. 어린 자식들을 쳐다보니 눈물이 쏟아지고 가슴이 막혔지만 내가 정신을 안 차리면 안 된다고 마음을 다잡아먹었습니다. 동생하고 부산 시장통에 가서 포장마차 집을 구경하게 되었습니다. 자그마하지만 깔끔하게 차려놓고 새벽까지 장사하는 것을 보았는데 장사가 아주 잘되더라고요. 그것을 보고 서울로 올라와 포장마차를 맞추었지요. 처음에는 손님이 와도 말도 못했지만 마음먹고 즐겁게 웃으면서 농담도 하니 단골손님들이 아주 많아지더라고요. 그래도 다행인 것은 자식들이 공부하면서 엄마 하는 일 도와주고 제 갈 길을 가서 피곤해도 힘든지 모르겠더라고요.

10년 이상 장사하니 자식들 말이 '밤잠 안 자고 추운데서 장사하면 골병드니 편히 앉아서 하는 것을 하시라'고 충고하대요. 그래서 조그마한 가게를 사서 과일 장사를 하게 되었어요. 그런데 처음에는 물건이 잘 팔리지 않아 고생을 했답니다. 고민 끝에 아침 일찍 경매 시장에 가서 단가가 비싸도 제일 좋은 물건을 사다 팔아보았답니다. 그 방법이 성공을 거두어 지금은 크게 차려놓은 슈퍼보다 낫습니다. 다만 몸 생각

안 하고 너무 바쁘고 힘들게 살아서 그런지 팔다리가 저리고 밤만 되면 더 쑤십니다. 좋은 약을 좀 지어주세요."

"알았습니다. 잘 지어드리겠습니다."

이런 분에게는 참으로 존경스러운 마음이 생겨난다. 어떻게 하면 어려운 현실을 극복해 나갈 수 있을까 하는 일념! 강인함을 보여주는 어머니의 모습! 부드럽고 예쁜 손보다 거친 손이 왠지 더 아름다워 보인다. 정말 어머니라는 말보다 위대한 말이 없는 것 같다. 자주 느끼는 일이지만 환자 또는 내방자들과 이야기를 나누다보면 내 자신이 경험해 보지 못한 인생의 갖가지 사연들을 들을 수 있어서 그들에게 고마움을 느낀다. 소설 이상으로 진진한 희노애락의 실화들을 들으면서 삶과 세상에 대해 많은 것을 배운다.

아이들의 수음

　　　어머니가 곧 중학교에 들어갈 열세 살 아들을 데리고 오셨다. 학생은 왜소한데다 몸이 약간 차보이고 근골이 강한 편은 아니었다. 어머니께 어찌 오셨냐고 물어보니 아들의 소변이 뿌옇게 나와서 오게 됐다고 하셨다.

"그래요? 어머님, 잠깐만 밖으로 나가 보시겠어요? 아드님하고 이야기 좀 하려고요. (어머니가 나간 뒤) 너, 자꾸 예쁜 여자 친구 생각이 나니?"

학생이 멈칫하면서 묻는다.

"왜요?"

"네 얼굴을 보니 여자 친구 생각이 자꾸 나서 집중력이 떨어지는 것 같아 그러지~"

학생의 얼굴이 빨개진다.

"그런데 말이야. 너 손이 자꾸 아래로 내려가서 수음을 하게 되는 것 같은데~~"

학생이 고개를 푹 숙이면서 기어들어가는 소리로 대답한다.

"네."

이 학생한테 어떻게 얘기를 해주어야 자위행위에만 몰두하지 않고 공부도 열심히 하며 학교생활을 성실하게 할 수 있을까 고민이 되었다. 부드럽게 타이르는 눈빛으로 학생을 바라보면서 말을 꺼냈다.

"물론 네 나이 때면 예쁜 여학생 생각이 나는 것은 당연해. 나도 너 만한 나이 때에는 그랬단다. 허나 너무 자주 하면 피곤하고, 피곤하면 소변이 뿌옇게 나오고, 성장에도 지장이 많게 된단다. 발육 성장이 잘못되면 커서 후회해도 소용이 없잖아? 네가 학생이니깐 열심히 공부해서 좋은 대학 들어가 봐라. 예쁜 여학생들 만나서 멋지게 연애도 하고 다양한 활동도 할 수 있을 텐데! 그런 미래를 상상하면 공부하고 싶은 생각이 들지 않을까? 어떤 일에서건 미래의 꿈을 갖는 것이 중요하단다."

"네 알겠습니다" 학생이 대답한다.

어머니를 들어오시라고 해서 몸이 허약해 그렇다고 말씀드렸다. 그리고는 학생을 쳐다보며 눈을 찡긋해주며,

"약 지어 줄 테니 잘 먹고 공부도 열심히 하거라! 성장에도 많이 도움이 될 거야!"

학생이 웃는 얼굴로 대답한다.

"네."

이 학생은 몸이 허약한 상태에서 수음을 자주 하기 때문에 심신이 더욱 약해져서 오줌이 희뿌연하고 흐린 것이다. 이를 '소변백탁小便白濁'이

라 한다. 사춘기의 모든 사내아이들이 조심해야 할 문제다. 이에 대해서는 우선 심화心火를 내려주는 것이 기본이겠고 두 번째로는 신기를 튼튼하게 해 주어야 한다. 우리의 선현들은 일찍이 이러한 처방을 내린 바 있다. 역시 그대로 따랐다.

어떤 미인의 피부병

　　　　　이십여 년 전의 일이다. 참으로 미모의 여성이 인사를 하고 들어오는데 긴 생머리에 키도 크고 늘씬했다. 길거리에서 지나가는 뭇 남자들이 바라다보았다면 자신도 모르게 '헉' 소리를 내고 말았을 것이라는 생각이 들었다.

"어떻게 오셨나요?"

"천안에서 이 한약방을 다녀오신 분이 적극 추천해 주셔서 찾아왔어요."

이렇게 말하면서 웃는 얼굴에 보조개가 쏙 들어가면서 흰 치아가 살짝 드러났다.

"아직 나이도 어린 분이 한약방을 찾을 나이가 아닌데 어떻게?"

"제가 3년 전에 음식을 잘 못 먹었는지 피부병이 생겼는데 지금까지 낫지를 않습니다. 병원이고 용한 한약방이고 온갖 곳을 다 찾아 다녀봤

돌아보면 환자들은 내 인생의 스승이었다

는데도 소용이 없었습니다. 계속 고민하던 중에 지인이 말씀해주셔서 여기까지 찾아오게 되었습니다. 그러니 선생님, 저 좀 고쳐주세요."

예쁘게 미소 짓던 모습이 울먹이는 표정으로 바뀌며 아가씨가 본인의 몸을 보여주는데 배 주위와 유방까지 군데군데 건선으로 뒤덮여 있었다. 그 예쁘던 얼굴은 어디로 가고 울상이 되어 하소연을 하니 나도 난감하기 그지없었다.

"결혼도 해야 되는데 제가 다 걱정이 되네요."

"선생님! 이런 몸을 가지고 어찌 결혼을 해서 남자한테 보인단 말이에요. 저는 결혼하지 않고 혼자 살렵니다. 사실은 저를 좋아하는 남자가 있는데 제가 건선이 생기고부터는 보고 싶어도 바쁘다는 핑계로 만나지 않고 있답니다."

이렇게 말하며 눈물을 글썽거린다. 너무 가엾다.

"그러면 혹시 약을 써서 효과가 있으면 결혼을 하시겠어요?"

"글쎄요. 지금까지 온갖 약을 다 써도 낫지 않았는데 나을 수만 있다면 큰 축복이겠지요."

"약이란 의원의 뛰어난 식견과 좋은 약재와 환자의 정성이 만나면 그 효험이 나타나는 것이지요. 기대를 걸고 오셨으니 한 제 쓰도록 해볼게요. 만약 효험이 있으면 더 드십시오"

"말씀을 들으니까 이상하게도 나을 것만 같네요."

한 달쯤 지나서 그 아가씨가 과일 바구니를 들고 다시 찾아왔다. 밝은 얼굴이다.

"선생님, 고맙습니다. 고맙습니다. 선생님 보셔요. (배와 유방 주위의 건선 자국을 보이면서) 약을 먹으니까 비듬처럼 껍질이 벗겨지며 이렇게 좋아졌네요. 재발은 안 하겠지요?"

나도 정말 마음이 뿌듯했다. 다시 한 번 지어달라고 해서 세 번 연속 지어 드렸는데 그 이후로는 연락이 없었지만 가끔 그 아가씨가 떠올랐다. 세월이 흐른 어느 날 네 식구가 들어오는데 그 아가씨의 모습이었다. 어엿한 엄마가 되어 남편과 아들, 딸과 함께 나에게 반갑게 인사를 한다.

"저 알아보시겠어요?"

물론 한 눈에 알아볼 수 있었다. 너무 반가운 마음에 나는 큰 소리로 응대하였다.

"어! 도안에서 약방할 때 찾아오셨던 미인 아가씨! 그동안 잘 지내셨어요?"

이제는 40대 후반 엄마의 모습이지만 아직도 미모의 자태를 뽐내고 있었다. 오랜만에 왔다고 하며 과일 바구니를 건넸다. 함박 웃는 얼굴에 보조개가 쏙 들어가는 것이 옛 모습을 떠올리게 했다.

"그 때 선생님 약 먹고 완치된 뒤로 이 사람과 결혼하여 남매를 낳았답니다. 항상 저를 고쳐 준 선생님을 생각하고 은혜에 보답하겠다고 생각했지만 아이를 낳고 바쁘게 살다보니 찾아뵙지 못했네요. 지금은 남편과 함께 자영업을 하는데 사업도 잘 되고 있답니다. 여보! 선생님께 인사드리세요."

남편과 반갑게 악수를 하고 아이들과 함께 인사를 나누었다. 남편 분이 말한다.

돌아보면 환자들은 내 인생의 스승이었다

"집사람이 늘 선생님 말씀을 했습니다만, 이렇게 늦게 찾아뵈어 죄송합니다."

나는 기쁜 나머지 이런 저런 생각들이 떠올랐다. '내가 의원이 되길 잘했구나! 의원이 아니면 이 진심어린 인사를 어찌 받아볼 수 있으랴! 아니 한 사람의 인생을 약으로 이렇게 바꿀 수 있다니! 환자를 치료하는 사람의 크나큰 보람이 이런 것이로구나.' 그러면서 다른 한편으로 인술仁術의 의미를 다시금 되새기면서, 환자들에 대해 따뜻하고 진지하며 성실한 마음을 잃지 않음은 물론, 자만하지 않고 부단한 연구를 통해 전문지식과 통찰력을 더욱 높이리라 다짐하였다. 잠깐 생각하는 중에 부인의 목소리가 들려왔다.

"여보, 이리 앉으세요. 요즘 가장으로서 많이 힘드실 텐데 당신 약 좀 드셔야겠어요."

부인이 이렇게 남편을 챙기는 말을 예쁘게 건네자 남편 분이 두 손을 내저으며 따뜻한 눈빛으로 화답한다.

"아니오. 당신이 먼저 드셔야지. 애들 키우랴 우리 일하랴, 당신이 더 힘들 텐데 말이야."

서로 사랑하고 배려하는 부부의 마음이 아름답기 그지없다. 그 모습이 나를 잔잔하게 감동시켰다.

"자, 그러면 사모님. 오랜만에 오시기도 하셨고 이렇게 선물까지 사 가지고 오셨으니 제가 약 한 제를 그냥 지어 드리겠습니다."

부인은 아니라고 손사래를 치지만 나의 뜻을 밀어붙이자 고맙다고 받아들이면서, 눈을 돌려 아들 딸 좀 봐달라고 하신다. 중학교 3학년인

아들은 소음인 체질인데 앞으로 술, 담배를 배우지 말도록 당부하면서, 튼튼하게 성장하는데 도움이 되도록 약을 지었다. 그리고 딸에게 "언제 생리가 시작했는지" 물으니, "초등학교 6학년에 시작해서 이제 1년 정도 됐다"고 한다. 여자는 생리 시작하고 나서 보통 2년이면 다 성장하게 되므로 이를 돕기 위해 역시 약을 지었다. 덧붙여 "효과가 있으면 더 복용하라"고 조언을 하였다.

20여 년 전에 인연을 맺은 환자 분이 이렇게 다시 찾아주니 반갑고 고마운 마음에 식사라도 같이 하면서 그간 살아온 이야기를 듣고 싶었지만 시간이 없어 못내 아쉬웠다. 나는 사람들의 인생이야기를 듣기 좋아한다. 삶의 다양한 모습이 흥미롭고, 또 나에게 여러 가지 일깨움을 주기 때문이다. 한편으로 생각하면 환자들은 내 인생의 스승이라는 생각이 들기도 한다.

돌아보면 환자들은 내 인생의 스승이었다

50대 전후로 보이는 아주머니가 들어오셨다. 아픈 증상을 묻기도 전에 먼저 말을 꺼내신다.

"3년 전에 여기서 약을 먹고 선생님께서 시키는 대로 했더니 잠도 잘 오고 가슴이 답답했던 것도 거의 사라졌습니다. 이 병원 저 병원, 그리고 몸에 좋다는 한약도 먹어봤는데 효험이 없었거든요. 그런데 여기 한약방에서 약 한 제 먹고는 어찌 이리 좋아질 수 있는가요?"

"제가 사모님께 어떠한 약을 지어준다고 했었나요?"

"선생님께서 저에게 원인을 찾아 약을 써야 한다면서 얼굴을 자세히 보시더니 이렇게 말씀을 해 주셨지요. '사모님은 이마가 좁고 광대뼈가 나와 있습니다. 그런 관상으로는 시집을 일찍 가면 남편과의 인연이 짧아 늦게 시집을 가셨어야 합니다. 그리고 가슴이 옆으로 크고 입술이 약간 푸른색을 띠니 40대 전후에 충격을 받은 적이 있을 것입니다. 그로 인해 심혈관이 나빠지고, 눈빛이 붉은 빛을 띠니 불규칙한 수면으로 인해 간 피로가 누적되어 있으며, 눈이 크고 쌍꺼풀이 있으니 쓸모없는 사내들이 집적거릴 것입니다. 이러한 것들은 화병의 요인입니다. 그러 므로 약을 쓰기 전에 화병을 잡을 다른 방법을 말씀드리겠습니다. 불 (화)을 잡는 것은 물입니다. 참나무 숯을 빨갛게 피워 불이 완전히 피어오르면 음용수에 2~3조각 담가서 그 물을 3개월 정도 평소 물을 마시듯 가끔 드십시오. 그러면 화병을 잡을 수 있습니다' 선생님이 이렇게 말씀하셔서 집에 가서 그대로 했더니 효험이 컸습니다. 그런데 요즘, 신경을 써서 그런지 가슴이 답답해서 이렇게 선생님을 찾아오게 되었답니다."

다시 부인 얼굴을 살펴보니 눈과 볼이 도화색桃花色을 띠고 있었다.

"사모님, 남사 문제로 그러시나요?"

부인이 깜짝 놀라며 실토를 한다.

"꿰뚫어 보시는 것 같아서 말씀 드릴게요. 제 나이 39세 때 홀로 되었는데, 남편이 췌장암으로 먼저 세상을 떠났답니다. 남매를 남겨두고 돌아가신 남편이 불쌍하기도 하고 원망스럽기도 하였지요. 없는 처지에 무거운 발걸음으로 친정 부모님한테 가서 하소연했습니다. '제가 조그마한 가게를 열고 싶으니 돈을 좀 빌려 주십사'고요. 3일을 울면서 애걸했더니 한 달 후에 부모님과 오빠가 1,200만 원을 주셨습니다. 열심히 살아라. 다시는 돈 때문에 찾아오지 말라고 덧붙이면서요. 큰돈을 받아들고는 그 자리에서 저는 엉엉 울었답니다.

그렇게 집에 와서는 며칠 간 잠을 이루지 못하고 살아갈 궁리를 하였

돌아보면 환자들은 내 인생의 스승이었다

답니다. 배운 것 하나 없지, 기술도 없지, 어떻게 해야 하나요? 그러다 돼지고기 음식점에 취직해서 식당 일을 열심히 배웠습니다. 1년 반 뒤 변두리에 10여 평 되는 상가를 얻어 장사를 시작하게 되었습니다. 혼자 살아서 그런지 남자 분들이 손님으로 많이 오셨습니다. 당연히 선생님 말씀대로 집적거리는 사람도 있었고, 개중에 어떤 남자는 매일 저녁 먹으러 와서 돈을 쥐어주기도 했습니다.

온갖 유혹을 뿌리치고 13년 만에 상가가 딸린 조그마한 2층집을 사서 그 집으로 이사를 했습니다. 그리고는 아들 딸 모두 불러서 함께 껴안고 눈이 붓도록 울었답니다. 이렇게 장사를 한 지 몇 년이 지난 지금은 친정 부모님의 은혜에 보답하기 위해 매달 용돈도 드리고 있습니다. 그러다가 최근에 저의 식당에 자주 와서 식사를 하는 분을 만나 정이 들었답니다. 가끔 찾아와 일도 도와주고 있습니다. 그 분이 '외로운 사람끼리 함께 마음을 나누며 살자'고 합니다. 이 답답한 심정을 하소연하기 위해 선생님을 찾아왔습니다. 어떻게 하면 좋을까요, 선생님?"

나는 잠시 생각에 잠기다가 그 남자 분의 가족관계를 물으니, 4년 전에 상처하고 아들은 회사에 다니고 딸은 시집을 갔다고 한다.

"두 분이 정이 들어 함께 사는 것은 참 좋은 일입니다. 하지만 자식들의 생각을 들어보시지요. 자식들의 반대를 무릅쓰고 재혼하는 사람이 불행한 경우를 많이 들으셨을 것입니다. 재혼생활이 아무리 원만하다 하더라도 자식들과 소원해지고 반목한다면 마음이 편하실까요? 자식들을 잘 설득하는 것이 우선일 것으로 생각되네요."

나의 조언을 듣고는 부인이 손을 합장하여 몇 번을 인사하신다.

"선생님 덕분에 저의 막혔던 가슴이 뻥 뚫리는 것 같네요. 저에게 맞는 약도 같이 잘 좀 지어주세요. 제가 그동안 마음고생도 참 많이 했답니다."

이에 부인을 따뜻하게 위로하면서 그의 마음고생을 풀어드리고자 약을 지어드렸다.

돌아보면 환자들은 내 인생의 스승이었다

남편의 외도

       60대 초중반 쯤 되어 보이는 여자 분이 들어오셨다. 몸이 꼿꼿하고 마른 듯한데 몸매에 귀태가 풍긴다.

"어디서 오셨나요?"

"인천에서 왔는데 초행길이라 천천히 왔더니 늦게 도착했네요."

"인천에도 유명한 의원, 약방들이 많을 텐데 굳이 힘들게 먼 길을 오셨네요."

"내 친구 한 사람이 여기를 갔다 와서 어찌나 선생님 이야기를 많이 하든지요. 선생님께서 환자의 얼굴만 보고도 과거사실을 지적하면서 병의 증상을 알아맞힌다고 하데요. 자신이 오랫동안 고생하던 불면증을 낫게 해 주셨다고요."

나는 환자들과 이야기를 나누면서도 옛날 의성醫聖들이 말씀하신바, 관형찰색觀形察色을 하고, 특히 이목구비 중 주로 눈빛을 많이 주시한다. 눈에는 오장이 들어있고 흑백 음양이 분명하기 때문이다. 이 분은 눈빛이 상당히 예리하면서 몸가짐을 흐트러짐이 없이 꼿꼿하게 세우고 말씀하신다. 사사로운 감정에 치우치지 않고 빈틈없이 행동하는 분이라는 생각이 들었다.

"사모님은 지금까지 원리원칙에 입각하여 올바르게 살아오신 것 같네요. 가정교육도 '허튼 짓 하지 말고 정직하게 처신하라'고 하시고요."

"네! 그렇게 사는 것이 사람 아니에요?"

"맞습니다. 그런데 살다보면 어디 현실이 내 마음만 같아야 말이죠. 모두가 그렇게 살면 무슨 법이 필요하겠습니까. 하지만 가정에서 너무나 육하원칙을 따지다보면 제일 가까운 남편분이 대화하기를 꺼려하고 부담을 느낄 때가 많을 거예요. 남자들은 부인이 둥글둥글하고 살갑세 대해주는 것을 좋아하거든요. 그나저나 사장님의 직업은 무엇이신지요?"

"조그마한 사업체를 가지고 자영업을 합니다만…"

부인이 말끝을 흐린다. 조금 있다가 한숨을 푹 쉬며 하는 말이 상당히 충격적이었다.

"사업체에서 경리를 보는 어린 나이의 여자애와 살림을 차려 나간 지 10여 년 되었습니다. 가끔 집에 들를 때도 있는데 꼴도 보기 싫습니다. 나도 사람인지라 생각 같아서는 모든 것을 정리하고 싶지만 부모님께서 말리십니다. 한편으로 자식들을 생각하면 이혼하기도 어렵습니다. 그러니 얼마나 속이 터지겠어요. 남한테 부끄러워 말도 못하지요. 그런데 요즘에는 남편이 늙어서 그런지, 아니면 돈이 떨어져서 그런지 몰

돌아보면 환자들은 내 인생의 스승이었다

라도 자주 집에 들어와 '자기가 잘못했다'고 하고, 또 자식들한테도 '엄마를 설득해 달라'고 말한답니다."

"사모님 말씀이 백번 지당하신 말씀이지요. 그러나 남자와 여자는 성격 자체가 다른 면이 많답니다. 남자들은 나이가 들수록 어린애가 되는 경향이 있습니다. 그래서 부인이 자기의 비위를 맞추어 주길 바라고, 아양을 떨면서 스킨십 해주기를 바라기도 하지요. 경리 아가씨가 아마도 그랬을 겁니다. 사장님의 비위를 잘 맞추어 주니 얼마나 좋았겠어요. 사모님의 부족한 부분을 그 아가씨가 채워 준 것이지요. 냉정하게 따지기만 하는 사모님과 비교가 되지요.

물론 그렇다고 해서 사장님의 일탈이 정당한 것은 결코 아닙니다. 가정생활의 문제점을 사모님과 대화를 통해 풀었어야 했지요. 만약 사장님이 오늘 오셨다면 저는 사장님의 잘못을 분명히 지적했을 것입니다. 지금은 사모님만 계시므로 사모님의 문제점을 꺼낸 것일 뿐입니다. 어쨌든 사모님 스스로도 반성을 해보시길 바랍니다. 다만 저는 병의 치료를 맡은 사람인지라 사모님의 건강을 도와드리려 합니다. 사모님은 지금 신경성 위염과 두통을 앓고 계시므로 그에 맞게 약을 지어드리겠습니다. 그리고 기름진 음식은 피하시고, 주무시기 전에 사과나 배, 귤은 삼가시길 바랍니다."

"선생님 말씀이 일리가 있으시네요. 우리 남편은 소심하고 착한 편인데 내가 타고난 성격이 그런지 남편은 물론 남들한테도 살갑게 대하지 못합니다. 남편에게 '오늘 하루 애쓰셨다' '사랑한다'는 말을 한번도 못했습니다. 이제 어찌하면 좋을까요?"

"글쎄요. 참으로 어려운 문제입니다. 하지만 이혼하실 거라면 모르지만, 그게 아니라면 두 분이 서로 다시 화합할 방법을 생각해보셔야 합니다. 평생토록 사장님을 원망만 하면서 사시렵니까? 원망의 마음은 불행의 씨앗입니다. 원망은 부부생활 이전에 나 자신의 삶을 팍팍하게 만들고 불만으로 가득 차게 만들 것입니다. 그러므로 극단적으로 이혼을 바라지 않으신다면 어떻게든 사장님과 화해하도록 하세요. 관용과 배려야말로 행복의 지름길입니다.

게다가 사모님도 사장님 외도에 본의 아니게 일조를 하신 셈이잖아요? 지난 일은 잊도록 노력하세요. 과거사에 매달릴수록 지금 이 순간의 삶을 즐길 수 없습니다. 시절은 봄인데 겨울의 마음을 갖고 있다면 꽃을 보아도 기뻐할 줄 모르는 것과 같습니다. 사장님이 크게 뉘우치고 계시므로 따뜻한 마음으로 품어 안으시고 제2의 결혼생활을 한다고 생각하십시오. 물론 사장님에게도 역시 새로운 마음으로 출발할 것을 다짐받으시고요. 다시 말씀드리지만 관용과 배려의 따뜻한 마음이야말로 부부관계는 물론 사회생활에서 가장 큰 보배입니다."

"요즈음 보기 드문 어진 의원을 만났네요. 나를 소개해준 친구도 상당한 학식을 가지고 있는 박사님인데... 어쨌든 지어주신 약을 잘 먹겠습니다. 좋은 말씀 감사합니다."

돌아보면 환자들은 내 인생의 스승이었다

이명증

삼복더위에 70대 중반 부부가 커다란 수박을 들고 왔다. 자리에 앉으면서 웃음 띤 얼굴로 말을 꺼내신다.

"저 음성에서 왔는데 오랜만에 와서 잘 모르시겠지요?"

"네~ 손님이 많이 와서 기억이 잘 안 나네요."

"우리 손자 첫돌 때 왔었는데 지금 초등학교 5학년이니 13년이 되었네요. 그때 우리 부부가 이명증이 생겨 병원에서 귀 검사를 받아 보아도 별 이상이 없다고 하대요. 그래서 병원에서 나와 남편의 기운이 부족해서 그럴 수 있으니 보약을 먹어보자 싶어 여러 제를 먹였습니다만 효험이 없었습니다. 병은 자랑하랬다고, 그 후 부부 모임에 나가 친구들한테 우리 부부의 이명증을 털어놓았습니다. 옆에서 듣고 있던 친구가 우리 동네도 이명증으로 고생하다 평화한약방에서 약을 먹고 나았다는데 찾아가 보는 게 어떻겠냐고 하더군요. 그래서 예약제라는 이야기에도 불구하고 평화 한약방을 무조건 찾아와 몇 시간 기다린 뒤 맨 끝으로 선생님을 뵈었습니다. 선생님이 저희 얼굴을 자세히 살피더니 '두 분이 일을 너무 많이 해서 몸에 무리가 갔네요. 사모님은 여자의 몸으로 남자같이 일을 했으니 허리가 약해져 있고 관절 고통도 시작 되었는데 허리가 약해지면 요통이 생기고 이명증까지 올 수 있습니다.' 하시대요. 저는 선생님이 진맥도 하지 않고 증상을 말씀하는 것에 깜짝 놀라, 약을 지어주십사 하고 간청했더랬습니다.

선생님께서 잠시 무엇인가 생각하시더니 '약은 다음에 드시고 집에 가서 순종 오골계에 마늘 한 대접 넣어 두세 마리 드신 후 낫지 않으면 다시 오세요.' 하셨습니다. 저는 반신반의 하면서 남편의 이명증도 보아주십사 하고 부탁드렸습니다. 이번에도 남편의 얼굴을 자세히 보시더니 '농촌에서 일을 많이 해서 그런지 얼굴에 열이 많네요. 혹시 기침을 가끔 하시나요?' 하고 물으셨습니다. '몇 년 전부터 기침을 하기에 병원에서 처방을 받아 약을 먹기도 했습니다'라고 대답했더니 선생님이 이번에도 잠시 생각 끝에 말씀하셨습니다. '상기되어 있는 폐의 열을 아래로 내려야 합니다. 들깨 한 말을 방앗간에 가서 껍질을 제거하여 냉동실에 넣고 수시로 차처럼 타드시고 국 끓일 때도 한 숟가락씩 넣어 드십시오.'

결국 우리 부부는 약을 짓지도 못하고 되돌아와 선생님의 말씀대로 했습니다. 그런데 놀랍게도 이명증과 기침이 어느새 낫는지도 모르게 나아 버리데요. 그 후로 음식으로 어려운 병을 낫게 해주셔서 고마운 마음을 항상 가지고 살아왔습니다. 그런데 이제 몸이 쇠약해져서 또 이

돌아보면 환자들은 내 인생의 스승이었다

렇게 찾아왔습니다. 이명증 때문에 그런 건 아니고요. 요즘 나이가 먹어서 그런지 체력이 많이 딸리는 듯 하네요. 기력을 보충해야 일을 할 것 같아서요."

"알았습니다. 약을 지어드리겠습니다만, 전에도 말씀드렸듯이 오골계에 마늘 한 사발을 넣어 가끔 해 드십시오."

식약동원食藥同源이라는 말이 있다. 음식과 약의 원류가 같다는 말이다. 음식이 보약이라는 말도 이와 다르지 않다. 그러므로 평소 음식을 잘 골라서 먹으면 병을 예방할 수도 있고 치료도 할 수 있다. 특히 오늘날 인공조미료가 많이 들어가고 외식이 잦은 세태에는 특히 유념할 필요가 있다. 사실 현대의 많은 질병들은 음식으로 인한 경우가 많다. 우리 모두 조심해야 할 일이다.

동
상
치
료

　　오늘은 특별히 기분이 좋은 날이었다. 크지도 작지도 않은 아담한 미모의 부인이 딸과 함께 들어와 우리 딸아이를 좀 보아 달라고 하신다. 따님의 얼굴을 보니 희고 깨끗한데 눈 밑에 약간 검은색이 나타나고 추위를 타는 전형적인 소음인 체질이다. 그런데 요즘 젊은 사람들에게 약을 권하면 기분 나쁘게 여기는 것을 아는 터라 설명을 할 필요가 있었다.

　　"관상학적으로 살피면 따님께서는 불규칙한 식사와 수면장애로 아랫배가 냉하며 생리통을 앓고 있겠군요. 여름에도 손발이 차게 느껴지지요?"

　　"(따님이 깜짝 놀라면서) 어떻게 얼굴만 보고 그렇게 아세요? 말씀하신 그대로예요 어찌하면 좋아지나요?"

　　"불규칙한 식사가 한 가지 원인일 수 있습니다. 귀찮더라도 아침밥을

　　　　　　　　돌아보면 환자들은 내 인생의 스승이었다

꼭 먹어야 합니다."

"약을 꼭 좀 지어주세요. 선생님은 다른 분들하고 진찰하는 것이 다르네요."

딸의 말이 끝나자 부인이 핸드폰을 꺼내어 사진을 보여주신다. 발 주위가 벌겋게 부어 있다. 발가락까지 연계되어 상당히 고통스럽고 아파 보였다."

"왜 이런 사진을 가지고 다니세요?"

"네, 남편이 어렸을 때 동상에 걸려 지금까지 고치지 못하고 고생하고 있답니다. 민간요법과 병원치료도 받아보았지만 백약이 무효네요. 혹시라도 동상을 고칠 명의가 있지 않나 해서 이렇게 사진을 가지고 다닌답니다."

"참으로 잘 꺼내셨네요. 제가 한약방을 경영한지가 35년 되었는데 30년 전만 하더라도 난방시설이 잘 되어 있지 않아 손과 발 그리고 귀에 동상이 걸려 오시는 분이 가끔 있었지요. 치료하는 방법을 물어오면 약 대신에 민간요법을 권했습니다. 감초를 한 움큼 종이에 싸주면서, 냄비에 물 1.5리터를 붓고 두 시간 정도 반으로 줄 때까지 달여 따뜻하게 매일 저녁 20분씩 일주일을 담그라고 했지요. 이렇게 해서 치료된 분들이 믿지 못할 정도로 많았답니다. 남편분도 한번 시험해보시지요."

그리고는 역시 감초 한 움큼을 싸드렸다. 그런데 10여일 뒤 부부가 환한 얼굴로 다시 찾아오셨다.

"30년 이상 앓고 있던 동상이 선생님의 처방을 받고나서 일주일 만에 나았습니다. 정말 기뻐 인사를 드리고 싶어서 왔습니다. 이거 좀 보세요.

(양말을 벗고서는) 벌겋게 부은 것이 사라지고 통증도 함께 없어져버렸답니다. 저의 고통스러운 병을 낫게 해주셔서 거듭 감사드립니다. 이제 다른 약을 좀 지어주세요. 지금까지 고생도 하고 나이도 조금 먹다보니 자꾸 피로를 느끼네요."

"알았습니다. 허약해진 몸을 보하는 약을 지어드리겠습니다. 정성껏 드시길 바랍니다. 치료에는 약을 먹는 정성도 필요하답니다."

부부가 두 손을 모으고 거듭 인사하면서 나가신다. 그 뒷모습이 행복해 보인다. 환자들의 밝은 모습을 이렇게 날마다 볼 수 있으면 좋겠다.

돌아보면 환자들은 내 인생의 스승이었다

좌절의 극복의지

대전에서 온 50대 부부가 반가운 얼굴로 인사하신다.

"선생님, 저희들이 5년 전에 왔었는데 기억 못하시지요? 선생님, 참으로 고맙습니다."

나는 많은 사람들을 대하기 때문에 그때의 일들을 기억하기 어려웠다.

"뭐 효험을 많이 보셨나요?"

"네, 처음 남편이 여기 왔을 때는 모든 것을 포기하고 될 대로 되라는 식으로 살았습니다. 마음을 잡지 못하고 매일 술에 취해 이 세상에 믿을 놈 하나 없다고 소리를 지르곤 했답니다. 그런데 선생님께서 일러주신 대로 하였더니 지금은 이렇게 좋아져 쉬지 않고 일을 하고 있답니다."

"제가 무슨 말을 했던가요?"

"제가 '남편을 보러 왔다'고 하니 '앞에 앉으라'고 하시면서 얼굴을 자세히 살피시대요. 그리고는 '술을 밥 먹듯이 하니 간에서 해독이 안 돼 얼굴과 목이 푸르딩딩하면서 모세혈관이 두드러집니다. 빨리 술을 끊어야 합니다.'고 말씀하셨습니다. 그러자 남편이 '나는 술을 보약처럼 생각합니다. 짧고 굵게 살겠습니다.'고 대꾸했습니다. 이에 선생님께서 한숨을 쉬면서 말씀하시대요. '좋은 말씀인데 아직 나이가 젊은 분이 그런 말을 함부로 하면 안 됩니다. 아이들이 몇 명이지요?' '세 명입니다.' '아이들이 다 똑똑하겠구먼. 헌데 나 혼자 사는 것 같으면 그렇게 생각할 수 있으나 말이 씨가 됩니다. 말조심하세요. 내가 관상을 좀 볼 줄 아는데, 한 때는 사장님 소리 들어가며 돈도 많이 만져보았겠는데, 마음이 착하다 보니 믿는 도끼에 발등 찍혀 버렸구먼. 욕심이 화를 불러들이니 정신 차리세요.'

"아이쿠, 죄송합니다. 선생님, 저 좀 잘 봐주세요. 다시 일어날 수 있나요? 일어설 수 있다면 선생님이 시키는 대로 하겠습니다."

"예, 첫째 건강해야 되니 내가 술 끊는 법을 가르쳐 드리겠습니다. 감초를 한 봉지 드릴 테니 집에 가서 검은콩 1컵에 감초 4~5조각씩 주전자에 넣고 끓여 공복에 수시로 물 대신 마십시오. 그리고 밥 먹을 때 북어 감자국을 드세요. 그러면 저절로 해독이 되고 또 술맛이 없어질 겁니다."

"그래서 집에 가서 선생님의 지시대로 했습니다. (고개를 돌려 남편한테) 여보, 그 뒤의 일을 당신이 직접 이야기해보세요."

"(남편이 일어서서 손을 조아리며) 무엇으로 은혜에 보답할지 모르겠습니다. 처음 집사람이 증평에 용한 의원이 있다는데 가보자 하기에

돌아보면 환자들은 내 인생의 스승이었다

흔한 말로 의원 놈들 거의가 약만 지어주고 돈만 벌려고 하지 양심껏 봐주는 사람이 어디 있어 하는 반발심리를 갖고 억지로 따라왔었습니다. 그런데 선생님이 얼굴을 보고 제 성격과 과거를 말씀하시는데 깜짝 놀라 정신이 번쩍 들었습니다. 또 약도 안 지어주고 몇 가지 지침만 알려주셨습니다.

집에 돌아오면서, 아직도 어진 마음을 가지고 약방을 하시는 분이 있네 생각하였지요. 그 후 말씀하신대로 4~5개월 감초와 검은콩을 달여 먹은 후로 술맛이 없어지며 밥맛이 좋아져 몸이 이렇게 몰라보게 좋아졌습니다. 그래서인지 주위 사람들이 일거리를 주어 열심히 일하고 있습니다. 사실은 전에 건축을 해서 돈을 벌었는데 좀 더 크게 해보려고 친구와 함께 동업을 했다가 망하고 말았습니다. 그러니 믿을 사람도 없고 의욕도 상실하여 술로 지내는 날이 많았었지요. 그래도 집사람이 없는 살림에 직장 다니며 옆에서 저를 지켜주고 자식들 공부 시켜준 것에 대해 감사할 뿐입니다. 지난 일을 생각하면 지옥 같았고 가장이 가장 노릇을 못하니 얼마나 괴롭겠습니까? 이제는 지난 일을 거울삼아 욕심을 버리고 근면성실 정직하게 살아가겠습니다. 선생님을 만나지 않았으면 폐인이 되어 하루하루를 살아가지 않았을까 하는 생각이 듭니다. 앞으로 좀 더 일을 많이 할 수 있게끔 보약을 지어주십시오."

삶에는 기쁘고 좋은 일만 있는 것이 아니다. 좌절과 고통이 도처에 깔려 있다. 많은 사람들은 힘든 상황을 만나면 삶의 의지를 쉽게 버리곤 하는데, 그러한 자포자기는 스스로 파놓은 함정이나 다름없다. 현실의 함정 속에 마음의 함정까지 파놓고 거기에 자신을 가두면 구제불능이 된다. '쥐구멍에도 볕 들 날이 있다.'는 속담이 있지 않은가. 물론 주저앉아 햇빛만 기다려서는 안 된다. 절망에 굴하지 않는 노력을 해야 한다. 그것이 인생의 정석이다. 정신적으로나 육체적으로나 건강도 어려운 현실을 개선하려는 노력 속에서만 가능하다. 밤이 아무리 깊더라도 새벽을 향해 발걸음을 멈추지 말아야 한다. 그 결과는 하늘의 뜻에 맡기면 된다. 그야말로 '진인사대천명'해야 한다.

돌아보면 환자들은 내 인생의 스승이었다

남편을 하대하는 부인

        중년 부부가 들어오는데 부인은 남자처럼 골격이 발달해 있다. 눈을 이리저리 살피고 걸음도 빠르며 어디 갈 곳이 있는 사람처럼 급해 보인다. 반면에 남편은 왜소하고 약해 보인다.

  "어느 분이 보시려고요?"

  "(부인이 남편을 가리키면서) 이 양반 좀 봐주세요. 보다시피 몸이 너무 마르고 약해서 모든 일을 하는데 있어 내가 앞장서야 하니 튼튼해지게 보약 좀 지어주세요. 오늘도 여기 안 온다고 하는 것을 억지로 데려왔어요. 시집와서부터, 기운 없다고 하면 소꼬리다 우족이다 몸에 좋다는 것을 다 해 먹여도 힘을 못 쓰네요. 일 좀 하고 나면 허구한 날 온몸이 아프다 하니 하루 이틀도 아니고 이제는 나도 힘들어 죽겠습니다."

  남편이 불만을 듣더니 한 마디 끼어들었다.

  "그래도 자식 둘은 낳았잖아 ."

"아이구~ 참 1년에 몇 번 잠자리해서 생긴 것을 두고 큰 소리 치네! 나 같은 년이니까 같이 사는 줄 알아 다른 년 같으면 벌써 짐 싸서 도망 갔어! 남남처럼 산 지가 얼마인지 알긴 알아?"

들고 있던 남편이 민망스러운지 얼굴을 붉히며 "약 안 먹는다."고 한 마디 내뱉고는 방을 나섰다.

"꼴에 남자라고 어딜 가아? 약을 지으려면 할 말은 해야 약을 잘 지어 주지."

그리고는 남편 손을 끌어 다시 앉혔다. 잠시 이런 모습을 보고 어찌 하면 기죽은 남편의 기를 살려 줄까 생각했다.

"사모님! 자식이 둘이라 했는데 결혼은 했나요? "

"예. 첫째는 딸인데 공무원이고, 일찍 시집갔어요. 아들은 대기업 연 구소에 근무하고 있습니다. 그런데 그것을 왜 물으세요?"

"자식들이 학창시절 공부를 잘 했지요?"

"네! 그걸 어떻게 아세요?"

"제가 관상을 볼 줄 아는데 남편 분이 상당히 머리가 좋은 분이네요. 몸은 약하지만 훤칠한 이마는 '문창성文昌星'이라 해서 문학적으로 총명 함을 타고난 것인데 부모님이 더 지원해줬다면 의사나 교수를 했을 것 입니다. 부모 복이 없다고나 할까요. 가난한 집에 태어나 어렸을 때 배 앓이를 해 음식을 적게 먹고 감기로 고생을 많이 했을 겁니다. 몸은 약 하지만 자식들이 아버지의 머리를 닮아 잘되는 것입니다."

이런 이야길 하니 부부가 지난 일을 생각해서인지 눈가에 눈물이 맺 힌다. 말이 많던 부인도 한결 누그러졌다.

돌아보면 환자들은 내 인생의 스승이었다

"당신 어렸을 때 많이 아팠어? 우리 애들이 당신 닮아 공부를 잘 했다잖아. 진짜 공부 잘했어? 옛날이야기 해봐."

남편이 머뭇거렸다.

"정말 누구도 모르는 제 마음을 알아주시니 감사합니다. 사실 중학교 시절 공부를 잘해 장학금까지 받았지만 2학년 때 아버지가 갑자기 돌아가시고 가세가 기울어 진학을 포기해 버렸지요. 어린 동생들 공부 시키려고 힘든 일을 하게 되었고요. 지금도 틈만 나면 시집 같은 문학 서적을 읽곤 하는데, 아내가 '돈도 안 되는 책 따위는 왜 보냐'고 핀잔하면 할 말이 없었습니다. 황소처럼 일을 해야 좋아할 텐데… 항상 미안한 마음에 하고 싶은 말도 못하고 살고 있답니다. 사실은 저도 선생님처럼 아픈 사람 고쳐주는 의사가 꿈이었습니다. 혹시나 자식이 내 꿈을 이뤄주지 않을까 했는데 뜻대로 되질 않네요. 그래도 내 일에 나름 충실하게 살아가려 노력하고 있으니 그것으로 만족합니다."

옆에서 가만히 듣고 있던 아내가 남편 손을 잡으며 말을 건넸다.

"여보야, 지금까지 살면서 나한테는 말도 잘 안 하더니 선생님 앞에서는 청산유수네. 내가 착한 당신 마음도 모르고 함부로 대한 것 미안해요. 앞으로 조심할 게요"

"그렇게 해주면 고맙지. 그리고 나 대신 일 많이 하는 당신에게 만족을 못주는 것이 항상 미안하네. 우리 함께 약 한 제씩 지어가세."

말 몇 마디의 힘이 이렇게 크다. 모든 인간관계에서도 그렇지만 부부 사이에 서로를 존중하면서 정중하고 진지하게 대할 필요가 있다. 상대방에 대한 경멸과 멸시는 파탄을 초래하기 마련이다. 나는『명심보감』의 글귀를 설명해주면서 서로 공경하는 마음을 가지실 것을 당부드렸다. 두 분이 고맙다는 인사를 하면서 나갔다.

'치인痴人은 외부畏婦하고 현녀賢女는 경부敬夫하니라.' 어리석은 남편은 아내를 무서워하고 현명한 여자는 남편을 공경한다는 말이다. 여기에서 '무서워한다'는 말은 남편이 자신의 본분과 위엄을 지키지 못하고 아내의 성화만 무서워한다는 뜻이다.

돌아보면 환자들은 내 인생의 스승이었다

다시 상경여빈의
相敬如賓

부부윤리

5월 초 어느 따뜻한 봄날이었다. 젊은 남녀 분이 조그마한 화분을 들고 웃으며 들어오면서 깍듯이 인사를 한다.

"선생님, 안녕하셨어요?"

나는 무심결에 "네!"하고 두 분을 쳐다보니, 참으로 예쁜 부부처럼 보인다.

"선생님, 저 중학교 3학년 때 처음 이 곳에 왔었는데요. 이제서야 결혼하고 찾아뵙게 되었습니다. 저를 기억하실지 모르겠지만 저는 항상 선생님께 감사하는 마음을 갖고 살면서 한시도 잊어 본 적이 없었답니다."

"아~그래요. 결혼 축하드립니다. 그런데 두 분 얼굴이 비슷한 게 남매처럼 보이네요."

"네! 많은 분들이 그렇게 말씀하시더라고요. 제가 예전에 어머니 손에 이끌려 약을 지으러 왔었는데요. 선생님께서 제 얼굴을 자세히 보시

227

더니 마음을 꿰뚫어 보시고 어머니한테 말씀하시더군요. '아드님이 머리는 상당히 좋은데 공부시간에 선생님 말씀에 집중하지 않고 엉뚱한 생각을 하는 것 같군요. 열심히 공부하면 원하는 대학에 들어가 선생님이나 교수님이 되고, 또 마음에 드는 여자와 결혼하여 잘 살 수 있을 것 같은데요.' 그리고는 제 이름을 부르면서 '앞으로 살아가는데 제일 중요한 것은 인생의 첫걸음이란다. 부모님 슬하에서 학교 다닐 때 부지런히 안하면 큰 후회를 하게 되지. 키도 잘 크고 집중력도 좋아지는 총명약聰明藥을 지어줄 테니 열심히 공부할 수 있겠나?'고 말씀하셨습니다. 이어 〈學必有時학필유시: 배움에는 반드시 때가 있다〉란 글을 붓으로 써 주셨답니다.

사실 그 때 저는 여학생을 사귀면서 공부하는데 게을러지고 머리가 혼란스러웠답니다. 그런데 선생님의 말씀을 듣고 나니 부끄럽고 창피한 생각이 들더군요. 그래서 그 뒤 선생님께서 써주신 글을 책상머리에 붙여 놓고 열심히 공부하여 교육대학교에 들어갈 수 있었습니다. 졸업 후 발령을 받고는 같은 학교에 다니는 선생님을 만나 한 달 전에 결혼을 했습니다. 신혼생활을 하면서 아내한테 말했습니다. '나는 한약방 선생님의 귀중한 말씀 한마디에 공부도 열심히 하고, 또 예쁜 당신하고 결혼하게 되었으니 한번 같이 찾아뵙고 감사의 인사를 드리고 싶네.' 이에 아내가 흔쾌히 응해 이렇게 함께 찾아오게 되었답니다. 저희 부부의 앞날을 위해 소중한 말씀을 들려주시면 좌우명으로 삼겠습니다."

나는 이렇게 다시 찾아와 준 것이 고맙고 기특해 두 사람을 바라보며 잠시 무슨 말을 해 줄까 생각해 보았다.

돌아보면 환자들은 내 인생의 스승이었다

"그 때 그 글귀가 인생에 큰 도움이 되었다니 저 역시 너무나 기쁘고 감사한 마음이 드네요. 이렇게 아름다운 부인을 만나 결혼까지 하셨으니 다시 한번 축하합니다. 굳이 좌우명을 요구하시니 〈相敬如賓상경여빈〉이라는 글을 드리고 싶네요. 서로 공경하기를 손님 대하듯이 한다는 뜻입니다. 우리가 집에 소중한 손님을 초대할 때를 상상해보세요. 정중하고 예의를 다하잖아요? 부부 사이도 마찬가지입니다. 서로 인격적으로 존중하고 예의를 갖추어야 합니다. 말 한 마디라도 함부로 하지 마세요.

그런데 사람들은 밤마다 살을 붙이고 살다보니 서로 말도 함부로 하고 무례하게 대하는 일이 다반사입니다. 그것이 불행의 씨앗입니다. 신혼초의 사랑도 점점 식어가면서 무덤덤하게 살아가는 것이지요. 주변의 많은 어른들을 한번 둘러보세요. 대부분 그렇지 않은가요? 참 재미없게 살아가고 있지 않아요? 어른들의 전철을 밟지 마세요. 항상 상대방의 인격을 존중하면서 배려하는 마음을 잊지 말길 바랍니다. 두 분이 선생님이시니 제 생각으로는 호칭할 때 성씨를 따라 선생이라 부르는 것도 괜찮을 것 같네요. 그런 마음으로 살아간다면 두 분의 행복은 물론, 화목한 가정 분위기 속에서 똑똑하고 건강한 아이도 생길 것입니다."

"감사합니다. 오늘 이렇게 와서 선생님께 참으로 귀한 교훈을 들었습니다. 이제 2세 준비도 해야 하니 보약을 먹었으면 좋겠습니다. 총명하고 건강한 아이를 갖고 싶습니다."

그래서 두 분의 기혈을 보충하는 약을 지어드렸다. 두 부부가 감사하

다는 말과 함께 인사하고 나가는 모습이 아름다워 보인다. 때로는 충고
와 조언 한 마디가 사람의 인생을 저렇게 바꾸기도 하는가보다.

돌아보면 환자들은 내 인생의 스승이었다

어느 날 환자 한 분한테서 전화가 왔다.

"선생님, 내일 제가 점심 대접해 드리려고 하는데 시간 괜찮으시죠?"

그 다음날 12시 반 쯤 오셔서 기다리다가 방으로 들어와 이야기를 꺼냈다.

"선생님이 우리 부부를 건강하게 해주셨으니 감사의 마음으로 진꿀 열두 병과 화분花粉 두 병을 가지고 왔습니다. 선생님한테는 좋은 약도 많으시겠지만 제가 드릴 것은 꿀밖에 없네요."

같이 식당으로 가서 식사를 하면서 대화를 나누었다.

"어떻게 양봉을 시작하시게 되었나요?"

"사실 저는 초등학교도 못나오고 어릴 때 허리가 아파서 아무 것도 못하고 있었어요. 시집 간 누나가 먹으라고 병아리 한 쌍을 주었는데 차마 잡아먹지를 못하고 키우게 되었지요. 그것이 커서 알을 낳아 새끼를 까고, 새끼가 커서 또 알을 낳고, 얼마 안 되어 수백 마리가 되었답니다. 그것들을 팔아서 돼지와 소를 샀지요. 그 소가 또 새끼를 낳아 두 마리가 되었을 때 내 나이가 스무살이었답니다.

　그 때 인근에 사는 어느 교수님이 양봉을 한다며 벌통을 가져다 놓고 꿀을 따는데 옆에서 얻어먹어 본 꿀이 어찌나 달콤하고 맛있던지요. 그 맛에 그 교수님한테 양봉기술을 가르쳐 달라고 부탁했습니다. 그리고는 소 두 마리를 팔아 벌통을 사서 양봉을 시작하게 되었답니다. 그런데 처음 하는 거라 그런지 뜻대로 잘 되지 않아 실패를 많이 했었지요. 하지만 '배우지도 못한 놈이 갈 길은 이 길밖에 없다'고 다짐하고는 여기저기 물어보면서 양봉기술을 터득해 나갔습니다. 그렇게 꿀을 따서 팔아가며 결혼 후 자식들을 낳아 공부를 시키고 아이들 다 여우고 부러울 것이 없는데, 집사람이 건강치 못해 늘상 마음 한구석에 걱정이 자리잡고 있었습니다. 여러 병원을 찾아다녔지만 백약이 무효했어요. 그 무렵 우연히 선생님을 만나게 되었답니다. 선생님은, 혈액순환이 잘 안 되어 몸이 붓는다고 하며 약은 안 지어주고 원추리忘憂草를 차처럼 끓여먹으라고 했습니다. 선생님이 가르쳐 주신 대로 해 집사람이 건강을 되찾았으니, 저는 선생님께 보답하려면 아직 멀기만 합니다. 제 나이 일흔 일곱인데 지금 저처럼 돈 버는 사람이 어디 있겠습니까. 자식들은 조금만 하라고 하지만 사람이 힘닿는 데까지는 해야지요. 올해도 작년만큼 수확을 하고 지금은 화분을 하는데 하루에 오십만 원씩 들어온답니다. 모두 선생님의 처방으로 건강을 되찾은 집사람의 후원 덕분이지요."

　　　　　　　　　　돌아보면 환자들은 내 인생의 스승이었다

체구는 작지만 오직 양봉밖에 모르는 집념과 정신력이 참으로 대단하시다. 십년 전에 오셨을 때는 75세까지 양봉을 하겠다고 하셨는데, 지금은 또 80세까지 건강하게 꿀을 땄으면 한다고 하신다. 이어 말을 잇는다.

"선생님께서 좋은 약 지어주시면 제가 더 건강히 일할 수 있겠지요! 사실 저도 책을 한 권 내고 싶은데, 〈절망은 없다〉라는 제목으로요. 학력도 없이 못나고 무일푼으로 시작한 저 같은 사람도 이렇게 남부럽지 않게 사는데, 세상살이 어려워 못살겠다고 하는 사람들을 보면 열심히 일은 안 하고 대박의 행운이나 공짜만을 바라는 것은 아닌가 하는 생각이 듭니다.

저는 선생님을 만날 때마다 지켜보며, 환자를 치료해주고자 하는 어질고 따뜻한 마음을 느낄 수 있었습니다. 오직 최상의 약재만을 고집하시고 몸이 아파 고생하는 사람들을 딱하게 여겨 무료로 약을 지어주시기도 하더군요. 저도 선생님의 자세를 배워 성실하게 양봉을 해왔습니다. 그래서인지 꿀을 모아두면 서로 사가려고 다툰답니다. 역시 정직과 신뢰가 삶의 최고 가치라는 생각이 듭니다. 이제 3년 뒤에는 80인데 경로당이나 드나들어야 할 나이일 수도 있지만, 아직까지는 양봉 일거리가 있으니 큰 행복입니다. 앞으로도 건강하게 일 할 수 있도록 우리 부부에게 좋은 약을 지어 주십시오."

80이 가까워도 일에 대해 남다른 열정과 자부심이 대단하다. 아무리 노력과 정성을 들여도 그만한 성과를 얻기는 힘든 일인데, 얼마나 열심이었으면 하늘까지 감복시켜서 이런 천복을 누리는 행운을 받으셨을까. 정말 지성이면 감천인 모양이다. 어르신의 식사 모습을 존경어린 마음으로 바라보면서 나도 느끼는 바가 많았다. 우리 모두 어르신의 이러한 마음가짐과 열성을 배워야 하지 않을까?

돌아보면 환자들은 내 인생의 스승이었다

어
머
니
의

가
정
교
육

초겨울, 부부로 보이는 60대 중반의 네 분이 들어왔다. 언뜻 보니 남자 두 분 생김새가 비슷해 보인다. 앞에 앉으시라 권하니 한 분이 "형님 먼저 보시라."고 한다.

"동생 보고난 후에 내가 볼 테니 동생 먼저 보게나. (고개를 돌리고는) 우리 동생이 지금까지 교직에 몸담고 있다가 퇴직한 지 몇 년 안 되었습니다. 박봉으로 사는 동안 고생 많이 했으니 잘 보시고 건강하게 해주세요."

"제가 무슨 고생을 했습니까. 집안 대소사를 도맡아 하신 형님이 고생 하셨지요. 제가 오늘 함께 온 것은 형님, 형수님 몸이 약해진 것 같아 보약 지어 드리려고 온 것입니다."

내가 웃으면서 끼어들었다.

"형님이 먼저 보시지요. 선생님 집안은 다른 집안과 다른 점이 있네요.

235

약을 짓기 전에 살아온 이야기를 들어보고 싶어지네요."

"아~네, 잘나지도 못한 사람이 이야기 하려니 부끄러운 마음이 드네요. 선생님께서 말씀하시니 부족하나마 이야기 하겠습니다. 저희는 지금까지 형제간에 얼굴을 붉힌 적이 한 번도 없습니다. 이렇게 화목하게 지내는 것이 모두 어머니의 가르침이 있었기 때문이라 생각합니다. 명절에 온 가족이 모이면 동생은 형님에게 큰절을 하라 하시고, 세상 살아가는데 가장 중요한 것은 내 욕심만 부리지 말고 주위 사람들도 돌아보며 겸손하게 살고 바르고 근면 성실하게 일하되 내가 조금 손해 보는 듯이 살면 큰 허물이 없을 것이라 말씀하셨습니다. 또한 옛말에 집안이 잘 되려면 며느리끼리 화목하게 지내는 모습을 보여줘야 자식들이 이를 본받아 가도가 이뤄진다 하시며 서로가 배려하고 아끼는 마음을 잃어버려서는 안 된다 하셨습니다. 인일시지분忍一時之忿하면 면백일지우免百日之憂라고, '한 때의 분함을 참으면 백일의 근심을 면한다'는 교훈도 주셔서 가슴 깊이 새기며 살아가고 있습니다. 지금까지 어려운 일이 있으면 동생보다 제수씨가 나서서 해주시니 고맙고 미안한 마음이 들 때가 한두 번이 아닙니다."

옆에서 듣던 동생이 손사래를 쳤다.

"과찬의 말씀입니다. 이제는 부모님이 돌아가시고 형님 형수님을 부모님처럼 생각하고 의지하며 살고 있답니다. 어려운 환경에서 형님이 대학에 진학하지 않으시고 대신 '동생이 많이 배워야 하니 돈 걱정 말고 열심히 공부해서 교육자가 되어 인재육성에 힘쓰라'고 하셨습니다. 그래서 저는 고등학교 교사가 되어 교단에서 학불염 교불권學不厭 敎不倦

(배우는 것에 싫증내지 않고 가르치는 일에 게을리 하지 않는다)의 마음으로 학생들을 30년 넘게 가르치고 정년퇴임을 하였습니다. 부족한 점도 많았지만 많은 제자들이 석,박사가 되고 연구원 등 각 분야로 진출하여 지금도 가끔 연락을 주고받고 모임에 초청도 받습니다. 이런 것을 볼 때 헛되게 가르치진 않았구나 하는 마음이 듭니다."

"제자들에게 무얼 가르쳐 주셨습니까?"

"학과 과목도 중요하지만 살아가며 인의예지신仁義禮智信을 덕목으로 삼고 어머니가 하신 말씀을 들려주곤 하였습니다. 제자들이 제가 했던 말을 잊지 않고 행하는 것을 보면 인성교육이 얼마나 소중한지를 깨닫게 됩니다."

"네 분이 앞에 계신데 칭찬하긴 그렇지만 요즘 보기 드문 형제네요. 저도 큰 형님 돌아가시기 전에는 꼭 절을 올렸습니다. 그리고 어머니께서 형제 분에게 그런 가르침을 주신걸 보니 아마도 『사자소학四字小學』을 읽으셨나 봅니다. 『소학小學』에 이런 말이 있습니다. '분무구다分毋求多하고 유무상통有無相通하라.' 나눌 때는 많은 것을 차지하려 하지 말고, 있고 없고 간에 원활히 소통해야 한다. 형제이이兄弟怡怡하야 행즉안행行則雁行하라. 형제간에 화목하게 지내고 길을 나설 때는 기러기 날아가는 모습처럼 옆으로 조금 뒤쳐서 가라는 말이지요. 오늘 의좋은 형제를 보고 많은 것을 느끼고 감동을 받았습니다. 저도 함께 동행하는 마음으로 큰며느리님에게 약을 해드리겠으니 받아 주십시오. 형님 약값은 동생 분이 내는 것이 보기에 좋을 것 같네요."

"형수님 약값도 제가 내겠습니다."

"아뇨. 형제간의 우애를 보니 저도 일조를 하고 싶네요. 오늘 두 분께 값을 매길 수 없는 좋은 이야기를 들었습니다. 약 잘 드십시오"

"고맙습니다. 그러면 나머지 세 사람의 약을 좀 지어주세요."

참으로 아름다운 형제애다. 형제간에 재산 문제로 싸우다 못해 법정 다툼까지 벌이며 의절하는 현실에, 마치 교과서에서나 볼 수 있는 내용처럼 들린다. 그런데 여기에서 어머니의 가정교육이 주목된다. 어머니가 문자를 쓰셨던 것을 보면 형제간의 우애만이 아니라 일반적으로 사람의 도리를 몸소 행하며 가르치셨을 것으로 생각된다. 그 어머니에 그 자식들이었던 것이다. 오늘날 자식들에게 일등만을 강조하는 어른들이 깊이 반성해야 할 것이다. 공부 잘해서 성공한 자식이 나중에 부모 부양을 외면하는 것은 어째서일까? 부모로서는 자업자득이다. 설사 공부를 조금 못한다 하더라도 사람의 도리를 지키면서 부모형제간에 화목하게 지내는 것이 정말 사람 사는 모습이 아닐까? 나는 내 자식들에게 무얼 가르쳤을까? 네 분이 인사를 하고 나가시는 뒷모습이 너무나 아름다워 보였다.

돌아보면 환자들은 내 인생의 스승이었다

4

깨끗한 마음,
균형 있는 삶

감공형평의 마음가짐

鑑空衡平

40대 후반 여자 분이 오셨다. 안색이 누렇고 많이 추워 보인다. 의자에 앉으면서 나를 보는 눈빛에 두려움이 비친다. 마음을 편하게 해 주기 위해 체질과 음식과 성격에 관한 이야기를 먼저 꺼냈다.

사모님은 얼굴을 보니 겨울이 오면 남들보다 추위를 많이 타 몸이 웅크러 들겠네요. 또 한여름에도 추위를 타 배를 따뜻하게 해야만 소화가 잘 될 것 같고요.

사모님처럼 소음인 체질을 타고난 사람들은 주로 위장이 약하지요. 그래서 음식을 가려 먹어야 해요. 아마, 전통음식인 한식을 드시면 속이 편하고, 입에서 당기는 양식을 먹고 나면 속이 거북하고 가스가 차 소화가 잘 안될 것입니다. 가끔은 어깨와 뒷목이 아프며 두통이 오고 속이 메슥거려 구토도 날 것입니다.

깨끗한 마음, 균형 있는 삶

가만히 이야기를 듣고 있던 사모님이 긴장을 풀고 신기한 표정을 지으며 어찌 제 이야기를 들어보지도 않고 내 몸을 꿰뚫어보시지요? 하며 다가앉는다.

그리고 사모님은 신경이 예민해서 닥치지도 않은 일을 미리 생각하고 자존심이 강해 남의 간섭을 싫어하시죠. 이런 성격 때문에 혹시 말다툼이라도 하고 나면 서운한 감정이 오래 가는데 이 또한 병의 큰 원인이 되지요.

부인이 고개를 끄덕이면서 내 말을 경청하고 있다가 응대한다.

아니, 저하고 살아 본 것도 아닌데 음식이며 성격까지……

저는 소음인 체질에 주로 나타나는 증상을 말씀드린 것일 뿐입니다.

선생님, 제가 이곳에 잘 온 것 같네요.

저는 매일 머리가 무겁고 아파서 검사해 보면 별 이상은 없다고 합니다. 다만 위가 약해서 위하수가 조금 있고 역류성 식도염이 생길 우려가 있으니 자극성 있는 음식과 카페인이 들어간 음료만 피하라고 합니다. 너무 과하게 신경 쓰지 말고 살라고 하는데 도통 몸이 낫지를 않으니, 이러다가 자다 죽는 것은 아닌지 불안합니다. 그래서 여기저기 잘 본다는 데도 많이 다녀 보았으나 효험을 보지 못 했답니다. 이제 가족한테도 매일 찡그린 모습 보여주는 것이 민망스럽습니다. 저의 두통만 낫게 해 주신다면 은혜에 꼭 보답하겠습니다.

의원은 최선을 다 할 뿐이랍니다. 다시 한 번 말씀드리지만 몸에 맞는 음식을 드시고 예민한 성격은 좀 누그러뜨리세요. 아울러 부정적인 마음을 긍정적으로, 불안한 마음을 편안한 마음으로 바꾸도록 노력하시고 늘 마음의 저울을 체크해 보시길 바랍니다.

이 약을 드시면 소화력이 좋아지고 머리도 맑아져 기분이 좋아질 겁니다.

네, 선생님 말씀대로 즐겁게 살도록 노력하겠습니다!

옛글에 '감공형평鑑空衡平'이라는 말이 있다. 마음을 거울처럼 텅 비우고, 또 저울처럼 평형을 유지해야 한다는 말이다. 이는 온갖 욕망과 잡념 번민을 떨쳐버려야 한다는 뜻을 갖고 있다. 부인의 사례처럼 아직 닥치지도 않은 일을 미리 걱정하고 의심하거나, 또는 이미 지나간 과거의 일을 가지고 회한에 빠지지 말라는 것이다. 그것이 불안과 번민과 고통의 요인이기 때문이다. 이는 참으로 어려운 수행일 수도 있지만, 마음의 평화를 얻는데, 그리고 정신건강을 위해서 이만한 방책은 없을 것이다. 나 역시 이를 좌우명으로 삼아 평소에 실천하며 살려고 노력하고 있다.

깨끗한 마음, 균형 있는 삶

인
생
의
보
약
,
독
서

30대 후반부터 딸아이를 데리고 자주 오시는 여성 분이 있다. 귀한 얼굴상을 가진 여성 분이신데, 항상 오셔서 이렇게 말씀하신다.

"우리 아이 감기 안 걸리고 씩씩하게 잘 자라는 약 지어주세요. 그리고 저도 아이 키우기가 힘들어서 그런지 몸매와 얼굴이 엉망이 되었네요. 예뻐지는 약으로 지어주세요, 선생님!"

일 년이면 두세 번 오시던 분이 몇 년 동안 안 오시다가 이번에 들어오시는데 몇 년 전에 보던 곱살하고 청순한 얼굴은 어디 가고 이마와 얼굴, 입술이 퉁퉁하고 눈까지 쌍꺼풀이 되어 있었다. 인사와 함께 앉으시라고 권하니 먼저 나에게 묻는다.

"선생님! 저 많이 예뻐졌지요?"

"얼굴에 돈 좀 들였나봐요. 어찌 오늘은 사랑하는 딸과 안 오셨나요?"

"딸은 학교 갔는데 끝나고는 학원가니깐 저녁에나 온답니다."

"그러면 사모님은 직장에 나가시나요?"

"아니요. 집안 살림만 한답니다. 몸을 건강하게 만들려고 에어로빅과 헬스를 하는데 환절기라 그런지 요즘 많이 피로를 느끼네요. 전에도 선생님 약 먹고 몸이 좋아졌기에 오늘도 이렇게 왔어요. 그러니 몸도 건강해지면서 또 예뻐지는 약으로 잘 좀 지어주세요."

부인은 아직 나이도 젊은데 왜 이렇게 얼굴과 몸매에 관심이 많을까 궁금하여 넌지시 물었다.

"사모님이 딸은 데리고 왔는데 사장님은 어째 한 번도 안 오시네요?"

"네! 남편은 회사 사업관계로 신혼 초부터 해외출장도 자주 가고 늦게 집에 오곤 한답니다. 집에서는 제가 못생겨서 그런지 말도 잘 안 하고 아이와 함께 놀다가 자기 방에 들어가 책을 보다 잠을 자곤 합니다. 제가 '함께 자자'고 말을 건네면 '할 일이 있다'고 먼저 자라고 한답니다. 둘째 아이를 생각해 보았는데 남편이 만나도 무관심하게 대해주고 자기 일에 더 치중하니 그게 되겠어요? 요즘에 와서는 이렇게 정도 없이 사느니 차라리 헤어지는 것이 서로를 위해서 편하지 않나 하는 부정적인 생각도 들곤 한답니다. 나는 남편에게 예쁘게 보이려고 얼굴과 몸매를 가꾸고 노력하고 있는데 우리는 궁합과 성격이 안 맞는 것 같아요."

나는 좀 더 집안 사정을 알고 싶어서 몇 가지를 더 여쭈어보기로 했다.

"남편 분은 학교는 어디 나오셨나요?"

"명문대를 나와 지금은 대기업 연구원으로 있답니다."

"그러면 책도 많이 보시겠네요?"

"맞아요. 시어머니 말씀이 어릴 때부터 책벌레였답니다."

"그러면 사모님은 책 읽는 것을 좋아하시나요?"

"(흠칫 놀라면서) 글쎄요. 애 키우고 살림하다 보면 TV 연속극이나 보는 것이지요."

이야기를 나누다 보니 부인이 헤어질 작정을 하고 있다는 느낌이 든다. 하지만 인생에서 이혼이 얼마나 중대한 기로인가. 자신은 그렇다 치고, 아이에게 부정적인 영향을 미칠 것을 생각하면 아무래도 조언을 해주어야 할 것 같다.

"제 말을 한번 들어보시지요. 남편 분이 사모님에게 왜 무관심한지 되돌아 생각해 보셨나요? 과거에 사모님이 처음 오셨을 때 미모가 대단하셨다는 것을 저는 기억하고 있습니다. 하지만 사실 예쁜 얼굴이나 몸매는 부부생활에 필수적인 요소가 아닙니다. 아무리 예쁜 그림이라도 매일 보면 무덤덤해지지 않나요? 부부의 관계도 마찬가지입니다. 그러면 부부의 사랑을 지속시키고 계속 향상시킬 수 있는 방법이 무엇일까요? 제 생각으로는 인격입니다. 마음을 밝고 맑게 유지하며, 행동거지를 품위 있게 하여 인격의 향기를 피울 필요가 있습니다. 미모와 달리 인격은 사람들을 끌어들이는 힘이 있습니다. 유교의 경전에 '돈은 집을 번지르하게 만들지만 덕은 사람의 몸(행동거지)을 윤기나게 만든다富潤屋 德潤身'는 말이 있습니다. 불교의 고승이나 천주교의 교황이 보여주는 품위가 그 실례지요. 말할 필요도 없지만, 그 분들의 '윤기나는 몸'은 에어로빅으로 이룬 것이 아닙니다. 심신을 수양한 결과지요. 그것이 사람들의 사랑과 존경을 받는 핵심입니다.

사모님도 마찬가지입니다. 남편을 품안에 끌어들이려면 몸매나 얼굴을 가꾸는 것보다 인격을 닦는 것이 지혜일 것입니다. TV 드라마나 보지 마시고 남편과 함께 책을 보시는 것도 한 가지 방법일 것입니다. 예컨대 시를 한 편 읽고서 이야기의 주제를 삼다보면 남편 분이 놀라워하면서 사모님을 새롭게 바라보기 시작할 겁니다. 특히 아무 책이나 읽지 않고 심신의 수양에 도움을 주는 것이라면 더욱 좋겠지요. 남편분이 크게 놀랄 겁니다. 남편 분이 읽은 책은 어쩌면 업무와 관련된 것이겠기에 더욱 그렇습니다. 그렇게 해서 남편 분의 존경을 얻게 되면 당연히 새로운 차원의 사랑이 시작될 겁니다. 이러한 노력에도 불구하고 남편이 무관심하다면 그때 가서 이혼문제를 생각하시는 것이 어떨까요?

다소곳이 듣고 있던 부인이 무언가 충격을 받은 듯한 표정이다.

"선생님 말씀을 듣고 보니 제가 잘못 살아온 것 같네요. 사랑의 핵심이 어디에 있는지 알겠습니다. 오늘부터라도 책을 읽고 시나 글을 쓰면서 삶의 태도를 바꾸도록 하겠습니다. 남편과의 관계 이전에 제 인생 자체를 다시 생각해 봐야겠네요. 좋은 말씀 정말 고맙습니다, 선생님! 그리고 약을 좀 지어주시지요."

"약은 필요 없으니 그 돈으로 서점에 가서 책을 사서 보세요. 책이야말로 모든 인생의 보약입니다."

부인은 일어나 두 번 세 번 허리를 굽혀 인사를 하며 나가신다.

　　　　　　　　　　　　　　　　깨끗한 마음, 균형 있는 삶

케익의 의미

50대 후반 여자 두 분이 케익을 들고 웃으며 들어와 앉자마자 "이 케익 선생님 드시라고 갖고 왔습니다."라고 인사한다.

"웬 케익입니까?"

"선생님이 너무 인자하고 제 병을 낫게 해주셨기 때문입니다."

"그게 무슨 소립니까?"

"제가 10여 년 전에 허리가 아프고 구부정했었는데 이렇게 나아서 반듯하고 즐겁게 잘 생활하고 있어요. 일찍이 찾아뵈려고 했는데 이제야 오게 되었네요."

생각이 가물가물해서 잠시 쳐다보려니 장난스럽게 웃으면서 말을 잇는다.

"저한테 춤을 배워보라고 하시면서, '춤을 추면 허리가 반듯해지고, 음악을 들으면 우울한 기분이 즐겁게 변할 것'이라고 하시며 약도 지어

주지 않고 돌려 보내셨지요? 그 얘기를 듣고 '세상에나 춤 처방을 해주는 의원이 어디 있나' 생각하면서 집에 돌아와 남편한테 이야기했습니다. 그랬더니 남편이 껄껄 웃으면서 하는 말이 '나도 언뜻 친구한테 들은 일이 있는데, 춤을 배우면 허리가 반듯해진다고 하더라고. 바람나지 말고 한 번 배워보지 그래?' 하고 권유하더라고요. 그래도 망설여져서 친구들한테 물어보니 답변이 두 가지였습니다. 춤추면 바람난다는 것과, 운동하면서 허리 치료하는데 춤이 무슨 죄냐는 것이었습니다. 그 뒤로 한동안 물리치료와 침 치료를 받아봤지만 별 효험이 없자, 남편이 안쓰러워 하면서 선생님 처방대로 춤을 배워보라 권하더군요. 큰 맘 먹고 무도학원을 알아보았는데 여자 분이 가르치고 있었어요. 이런저런 이야기가 오가던 중에 무도학원 선생님이 웃더라고요.

'그 한약방 선생님이 허리 아픈 사람들에게 춤 처방을 내려 가끔 찾아오는 분들이 있는데 춤을 배우고 나서 허리가 많이 좋아지더라고요'

망설이다가 결국 등록을 하고 배우게 되었어요. 춤을 배우면서 무도학원 선생님한테서 허리를 꼿꼿하게 펴라는 꾸지람도 많이 들었는데 지금은 이렇게 튼튼하게 되었어요."

그제야 여자 분이 사들고 온 케익의 의미를 알게 되었다. 여자 분의 감사 인사였던 것이다.

처음엔 무도장에 자주 갔었는데 지금은 틈나는 대로 일주일에 한두 번 간다고 하면서 거듭 감사의 인사를 한다. 나도 고마운 마음에 답례로 여자분에게 쌍화차를 한 곽 선물하면서 "바람나지 마세요" 하고 웃었다. 부인이 "걱정마세요" 하고 대답하고 나간다.

사람들은 왜 춤을 바람나는 것과 연관시킬까? 다 알다시피 우리나라는 남녀가 함께 즐길 수 있는 대중적인 춤의 문화가 발달되지 못했다. 사교춤은 서양에서 유입된 것이다. 남녀가 함께 손을 잡고 몸까지 밀착하면서 어우러진다. 이런 모습이 오랫동안 남녀유별이라는 관습에 젖어있던 사람들의 눈에는 불륜으로 비칠 수도 있었을 것이다. 또한 초기의 사교춤 현장에서 적지 않게 발생한 불륜의 사례들이 나쁜 영향을 주기도 했을 것이다. 하지만 이제는 국민들의 의식도 많이 바뀌었다. 춤이 건강유지를 위한 운동의 한 가지로 인식되면서 대중성을 얻게 된 것이다. 물론 여전히 흑심을 가지고 접근하는 사람도 있겠지만, 그 점만 경계한다면 춤은 역시 참으로 권장할 만한 운동요법이다.

성질 급한 소양인

얼굴에 붉은 색이 돌고 성질이 칼칼하게 생긴 남자 분이 왔다. 55세라 한다. 의자에 앉자마자 내가 먼저 말을 꺼냈다.

"사장님은 성질이 매우 급하시겠네요. 음식도 빨리 드시고, 남들의 틀린 행동을 보면 반드시 잡아주고 싶어 하시죠? 이런 성격을 가진 분들은 상초上焦, 간단히 말하면 가슴 부위에 열이 많습니다. 기운이 위로 솟아 아래가 허한 '상성하허上盛下虛'의 체질이지요. 주로 소양인에게 많은 현상이며, 혈관질환이나 당뇨가 오기 쉬운 체질입니다."

그가 놀라서 눈을 동그랗게 뜨고 대답한다.

"이야~ 선생님 진짜 도사님이시네! 어떻게 보기만 하고 내 성격이며, 앓고 있는 질환을 정확히 아시는 거예요? 이거 정말 병원 가 정밀검사할 필요가 없네요. 사실 저는 당뇨도 있고 혈관도 안 좋아요. 그래서 그런지 입도 자꾸 말라서 물을 많이 먹게 되네요."

깨끗한 마음, 균형 있는 삶

"네! 그럼요! 책에 다 나오는 것이고, 공부하면 다 알 만한 내용입니다. 당뇨가 있으면 물도 많이 먹게 되고 말초 혈액순환도 안 좋아져서 남자의 성기능도 약해져요. 그래서 발기력도 떨어지게 되고요. 남자는 성기능이 좋아야 부인한테 큰 소리 치는데~~"

그가 겸연쩍게 말한다.

"허허~ 진짜 그래요. 이거 원~ 챙피해서..."

이 분은 신경이 예민해서 늘 긴장 되어 있고 남과 잘 다투려고 하는 다혈질이다. 그렇기 때문에 열을 아래로 내려주어야 몸에 열의 균형이 잡혀서 입도 안 마르고 성질도 온순해지게 된다. 그러면 혈관도 좋아지고 양기도 되살아날 것이다. 그래서 다음과 같이 조언하였다.

"물론 한약도 많은 도움이 되지만, 첫째 운동을 규칙적으로 하시고, 둘째 육식을 적게 드시고, 짠 음식, 튀김이나 밀가루 음식은 삼가시길 바랍니다. 약을 한 제 드시고 혈당치가 내려가거나 몸이 가벼워지고 입이 안 마르면 더 드시도록 하세요. 무엇보다도 급한 성질을 다스리는 마음 수양을 하도록 하세요. 불교에서는 마음의 독소가 되는 세 가지를 '삼독심三毒心'이라 하여 탐욕(탐貪), 분노와 증오(진瞋), 어리석음(치痴)을 듭니다. 그것들은 당연히 온갖 질병의 요인이 된답니다."

"네~네~ 선생님! 약 좀 잘 지어주세요. 감사합니다."

그렇게 거듭 거듭 인사하면서 나간다. 한의는 육체질환을 야기하는 정신적 요인까지 찾아 환자에게 조언하고 처방해야 한다는 생각을 다시 한 번 해본다.

上
熱

　　　　　　　어느 날 종종 오시던 40대 부부가 허둥지둥 들어왔다. 놀란 마음으로 "어떻게 오셨어요?"라고 연유를 묻자 남편이 자기 눈을 가리키면서 대답했다.

　"제가 눈이 막 아프고 가려운 게 너무 심하네요. 눈이 너무 가려워서 잠을 잘 수가 없어요. 눈을 뽑아버리고 싶을 정도예요. 밤새 잠도 못 자고 끙끙대다가 10분 정도 눈을 잠깐 붙이나 몰라요. 죽겠어요, 아주."

　이렇게 말하는 남편의 얼굴을 살펴보니 얼굴도 붉은 편인데 눈 주위가 빨갛게 올라왔고 눈알도 아주 빨개져 있었다. 분명 열이 상부로 심하게 올라와 있어 그 원인을 찾고자 몇 가지 물어보았다.

　"언제부터 이런 증상이 시작 되었죠? 증상이 나타나기 전에 특별하게 드신 음식이 있으신가요?"

　"뭐 특별히 먹은 건 없고요 그냥 평소대로 먹었어요. 그런데 갑자기 눈이 막 아프면서 간지러운 거예요. 그래서 지금도 안과를 갔다 오는 중인데, 대기실에서 왜 안 낫는지 모르겠다고 하자, 집에 장롱을 고치거나 새로운 물건 같은 거 산 적이 없냐고 물어보는 사람도 있고, 굿을 한 번 해 보는 게 어떻겠냐는 사람도 있더라고요. 그래서 굿은 무슨 굿을 하나 싶어 내일은 서울에 있는 큰 대학교 병원을 가봐야겠다고 생각하면서 집에 가는 길에 들른 거예요. 선생님, 뭐 좋은 약 없어요? 가려워서 잠을 못자겠어요. 그게 제일 사람 죽겠어요. 눈알을 뽑아버리고 싶다니까요."

"병원에 온 사람들이 굿 이야기를 해 황당하셨겠네요.

"그런데 사장님, 분명 무슨 음식 같은 걸 잘못 먹었을 것 같은데요. 증상이 나타날 즈음에 드신 음식들 중에 새롭게 드시거나 한 것 있나 다시 한 번 곰곰이 생각해 보세요."

"(곰곰이 생각하더니) 두 달 전 후배 사슴 농장에서 사슴뿔을 자른다고 해 거기 가 사슴피 한 컵을 먹었었어요. 한 컵 가지고 몸에 기별이나 가겠냐며 한 컵 더 달라고 해서 두 컵을 먹은 기억이 나네요. 근데 그것 때문일까요?"

남편의 체형을 보면 어깨가 딱 벌어져 상체가 발달했고 성격이 활달한 것이 소양체질이다. 소양체질인 사람이 가뜩이나 열이 많은데 사슴피를 먹으니 그 열이 더 치성해서 이렇게 눈이 아프고 간지러웠던 것으로 보인다.

"사장님 제가 보기에는 그것 때문인 것으로 보입니다. 사장님은 소양체질로 보입니다. 소양인들은 체질상 열이 많다고 보는데요. 양기가 가득한 사슴피를 먹고 그 열이 더 성해져서 이렇게 얼굴 위쪽으로 올라온 것입니다. 그러니 자꾸 눈이 아프고 가렵고 하는 것이지요. 지금 사장님 얼굴을 봐도 잠을 못 자서 더 그렇겠지만 붉게 올라와 있고 눈 주위와 눈이 빨갛게 되지 않았습니까? 이게 다 열이 올라와서 그런 것이지요."

"선생님 말씀을 들으니 그런 것 같네요. 이해가 쏙쏙 갑니다. 그래서 말인데 지금 잠도 못자고 사람 죽겠으니 이거에 좋은 약은 없을까요? 약 좀 주세요, 선생님. 사람 좀 살려주세요."

"제가 약 세 첩만 지어드릴게요. 아니 혹시 모르니 두 첩 더해서 다섯 첩 지어드릴게요. 이 약이 효과가 있을 거라면 한두 첩만 먹고도 바로 효과를 볼 것이고요. 아니면 연때가 안 맞은 것이니 다른 곳으로 가보셔야 해요."

이렇게 이야기를 하고는 다섯 첩을 지어드렸다. "돈은 안 받겠으니 그냥 드셔보시라"고 하면서 드리니 남편이 한 말씀 하신다.

"왜 돈도 안 받고 그냥 이렇게 지어주신대요? 그러면 약효가 안 난다는데 말이에요."

"괜찮아요. 지금 바로 집에 가 달여서 드셔보세요. 얼른 가지고 가세요. 돈 줄 것도 없어요."

이렇게 말씀을 드리고는 다섯 첩을 지어 드렸는데 다음날 이 부부가 다시 찾아왔다. 오자마자 넙죽 인사를 하면서 감사의 말을 전한다.

"아이고, 선생님! 참으로 감사드립니다. 어제 주신 약을 집에 가자마자 달여서 약 짤 여유도 없이 그냥 일단 먹어봤는데 먹자마자 눈 아프고 가려웠던 게 시원해지면서 싹 가시더라고요. 그 약 끓일 때 약냄새

깨끗한 마음, 균형 있는 삶

맡으면서 조금 덜해지는 것 같더니 그 약을 하루 먹었는데 이렇게 싹 나았어요. 거 참 신기해라! 오늘 서울에 있는 대학교 병원에 가보려고 했는데 가볼 필요도 없겠네요. 제가 이것 때문에 그동안 고생하고 돈 쓴 게 얼마인데 선생님이 이렇게 약 한 첩으로 낫게 해주시니 이거 무슨 조화예요. 그동안 병원 다니느라 고생했는데, 좀 오래 끌면서 낫게 해주셔야지. 선생님도 돈도 벌고 그러시는데 선생님 이러시면 돈 어떻게 벌려고 그러세요? 하하."

이 말을 들으니 내 마음이 너무나 기쁘고 뿌듯했다. 빨리 효과를 보게 되면 한두 첩이면 효과를 보게 될 것이라 예상했지만 이렇게 빠른 효과를 보고 찾아오시니 나도 참 신기했다. 그 분도 그동안 그렇게 괴롭던 고통에서 벗어나 기쁜지 이렇게 농을 걸면서 재밌게 말씀을 하신다.

"선생님! 그래서 제가 돈을 많이 들고 왔어요. 이렇게 고생했는데 몸에 좋은 약 좀 지어달라고 부탁하려고요. 좋은 약 좀 잘 지어주세요."

"사장님은 약 먹을 거 없어요. 지금 드린 그 약 남은 거나 드시면 돼요. 그거 다 드시면 상체 쪽 열이 더 내려가서 몸이 더 편해지실 거예요. 괜찮으니깐 너무 신경 많이 쓰지 마시고 운동도 하면서 일찍 주무시고 하세요. 그러면 괜찮아요."

그래도 약을 먹고 싶다고 재차 말씀을 하셨지만 괜찮다고 하면서 다음에 필요할 때 오시라고 하고 돌려보내 드렸다. 원인에 맞는 정확한 한약처방으로 그 효과가 아주 빠르게 나타나서 환자도 좋고 의원에게도 좋은 이상적인 예다.

자식 낳기를 거부하는 부부

아침 일찍이 여자 두 분이 들어오시는데 모녀 사이라고 한다. 대개 나이가 들어서 모녀가 같이 오면 불임 관계로 내방하는 경우가 많은데, 이번에는 어떻게 오셨나 궁금하다.

"누가 보시려고요?"

"우리 딸을 보려구요."

"몇 살이세요?"

"마흔입니다."

"혹시 아이는요?"

옆에 계신 어머니가 "아이가 없어서 왔다"고 대답하기가 무섭게 딸이 성질을 낸다.

"아이는 안 갖기로 남편과 약속했어요. 아이 얘기는 하지 말고 손발이 차니 몸보신하는 약이나 지어주세요."

엄마가 긴 한숨을 내쉬면서 딸을 꾸짖듯 말을 하신다.

"동생도 아이를 낳았는데 시집을 갔으면 아기를 낳고 가정을 꾸려 가는 것이 옳은 일이지, 아이를 못 낳는 것도 아니고 자기 일신 편하자고 계획적으로 아이를 안 갖겠다고 하는 것은 말이 안 되지."

그러자 딸은 참견하지 말라고 하면서 둘 사이에 언쟁이 벌어진다.

나는 이 상황을 진정시키기 위해 둘 사이에 끼어들었다.

"사모님, 요즘 많은 젊은 사람들은 혼전에 약속한다네요. '우리 결혼하면 각자 직장생활을 하면서 번 돈은 제각각 관리하고, 지출은 함께 분담하고, 아이는 안 낳고, 시댁과 친정에 대해 서로 신경 안 쓰기'라고요."

이 얘기를 듣고는 어머니가 한숨을 한 번 내쉬더니 한탄의 말씀을 하신다.

"어찌하여 이런 세상이 왔을까요? 어렸을 때 그렇게 착하고 말도 잘 듣던 딸이 왜 아이를 안 갖겠다는 건지 이유를 알 수가 없네요."

어머니의 눈에 눈물이 글썽글썽 한다. 나는 어머니께 잠시 대기실로 나가 계시기를 권했다. 어머니가 나가시자 딸에게 자초지종을 물어보았다.

"왜 혼전에 아기를 안 갖기로 하셨나요?"

"우리 부모님은 집안에서 장남, 장녀로 태어나셨는데, 제가 자라면서 본 부모님은 아침 일찍 일어나 밤늦게까지 일만 하시는 거였어요. 집안에 대소사가 있으면 당연히 우리 집에서 행사를 치렀지요. 이런 모습을 보면서 자란 저에게 부모님의 살아가는 모습이 너무나 안쓰러웠어요. 용돈을 좀 달라고 하면 부모님께서 힘들어 하시는 것을 보면서, '나는 자라서 부모님처럼 자기 시간도 없이, 즐거움도 없이 살아가지는 않겠다'고 다짐했습니다. 그러다 직장생활을 하면서 저와 성향이 비슷한 사람과 만나, '결혼 전에 서로 이렇게 살자'고 약속 하고 결혼 생활을 잘 하고 있습니다. 그런데 친정 부모님이 아이를 안 낳는다고 저렇게 성화시니 제가 참 난감하네요. 저는 지금 생활에 아주 만족하고 너무 편하거든요."

딸의 이유 있는 설명을 들으면서 고개를 끄덕이기는 했지만, 한편으로 딸이 자신의 선입견에 너무 갇혀있는 것 아닌가 하는 생각이 들었다. 그래서 딸에게 조금 다른 각도에서 삶을 바라볼 수 있을 이야기를 해주었다.

"일리가 있는 말입니다만, 따님, 잠시 내 말을 귀담아 들어보세요. 이 세상 인간으로 태어나서 힘들게 안 사는 사람이 어디 있겠습니까. 돈이 많은 사람은 많은 대로, 없는 사람은 없는 대로 힘들어 합니다. 또 자기 일이 힘들어도 힘든 줄 모르는 사람이 있는가 하면, 아무렇지도 않은 일도 어렵게 느끼는 사람도 있습니다.

따님이 보기에는 부모님의 생활 모습이 매우 힘들고 고달프게 여겨졌겠지만, 부모님은 그렇게만 생각하지 않았을 것입니다. 부모님은 당신들이 열심히 일해서 자식들 공부시키고 집안의 대소사를 맡아 치르는 어려움 속에서도 한편으로 보람과 행복을 느끼셨을 것입니다. 생각해보세요. 짐승들이, 아니 초목까지도 자기의 씨를 남기고 싶어하는 뜻이 어디에 있는지 말이에요. 자연의 이치를 거슬려서는 안 됩니다. 잘

깨끗한 마음, 균형 있는 삶

생각해 보셨으면 좋겠어요."

묵묵히 듣고 있던 따님이 숙연한 모습이다.

"다시 한 번 생각해 볼게요."

"손발이 차다고 하셨지요. 제가 기혈순환 잘 되는 약을 지어드릴 테니 잘 드십시오."

요즘 젊은이들 중에는 독신자가 늘어나고, 결혼을 해도 자식을 갖지 않으려는 사람들이 많다. 경제적 어려움이 이유인 경우도 있지만, 가만히 들여다보면 거기에는 개인주의적 사고가 깔려 있기도 하다. 아이를 삶에 대한 구속으로 여기면서 이를 벗어나 자유롭게 살고 싶어 하는 것이다. 하지만 구속 없는 삶이 어떻게 가능할까. 그것은 마치 새가 공기의 저항을 힘겨워하면서 공기 없는 하늘을 꿈꾸는 것이나 다름없다. 우리의 삶은 부부의 사랑만으로는 결코 충분하지 않다. 자식을 낳고 기르는 것은 그야말로 지고한 창조적 행위이다. 그것은 조물주에 버금가는 작업이다. 그것을 거부하는 것은 인생 최대의 기쁨과 행복을 스스로 포기하는 것이나 마찬가지다. 자식 많은 집에 바람 잘날 없다 하지만, 그 부모들이 장수한다는 통계를 우리는 깊이 생각해볼 필요가 있다.

초등학생의 대변 지리기

늦은 가을, 찬바람이 겨울을 재촉할 즈음 60대 여자 분이 들어오시자마자 "저 원주에서 왔습니다." 하고는 무릎을 꿇고 넓죽 절을 하셨다. 나도 가만히 앉아 있을 수 없어 엉겁결에 맞배를 했더니 일어나 내 손을 잡고는 말씀을 하셨다.

"일찍 찾아뵙고 인사를 올려야 되는데 이제야 오게 되었네요."

"그런데 왜 그렇게 저한테 큰절을 하시나요?"

"네, 제가 3년 전 손자하고 왔었는데, 우리 아이 팬티에 대변이 조금씩 묻는 것을 고쳐주시면 큰절을 올리겠다고 말씀드렸었습니다. 그때는 선생님에게 지푸라기라도 잡는 심정으로 왔었습니다. 손자가 다섯 살 때부터 시작해 초등학교 1학년 때까지 학교에 다녀오면 팬티에 대변이 조금씩 묻어 냄새가 나곤 했습니다. 걱정이 되어 병원 내과에도 가보고 용하다는 곳도 이곳저곳 다녀봤는데 효과를 못 보았습니다. 서

깨끗한 마음, 균형 있는 삶

울 큰 병원에 가서 검사를 해봐도 별 이상이 없다며 크면 저절로 낫는 다고 하더군요. 그러나 하루 이틀도 아니고, 그렇다고 해서 밥을 안 먹 일 수도 없어 고민스러웠는데, 마침 지인이 이곳 한약방 이야기를 하면 서 '그 선생님 같으면 혹 고치지 않을까' 하대요.

반신반의 하면서 찾아왔는데, 제가 증상을 이야기하기도 전에 손자 의 얼굴을 자세히 살피더니 '아이가 영특하게 생겨서 박사님이 될 것 같은데 양미간을 자주 찡그리고 눈에 불안과 불만이 가득하니 애정결 핍으로 인하여 심장과 소장이 약해진 것 같네. 이렇게 되면 대소변이 원활하지 않고 숙면이 잘 안 되지.(고개를 돌려 저를 쳐다보시면서) 혹 시 가정불화가 있지 않은가요?' 그때 저는 깜짝 놀라 물었습니다. '불화 가 있으면 아이가 대변을 지리나요?' '아이가 어려서 말은 잘 안 하지만 보고 느끼는 감정은 어른보다 예민하답니다.' 사실은 얘 네 살 때 부모 가 이혼하여 제가 손자를 키우고 있으니 얼마나 엄마를 그리워했겠어 요. 가난하게 사는 것이 죄라면 죄지요. 어렵게 살다보니 부부싸움이 잦아지고 결국에는 갈라섰는데 며느리는 돈 많이 벌면 자식 찾아오겠 다고 했지만 누가 알겠어요?

당시에 우리 손자를 보시더니 '영특하게 생겨 공부 잘해서 박사님 될 것 같다'고 하시고 '쌀밥에 누런 좁쌀 넣고 된장국 북어조림 발효식품을 먹이라'고 하시면서 약 다섯 첩을 지어주시고 돈도 안 받으셨습니다. 그 약을 먹자마자 큰 효험을 보았습니다. 그래서 다시 한 번 와서 지어 간 후로 몸이 건강해져 학교도 잘 다니고 공부도 잘 해서 반장을 하고 있답니다. 모든 것이 선생님 덕분이지요. 말씀대로 박사가 된다면 더 바람이 없겠습니다.

"다행입니다. 애가 틀림없이 이름을 낼 테니 어려움이 있더라도 명문대에 보내세요."

"네, (그리고는 일어나 허리 굽혀 인사를 하고 눈물을 글썽거리며) 자식이 이루지 못한 꿈을 손자가 이루어주면 좋겠습니다. 오늘 이렇게 몇 년 만에 왔으니 우리 손자 건강하고 공부 잘하게 약 좀 잘 지어주세요. (그리고는 빨간 보자기에 싸가지고 온 것을 건네주면서) 아들한테 내일 한약방에 가서 인사도 드리고 내 손자 약도 짓겠다고 하니 아들이 횡성에 가서 더덕을 사가지고 왔답니다. '얼마 안 되지만 선생님 은혜 잊지 않고 있다'면서요. 더 좋은 것도 많겠지만 맛있게 드셨으면 합니다."

"감사합니다. 대신 저도 손자 약을 그냥 지어 드리겠습니다. 지난번에 말씀드린 것처럼 손자의 관상을 보니 큰 명성을 떨치겠네요. 뒷바라지를 잘 해주세요."

"고맙습니다. 정말 선생님 말씀대로 된다면 더 바랄 게 없겠습니다. 그런데 약값을 꼭 내야겠습니다."

할머니의 말씀과 선물을 감사하게 받고는 잠시 생각하였다. 약값을 떠나 그것은 상호간 마음을 소통하는 소중한 선물이었다. 환자와의 사이를 포함하여 모든 인간관계는 역시 물질 이전에 서로 얼마나 정성스럽고 진지하게 다가가는가에 달려 있는 것 같다. 세상을 살아가는데 순수하고 따뜻한 마음 이상으로 기쁨을 주는 것은 없다는 생각이 들었다. 마음이 한결 가볍다. 오늘도 기분 좋은 날이었다.

깨끗한 마음, 균형 있는 삶

부부생활의 불만과 우울증

        두 여자 분이 들어오는데 예쁘장하니 미인형이고 귀여운 얼굴이다. 두 분이 어떤 사이냐고 물어보니 자매라고 한다. 어쩐지 눈매가 비슷하다고 말을 한 뒤 언니를 보고 먼저 말했다.

"건강상에는 별 이상 없고 운동을 해서 기혈순환만 잘 되면 괜찮겠네요."

그리고는 동생을 보니 미인형에 소음인 체질로 생겼는데 바라보는 눈빛이 애절하게 무언가 하소연하고 싶은 것 같고, 또 뭐라도 붙잡아보려는 듯했다.

"사모님은 살면서 가족 간에 마음의 상처를 크게 받았나 봅니다. 신경과민으로 인하여 심신에 피로가 쌓여 한창 재미있어야 할 나이에 마음이 우울하고 고민만 늘어가니 수면인들 제대로 하겠어요?"

"선생님은 어떻게 이렇게 인자하게 생기셨어요? 제가 들어오면서도,

언니를 보실 때에도 너무나 인자하게 생긴 선생님의 모습을 계속 쳐다봤네요. (눈에 눈물이 촉촉이 고이면서) 사실, 선생님이 말씀하신 것처럼 오년 전에 부부싸움을 하고 마음에 큰 상처를 받았어요. 그때부터 잠이 잘 안와 병원에 가면 우울증이라고 신경안정제를 줘서 먹고 있는데 그걸 먹으면 몸이 피곤하고 머리가 띵~하면서 생기가 나질 않아요. 그래서 한약도 많이 먹었습니다만 별 효험이 없어 그냥저냥 살고 있었는데 언니가 여기가 용하다고 해서 이렇게 오게 된 거예요. 그런데 들어오면서 선생님 얼굴이 편한 얼굴이라 제 마음도 편해지고, 하시는 말씀도 너무나 정확해서 깜짝 놀라기도 했습니다. 저 좀 고쳐주세요."

이렇게 하소연하는 동생 분이 애절하게 나를 쳐다보면서 덧붙여 말한다.

"선생님 손 좀 주시면 안 되나요? 선생님이 너무 인자하게 생기셔서 손 좀 잡고 싶어서 그래요. 선생님 손 좀 잡아볼래요."

눈빛이 너무 애절하고 또 안 되어 보여서 손을 내어주니 내 손을 두 손으로 부드럽게 감싸 안아 보고는 표정이 한결 더 편안해 보인다. 나는 잠시 생각을 해보면서 우울함을 풀어 줄 좋은 말이 없을까 떠올려 보았다.

"우울증은 불만에서 나오기도 합니다. 불만을 표출하지 못하고 안으로만 쌓다 보면 우울에 빠지는 것입니다. 사모님도 부부생활에 불만이 누적되다 보니 우울증으로 발전한 것 같네요. 옛말에 지족가락知足可樂이라는 말이 있잖아요? 만족할 줄 알면 삶을 즐길 수 있다는 뜻입니다. 주어진 현실을 피할 수 없다면 불평불만만 하지 말고 그것을 전폭적으

깨끗한 마음, 균형 있는 삶

로 받아들이면서 삶을 즐길 방법을 찾아보세요."

어떤 여행팀이 인도엘 갔더란다. 도중에 기차역에 내려 밖으로 나와 보니 비로 인해 길들이 진흙탕이었다. 사람들이 모두 짜증을 내는데, 한 사람이 진흙탕 길에 놓인 징검다리를 깡충깡충 뛰어 넘으면서 어린 아이마냥 재미있어 했다고 한다.

세상은 그처럼 보기 나름이다. 불가에서 '일체유심조一切唯心造'라 한 것처럼, 모든 일이 마음먹기 나름이다. 그처럼 세상을 넓게 바라보는 눈을 가질 필요가 있다. 예를 들면 부부싸움은 흔히 상대방이 틀렸다고 생각하기 때문에 일어난다. 하지만 '틀린' 것과 '다른' 것을 구별할 줄 알아야 한다. 부부의 성장배경이 다르고 생각이나 취향이 같을 수는 없다. 그러므로 내가 상대방으로부터 '다름', 즉 나의 개성을 인정받고 싶은 것처럼 상대방의 다른 점(개성)을 인정해줄 필요가 있다. 그렇게 서로 배려하는 마음을 갖다보면 사랑이 새록새록 피어날 것이다. 물론 상대방이 나쁜 짓을 저질렀을 경우에는 또 다른 대책을 세워야겠지만 말이다.

동생 분은 나의 말을 듣고는, 부부싸움 이후 몸만 닿아도 너무 싫다고 응대한다. 그래서 나는 말을 이었다.

"이미 지난 옛일에 집착하지 마십시오. 어떤 형태의 것이든 집착은 불행을 낳습니다. 과거지사에 연연해하지 마시고 지금 이 순간에 충실해야 합니다. 남편 분을 옛날의 그 사람으로 보지 마시고 지금 내 앞에 나타난 유일무이한 존재로 바라보십시오. 이는 물론 쉬운 일이 아닙니다만 역시 마음먹기에 달렸습니다. 계속 노력해보세요."

동생 분이 기쁜 표정을 지으면서 노력하겠노라고 대답한다. "저 약 먹고 좋으면 또 올게요. 약 좀 잘 지어주세요, 선생님! 또 올게요."

깨끗한 마음, 균형 있는 삶

　　　　　　　　　60대 중반, 몸집은 작지만 가슴이 크고 강단 있
어 보이는 부인이 들어와 하소연 한다.

　"가슴이 갑갑하고요, 낮에는 일하느라고 잘 모르겠는데 밤에는 온몸
이 매타작 당한 것처럼 아파 잠도 잘 못 이룬답니다."

　"지금까지 사시면서 정신적으로 많이 힘들게 사셨지요?"

　"하늘 아래 나처럼 힘들게 산 사람도 없을 듯합니다. 내가 복이 없는
지, 팔자를 잘 못 타고 났는지, 늦게 시집을 가려고 했는데 아버지 강요
로 스물넷에 결혼을 했지요. 남매를 낳고 가난이 무서워 정신없이 일만
했었답니다. 언젠가 남편의 계원 부부들과 관광차를 타고 강원도로 놀
러가서는 못 먹는 술을 조금 마시고, 서로 손을 붙잡고 흔들며 노래도
하고 잘 놀다 왔는데요. 남편이 느닷없이 '당신이 나 아닌 다른 사람과
잘 놀고, 그 큰 유방까지 비벼대니, 내가 열 받아 죽는 줄 알았다'며 큰

소리를 쳐대는 것 아니겠어요! 그래서 '내가 유방을 키운 것도 아니고 놀다보면 스치기도 하는 거지, 별 것도 아닌 일을 가지고 의심한다'고 대꾸했습니다. 그런데 그때부터 남편의 의처증이 시작된 것 같아요.

저는 없는 살림에 회사를 다니며 안팎살림을 하다 보니 때로는 회식도 하고 가끔 늦게 들어올 때도 있었지요. 늦는다고 전화를 했는데도 조금이라도 늦게 들어오면 남편은 쌍소리를 하며 '어느 놈하고 있었느냐'고 소리치며 속옷까지 들여다보는 것 아니겠어요. 의처증이 지금까지 안 없어지니, 이렇게 무섭고 더러운 병인 줄 알았다면 진작 헤어져 내 갈 길을 갔을 것을 참 서글프네요."

그리고는 눈물을 흘리신다.

"그러면 아이들은 잘 자랐나요?"

나는 분위기를 돌리기 위해 먼저 아이들에 관해 물어보았다.

"딸은 고등학교 마치고 회사에 들어가서 동료 사원과 결혼하여 남매를 낳고 잘 살고 있고요. 아들은 혼인 이야기는 오가는데 주위 사람들이 아버지의 의처증을 아는 건지 혼인이 될 듯하다가 깨지곤 한답니다. 그런데 알고 보니 우리 시아버지가 의처증이 있어 어머니를 많이 괴롭혔다고 하더군요. 이런 것도 가족력이 있나요? 지금에 와서는 아들도 결혼하면 또 의처증이 있지 않을까 걱정이 된답니다. 우리야 싫던 좋던 그럭저럭 살아왔지만 지금 젊은 사람들이 그런 것을 받아 주겠어요? 그래서 엄마로서 할 말은 아니지만 결혼해서 헤어지느니 차라리 안 했으면 하는 생각마저 든답니다.

내 비록 배우지는 못했지만 잘나고 못나고를 떠나서 인간이라면 약하고 힘없는 사람들을 불쌍히 여기고, 기쁠 때 함께 기뻐하고 슬플 때 함께 슬퍼하며 서로를 붙잡아줘야 하는데, 일방적으로 '너는 아이나 낳아라' 하는 식입니다. 어쩌다 한마디라도 대꾸하면 윽박지르고 큰소리치니 육체적 고통보다 정신적 고통이 더 큽니다."

또 눈물을 휴지로 닦으며 말을 잇는다.

"선생님, 인간이라면 상대방을 존중할 줄 알아야 되는 것 아니에요? 이제 남은 것은 몸의 통증이고, 늘어나는 것은 이 병원 저 병원 다니면서 타다 놓은 약 봉지 뿐이니 하루에도 몇 봉씩 먹으면 속이 아프지만 또 안 먹을 수도 없고 더 아프지나 말아야 하는데 말이에요. (긴 한 숨을 내쉬며) 그래도 제 마음을 알아주는 선생님한테 속마음을 털어놓으니 후련해지네요. 약을 잘 좀 지어주세요."

나는 처방전에 약명을 쓰면서 잠시 부인을 쳐다보고 말하였다.

"의처증이나 의부증은 사실 가족력일 수도 있습니다. 부모님 행태를 일상으로 보고 들으면서 자식도 알게 모르게 학습되지 않겠습니까? 그런데 사모님, 제 얘기를 잘 귀담아 들어보시고 자신을 거울 보듯이 돌아보세요. 주위 사람들이 남편 분에게, '자네 부인이 자네보다 낫다.' '짝이 기운다' '이 사람은 여자 복으로 먹고 산다'는 말을 자주 하지 않던가요? 아마 모르긴 몰라도 많이 들었을 것입니다. 거기다가 남들보다 큰 유방이 남자들의 시선을 끄는 것도 남편이 자주 보았을 것입니다. 남편의 의처증은 거기서 출발했을 수도 있습니다."

부인이 깜짝 놀란 표정으로 말씀하신다.

"아니! 선생님 정말 도사님이시네요."

"제가 시장이든 밖에 나가 식사를 하든 사람들이 왜 그렇게 시선을 집중하는지, 어떤 남자는 가던 길을 되돌아 쫓아와서 쳐다보곤 한답니다. 저는 이 큰 가슴이 무겁고 싫습니다. 여름에는 더욱 땀이 차고, 그렇다고 떼어낼 수도 없고 어찌해야 남은 인생을 편히 살까요?"

"남편과 함께 있을 때 다른 사람한테 냉정하고 엄격한 모습을 보이세요. 혹시 남자들한테 웃거나 가까이 하는 모습을 보이면 자기를 좋아하는지 착각하고 가까이 다가올 수도 있습니다. 남편이 그것을 보면 사모님이 꼬리 친다고 오해할 수도 있습니다. 다른 남자들한테 냉정하고 엄격한 모습을 보여 남편에게 믿음을 주시고, 한편으로 '당신이 최고의 남자'라는 칭찬을 은근히 하세요. 남편 분의 의처증이 쉽게 사라질 수는 없겠지만, 참고 꾸준히 노력하시면 문제가 극복될 것입니다. 이혼 생각까지 하셨다는데 이혼 역시 가족력일 수도 있습니다. 통계가 그것을 분명히 입증합니다. 그러므로 자식의 행복한 부부생활을 바라신다면 이혼에 대해서는 재삼 숙고를 하셔야 합니다."

부인이 밝아진 표정으로 대답하신다.

"사실 제가 남들한테 모질게 대하지 못해 걱정입니다. 말씀 너무나 고맙습니다. 약도 잘 지어주셨으리라 생각합니다. 선생님 너무나 감사합니다."

긴장과 불안의 체질

　　　　　수첩을 든 정장차림의 여자 분이 반듯하게 내 앞에 앉았다. 나는 무심결에 물었다.

"선생님이신가요? 아니면 금융업에 종사 하시나요?"

여자 분이 웃으면서 대답한다.

"저는 많은 사람을 대하고 강의를 하는 직업을 갖고 있습니다. 제가 선생님을 찾아온 것은요, 평소에는 괜찮은데 많은 사람들과 대화를 나누다 보면 긴장과 불안감으로 가슴이 답답하고, 그것이 밤까지 지속되어 잠을 못 이룰 때가 많습니다. 그래서 약을 먹으면 좀 나아질까 싶어 이렇게 찾아뵈었습니다."

"예, 그러시군요. 솔직하게 말씀드리겠습니다. 한의서에는 선생님과 같은 증상을 '심담허겁 몽매불상心膽虛怯 夢寐不祥'이라고 말합니다. 마음과 담력이 허하고 겁이 많아 잠(꿈)자리가 개운하지 않다는 뜻이지요.

이러한 증상에 대해서는 보통 〈귀비온담탕歸脾溫膽湯〉을 비롯한 여러 처방이 있긴 하지만 사실 근본적으로는 치유가 불가능합니다."

여자 분의 얼굴빛이 어두워진다.

"그러면 어찌해야 치유할 수 있나요? 제가 이 직업을 버릴 순 없으니까요."

해결책을 기대하며 가르쳐달라는 듯 바짝 다가와 앉으면서 내 눈을 응시하는 모습이 너무 진지하고 간절하다. 나는 속으로 '아~ 이분은 내가 말하는 것을 다소곳이 받아드릴 준비가 되어있는 분이로구나.'라고 생각했다.

"사람이란 누구나 다 크고 작은 두려움을 가지고 살게 마련입니다. 일의 성패에 대한 긴장과 두려움은 기본적인 것이고요. 특히 대중을 상대로 하는 직업은 긴장과 두려움에 항상 노출되어 있지요. 지금 이 자리에 앉아 있는 저인들 그런 게 없겠습니까? 그런데 어떤 분은 그것을 적절히 제어하고 차츰 면역이 되면서 나중에는 그 분위기를 즐기기까지 합니다만, 그렇지 못한 분들도 있습니다. 아까 말씀드린 심담허겁의 체질이 그러합니다. 선생님의 경우가 그렇지요. 그런데 가만히 생각해 보면 긴장과 걱정, 두려움은 사람들이 나를 어떻게 평가할까 하는 염려에서 비롯된다고 생각합니다. 따라서 그러한 염려를 극복하려는 의지에서부터 선생님의 노력이 시작되어야 할 것입니다."

여자 분이 눈을 반짝거리면서 묻는다.

"그 노력을 어디에서부터 시작해야 할까요?"

"길게 말하긴 어렵지만, 제가 서당에서 배운 성현들의 글에 입각해서

깨끗한 마음, 균형 있는 삶

말씀드리겠습니다. 사람들은 우리의 유교사상을 고지식하고 답답하게 여기지만, 그것은 사람이란 무엇이며, 어떻게 살아야 하는가를 주제로 합니다. 그것은 시대와 사회를 초월한 지혜를 함축하고 있지요. 선생님께서는 더구나 강의를 본업으로 하시는 분이므로 『대학』 『논어』 『맹자』 『중용』을 꼼꼼하게 읽어보시길 바랍니다. 선생님의 '심담허겁'을 치료해줄 내용들을 많이 발견하게 될 것입니다. 예를 들면 실상을 벗어난 남들의 평가를 군자는 부끄러워한다. 聲聞過情 君子恥之는 맹자의 말씀이 있습니다. 그 이상도 이하도 아닌 나의 본래 모습으로 세상에 나서겠다는 것이지요. 또 공자의 말씀에 남들이 나를 알아주지 않아도 원망하거나 화내지 않는다면 군자가 아니겠느냐. 人不知而不慍 不亦君子乎고도 하지요. 군자가 근심하고 걱정하는 것은 남들의 평가가 아니라 다만 한 가지입니다. 삶의 길과 인격의 향상에 자신이 얼마나 성실하게 임하느냐 하는 것입니다. 그렇게 관심을 남들의 평가나 바깥세상이 아니라 자기 자신의 내면에 집중하다 보면 선생님의 증상이 자연히 사라지게 될 것입니다."

여자 분이 내 이야기를 열심히 귀 기울여 들으며 메모까지 하였다. 말을 마치자 볼펜을 내려놓으며 탄복 섞인 대답을 하신다.

"아~ 이제야 답을 얻은 것 같습니다. 정말 명약 처방이네요. 선생님 너무나 감사드립니다."

연실 고맙다고 고개를 끄덕이며 오늘 권해주신 책을 꼭 읽겠다고 몇 번이나 다짐을 하였다. 그러면서 지금 현재 구내염이 있고 또 가슴이 갑갑하니 약을 지어달라고 부탁을 하시기에 그에 알맞은 약을 지어드렸다.

몽유병의 어린아이

　　초등학교 저학년으로 보이는 남자 아이 손을 잡고 엄마가 들어왔다. 아이가 약하게 생겨서 보약을 먹이러 오셨나 생각했는데 엄마가 들어오자마자 걱정이 어린 말을 꺼낸다.

　"선생님, 이 녀석 때문에 집안 식구들이 잠을 못 자네요. 허구한 날 밤이면 자다가 울고 밖으로 나간답니다. 한참을 실랑이를 하고나야 잠을 자니 오죽하면 끈으로 옷을 붙잡아 문고리에 매어 놓겠어요. 병원 신경정신과에 가서 진료를 보니 심리적 불안이라 하여 약을 처방해 줘서 먹였는데, 약을 먹으면 오줌을 싸면서 잠을 자니 오랫동안 먹일 수도 없었어요. 한의학적으로는 야제증이라고 하여 약을 먹여도 효험이 없었습니다. 혹시 뇌에 이상이 없나 싶어 MRI도 찍어 보았는데 별 이상 없다고 합니다.

　병은 자랑하랬다고 해서 학부형들 모임이 있어서 이야기를 했더니 한 엄마가 가만히 듣고 있다 저에게 다가와, '우리 아이도 사모님 아이하고 비슷해서 여기저기 다녀 봐도 낫지를 않아 고생을 많이 했었는데요. 평화한약방에 가서 약을 먹고는 이제 아주 건강하게 잠도 잘 잔답니다.' 그렇게 소개 받고는 예약도 안 하고 염치불구하고 이렇게 오게 되었답니다. 제발 우리 아들 좀 고쳐주세요."

나는 환자 측에서 너무 집요하게 매달리면 마음에 큰 부담이 되겠기에 웃으면서 대답하였다.

"아마도 소개하신 분과 제가 연때가 맞았나 보네요. 아이가 언제부터 그런가요?"

"어렸을 때도 가끔 자다 울긴 했었는데요, 약 2년 전에 함께 차를 타고 친정 가는 길에 가벼운 추돌사고가 있었어요. 다친 데도 없고 해서 차만 고치고 병원에 가지 않았답니다. 그 이후 이런 증상이 심하게 나타나게 된 것 같습니다."

나는 얼굴을 돌려 아이한테 물었다.

"자려고 할 때 무서운 생각이 드냐?"

"엄마가 옆에 없으면 불안해요."

"그러면 약 다섯 첩을 지어줄 테니 5일 간 복용하고 다시 오거라."

5일 뒤 아이 어머니가 밝은 얼굴로 다시 찾아와서,

"아이가 '약이 맛있다'고 하면서 잘 먹었습니다. 세 첩을 먹고 나서부터 잠을 잘 잡니다, 이렇게 효과를 본 것은 처음입니다. 아예 병의 뿌리를 뽑아주세요."

그래서 전과 같은 약을 한 제 지어드리며 효과가 있으면 다시 오라고 했다. 그 뒤 다시 아이와 함께 와서는 지금까지 잘 잔다고 하면서 다시 한 제를 부탁하였다. 이번에는 아이의 체질을 개선하기 위한 약으로 바꾸어 지어드렸다.

다시 한번 느낀 일이지만, 환자를 관찰할 때 겉으로 드러난 증상에만 치중하지 말고 관형찰색에 더해, 근본적인 원인을 찾아 체질에 맞게 약을 쓰면 좋은 효과가 있으리라 생각이 든다. 치료의 진전과정에 따라 처방도 달라야 함은 물론이다.

깨끗한 마음, 균형 있는 삶

늦둥이 출산의 기쁨

부부가 웃으며 들어오자마자 단도직입적으로 물었다.

"우리 나이에도 임신할 수 있나요?"

"두 분의 나이가 어떻게 되나요?"

"저는 50이고, 제 아내는 46살입니다"

"그동안 임신이 한 번도 안 되었나요?"

"아뇨. 30살에 결혼하여 낳은 아들이 중학교 3학년이고요. 그런데 그 이후로는 임신이 안 되어 병원에서 검사를 해보니 별 이상은 없다고 하데요. 그래서 시험관도 하고 한약도 많이 먹었는데도 안 됐습니다. 결국 몇 년 전부터 포기하고는 아들 하나라도 잘 키워 보겠다고 마음먹었었는데, 친구가 여기 한약방 이야기를 하더군요. 자기네는 선생님한테서 약을 먹고 늦게 자식을 낳았다며 밑져봐야 본전이니 가보라고 강력하게 권하기에 오게 되었답니다. 늦둥이를 키웠으면 하는데 가능할까요, 선생님?"

"나는 우리 어머니가 아홉번째로 낳으셨답니다. 어머니 43세에 제가 태어난 것이지요. 우리 집도 앞집도 아홉 명을 낳으셨어요. 그리고 옆집은 50세에 낳은 쉰둥이가 있었고요. 요즘 불임으로 마음 쓰시는 분들이 많으신데요. 제가 불임에 대해 말씀을 드려볼 테니까 잘 들어보세요. 예전에 우리 할머니나 어머니 시대에는 앞에 말씀드렸던 것처럼 애들이 많았잖아요? 열 명은 기본으로 낳으셨으니까요. 그런데 지금은 그 때보다 더 살기도 좋아지고 먹는 것도 좋아졌는데 왜 이렇게 불임이 많을까요?

첫 번째 요인은 음식일 것입니다. 요즘 범람하는 밀가루음식이나 튀김 종류, 인스턴트, 가공식품들이 우리 몸에 좋지 않은 작용을 하고 있는 거지요. 예전 우리 할머니나 어머니들이 드시던 것처럼 자연식품을 드셔야 합니다. 또한 자궁이 따뜻하여 생육조건이 맞아야 임신 확률이 높아지거든요. 물도 따뜻한 물을 드시는 것이 좋습니다.

둘째 체질상의 문제를 말씀드리겠습니다. 사모님 같은 소음인 체질은 관상학적으로 예민하여 몸이 조금이라도 끈적거리거나 끕끕하면 잠을 못자 바로 씻는 성질이십니다. 목욕도 가끔씩만 하십시오. 합방하고 나서 바로 씻지 마시고 그 이튿날 씻으시고요. 씨 뿌리고 나자 장마가 지면 씨가 남아나겠어요? 그러므로 평소 느긋한 마음을 갖고 조금은 수더분하게 지내시길 바랍니다. 여기에는 한약이 도움될 수 있습니다. 어떻게 할까요. 약을 좀 지어드릴까요?"

깨끗한 마음, 균형 있는 삶

부인이 합장을 하면서 그러라고 하신다.

"제 남편도 먹어야겠어요. 남편은 사업을 하면서 몸을 안 돌보는 것 같고, 겉은 튼튼해 보여도 조금만 힘들어도 땀을 흘리고 낭습증이 많아 자꾸 피곤하다고 하네요. 좋은 약으로 힘이 좀 팍팍 나도록 해주세요."

그래서 두 분의 체질과 증상에 따라 약을 지었다. 그런데 한 달 후에 두 분이 다시 찾아오셔서서 밝은 얼굴로 말씀하셨다.

"지금까지 많은 약을 먹어보았지만 속이 이렇게 편안하고 아랫배와 손발이 따뜻해진 느낌은 처음입니다. 남편도 피곤함이 없어지고 저녁 에 늦게 자도 일찍 일어나니 다시 한 번 지어주세요. 그리고 이런 말 선 생님한테 해도 될까요? 며칠 전에 태몽 비슷한 것을 꾸었습니다. 저수 지에서 그물로 큰 물고기를 잡아 집으로 가지고 오는 꿈을요."

"정말 길몽을 꾸셨네요. 저도 임신하시도록 기도드리겠습니다."

그 이후로 연락이 없어 궁금했었는데 늦은 봄 부부가 웃으면서 들어 오는데 품에 간난 아기를 안고 있다.

"저 선생님, 약 먹고 늦둥이 공주를 출산한 지 두 달 되었어요. 우리 이쁜 애기 안아보세요. 진심으로 감사드려요. 임신하고 소식 전하려 했지만 나이가 많아 혹시라도 잘못되면 어쩌나 하는 마음에 이제야 찾 아뵙게 되었네요! 죄송해요."

너무나 이쁜 공주님을 안아보면서 나는 참으로 기쁜 얼굴로 아기와 부부를 쳐다보았다.

"남편도 전에는 늦게 들어오고 술 담배도 많이 했는데 이제는 담배도 끊고 일찍 집에 와 아기를 돌봐주고 있어요. 고1 아들 역시 학교 다녀오면 신기한 듯 아기를 들여다보며 웃고 하니 이 세상을 다 얻은 것 같아요. 가정에 웃음꽃이 피니 이보다 더 아름다운 꽃은 없을 것 같네요."

다시 아기를 안아서 남편에게 주더니 감격의 눈물을 글썽거리며 가방에서 봉투를 꺼내 나한테 건넸다.

"이게 뭐예요?"

"열어 보세요."

봉투를 열어 보니 십만 원짜리 상품권과 함께 편지가 있었다. 나는 의원의 소임일 뿐이라면서 그것을 한사코 사양했으나 두 분의 뜻이 더 완강하였다. 아래에 부인의 정성스러운 편지를 옮겨본다.

선생님 저 ○○공주 어머니예요. 정성스럽게 지어주신 약을 먹고 임신하여 애기 낳을 때까지 선생님 생각을 잊은 적이 없답니다. 지금도 그렇구요. 아이 낳으면 원하는 것 다 해드리려 했는데 막상 낳고 보니 마음뿐이네요. 저의 조그마한 성의를 받아주시고 사랑을 듬뿍 드립니다.

○○엄마 드림

나도 마음이 뿌듯하고 감격하여 선물을 드렸다. 의원의 보람이 바로 이런 것이었다.

"제가 드릴 것은 약밖에 없으니 산모 건강하게 해주는 약을 드릴게요. 잘 드셔보세요."

부인이 한사코 아니라고 했지만 산후조리 약을 지어드렸다.

요즘에는 자기 인생을 즐긴다고 아이를 안 낳으려고 하는 사람도 많

깨끗한 마음, 균형 있는 삶

은데 자식이 주는 기쁨을 그들은 모르는 것 같다. 물론 자식의 양육이 주는 어려움도 많지만 가정생활에 아이가 주는 행복은 말로 다할 수 없을 것이다. 자식이 많을 수록 평균수명이 높다는 정부의 통계를 깊이 생각해 볼 일이다.

사마귀나 용종에 대한 처방, 율무

얼굴이 깨끗한 아가씨 같은 분이 들어오자마자 하소연을 한다.

"선생님, 저 장이 안 좋아요."

"아니 아직 어린 나이에 왜 장이 안 좋아요?"

"어리긴요. 저 애기도 있어요."

"나이가 몇이지요?"

"스물넷이요. 연애해서 일찍 낳았어요."

"어떻게 장이 안 좋아요?"

"아이 낳고 큰 수술을 받았는데 대장에 혹이 엄청 많다고 해서 장을 잘라내고 소장을 연결시켰대요. 그런데 또 소장에도 번져 2개월마다 검사를 받고 있어요."

나는 깜짝 놀라 물었다.

깨끗한 마음, 균형 있는 삶

"혹시 부모님이나 가족 중에 그런 분이 있나요?"

"할머니와 오빠가 그 병으로 돌아가셨는데, 이것이 저한테도 온 것 같네요." 하면서 눈물을 글썽거린다.

"생활은 어떠신가요?"

"남편이 회사에 다니고 저는 집에서 살림을 합니다."

참으로 안타까운 생각이 들어 잠시 상념에 잠기는데 언뜻 내 둘째 아들 놈이 생각났다. 어릴 적 목과 몸, 손등에 물사마귀가 많이 나서 소아과에 가서 약을 먹어 보았지만 별무효험이었다. 집사람이 '왜 보고만 있느냐'며 '무슨 약을 써야 되느냐'고 물었다. 그래서 의서를 뒤적거리던 중에 율무가 사마귀를 떨어뜨리는데 특효가 있다는 것을 보고는 집사람에게 말했다. '여보, 율무를 깨끗이 씻어 쪄서 살짝 볶아 미숫가루를 만들어 한 달 먹이면 없어질 거요.' 집사람이 처음에는 고개를 갸우뚱했지만, 그 처방대로 해서 야쿠르트에 타 조금씩 수시로 먹인 결과 20일 정도 지나 물사마귀가 거짓말처럼 모두 사라졌다.

마침 이 생각이 떠올라 앞에 앉은 애기 엄마에게 율무 먹는 법을 가르쳐 주고 꼭 수시로 공복에 복용하라고 권했다. 그러자 약을 지으러온 사람에게 무슨, 엉뚱한 율무 이야기를 하느냐는 듯 나를 이상한 눈으로 쳐다보았다. 그러면서 말한다.

"그런 것을 안 해봐서 못하겠네요."

"엄마가 건강해야 애기도 돌보지 않겠어요? 귀찮게 여기지 말고 두 달 동안만 먹어 보시고, 그 다음에 검진을 한 번 받아 보세요."

그 후 두 달이 지나고 이 분이 약방을 들어오는데 얼굴에 화색이 만

발했다.

"의사 선생님이 검진을 하고는 고개를 갸우뚱거리면서 '가장 큰 용종 왕초가 없어지고 다른 것도 많이 줄어들었네요. 이상하군요. 혹시 요즘 뭐 다른 것 먹은 것 없으신가요?' 하고 묻데요. '그런 것 없다'고 대답하자 '2개월 후에 와서 다시 검진을 받으라'고 권했습니다. 그래서 기쁜 마음에 선생님에게 이리 달려왔습니다."

나는 기쁜 나머지 부인의 손을 잡고 말했다.

"그것 보세요. 이제는 한 번에 몇 달 먹을 것 해놓고 전처럼 수시로 복용해보세요."

그리고는 1년 후에 부인이 과일 바구니를 들고 다시 찾아왔다.

"많이 좋아졌대요. 선생님 고마워요."

그로부터 20여 년이 지난 요즘은 어떠한지 궁금하긴 한데 알 수가 없다. 지금도 사마귀나 대장 용종으로 오시는 손님들께는 '율무를 쪄서 빻아 공복에 미숫가루처럼 물이나 요구르트에 타서 복용하라'고 권한다. 의서에 의하면 율무의 약성분은 맛이 달고 습비濕痺를 제거하고 폐옹肺癰과 마비 증상을 없애준다고 되어 있다. 수십 년 한약방을 하면서 경험에서 얻은 것인데, 이를 누군가 임상실험하여 대장용종이나 폐에 좋은 효과가 있음을 증명한다면 한의학이나 양의학에서도 획기적인 일이 아닐 수 없겠다. 양한방이 서로 합심하여 장점을 살려나간다면 노벨상도 머지않아 받을 수 있지 않을까?

깨끗한 마음, 균형 있는 삶

우울증 예방 및 자가 치유법

오후 1시경 약방이 끝날 즈음, 옷을 맵시 있게 차려입고 목에 스카프를 두른 40대 후반의 부인이 웃음 띤 얼굴로 들어오셨다. 얼굴이 매우 환하고 밝은 표정이다. 대부분 오시는 분들이 어두운 얼굴인데, 특이하게도 밝은 웃음을 보이는 부인이 인상 깊었다.

"사모님, 뭐 좋은 일이 있으신가 봐요?"

"제가 그렇게 보이시나요? 요즘 만나는 사람마다 다 그렇게 말하네요. '전에는 수심이 많고 어두웠다'면서요. 과거에 얼마나 안 좋았으면 그렇게 이야기들을 하겠어요. 사실은 아이 때문에 그랬습니다. 저는 결혼해서 여러 명의 아기를 갖고 싶었습니다. 그러나 어찌된 일인지 달랑 딸 하나 낳고 말았습니다. 10년이 넘도록 여기저기 양·한방을 다녀보았지만 임신이 안 되는 걸 어떡합니까? 결국 우울증에 걸려 신경정신과 약을 복용하기 시작했습니다. 그러던 어느 날 TV에서 아이를 입양한 부부가 기쁨을 찾아 행복하게 사는 모습을 보고 저도 입양하기로 마음먹었습니다. 남편이 의외로 찬성해줘서 3개월 된 아들을 입양하여 지금 4개월째 키우고 있습니다. 남편과 딸이 어찌나 예뻐하는지 이루 말할 수가 없답니다. 저 역시 오랜만에 애기 키우느라 정신이 없어 우울증마저 다 사라져 버렸답니다. 다만 엄마 노릇을 하다 보니 많이 힘드네요. 원기 보충하는 약 좀 잘 지어주세요."

환자들의 수심 찬 얼굴만 보고 답답한 하소연만 들어왔는데, 오랜만에 즐거운 이야기를 들으니 내 마음도 덩달아 환해진다. 부인에게 약을 지어드리고는 잠간 우울증에 대해 생각해 보았다. 우울증의 원인은 다양하기도 하고 기질적인 요인도 있겠지만, 많은 경우 삶에 긴장감이 떨어지거나 사는 일이 지루해 어떤 의미도 찾지 못할 때 생기는 것이 아닐까? 우울증은 부유층의 고급스러운 병처럼 보인다. 매일같이 일하지 않으면 안 되는 농민이나 노동자들 중에 우울증을 겪는 사람은 드물다. 또 자신이 종사하는 일과 살아가는 삶에서 의미와 보람을 느끼는 사람의 마음에는 우울한 기분이 끼어들 여지가 없을 것이다.

그러고 보면 우울증은 삶의 자세와 관련될 수밖에 없는 것 같다. 위의 부인의 경우 사랑하는 남편과 딸이 있음에도 우울했던 데에는 가족의 소중한 의미를 발견하지 못했기 때문에, 그리고 경제적으로 여유 있는 생활 속에서 삶의 긴장감을 갖지 못했기 때문에 생긴 것이 아닐까? 입양아를 키우는 즐거움이 부인의 우울증을 낫게 해주었는데, 남편이나 딸과의 가족생활에서는 어째서 즐거움과 삶의 의미를 못 느꼈을까? 부인의 경우만이 아니다. 따지고 보면 모든 사람들은 잠재적 우울증 환

깨끗한 마음, 균형 있는 삶

자일 수 있다. 문제는 각자가 자신의 삶에 어느 정도의 긴장을 부여하고 또 의미를 찾아 나서는가에 달려 있다. 말하자면 우울증은 자신이 치료자여야 한다.

복福
에
숨
어
있
는
화禍

옛날 이야기를 하나 꺼내야겠다. 한약방을 개업한지 3년이 조금 넘었을까. 그 때는 오시는 손님도 별로 없어서 의서를 보고 붓글씨를 쓰는 것이 일과가 되어버렸다. 그 날도 장마철에 접어들어서 그런지 하루 종일 비가 오는데 저녁 무렵에 들어 40대 초중반의 부부가 들어오셨다. 앉으시라 권하면서 가볍게 인사를 건넸다.

"비가 오는데 어찌 이렇게 오셨어요? 어디에서 오셨지요?"

"청주 사는데 괴산 갔다 오다가 간판이 보이기에 시간도 있고 해서 왔습니다. 개업한 지 몇 년 안 되었지요?"

부부가 웃으면서 묻는다.

"네! 혹시 불편하신 곳이 있나요?"

"목장을 하고 있는데 5년 전부터 어지럼증으로 운전을 못해 기사를 쓰고 있어요. 이 병을 고칠 수 있을는지요?"

깨끗한 마음, 균형 있는 삶

"상태가 어떻습니까?"

"걷는 것은 아무렇지도 않은데 운전하려고 차에 올라 핸들만 잡으면 어지럽네요."

"그러면 병원에 가보셨나요?"

"청주에 있는 병원에 다니다가 안 되어 서울 가서 정밀진단까지 받았는데 별 이상이 없고 신경성이라 하대요. 안되겠다 싶어 용하다는 데 가서 침도 맞아보고 보약도 먹고 했습니다. 지금까지 먹은 약이 60~70제는 될 겁니다. 여기 우리 안사람이 수없이 약을 달여 짜는 바람에 손에 물집이 잡힐 정도예요. 그래도 아무런 효험이 없던 터에 지나는 길에 여기 한약방을 발견하고는 혹시나 해서 들려본 것입니다."

남편 분은 겉보기에는 건강한 체질 같았다. 혹시 전에 충격 받아서 놀란 적이 있는지 물어보니 그런 적도 없다고 하신다. 아무리 관형찰색을 해보아도 원인을 찾을 수가 없어 고민하던 중, 의서에 병의 원인은 10에 7~8가지는 담음痰飮이라는 말이 생각났다. 담음은 몸안에 진액이 제대로 순환하지 못하고 일정한 부위에 몰려 생기는 병이다. 그래서 그것을 다스리는 약을 한 번 권해보기로 했다.

"제가 한약방을 연 지 몇 년 안 되었는데 정성껏 지어드릴 테니 드셔보시겠습니까?"

"기왕에 왔으니 녹용을 넣어 지어주시지요."

"아니오. 녹용은 안 넣고 의서에 나온 처방 그대로 지어드리겠습니다."

"아니, 다른 데에서는 녹용을 넣어달라면 더 좋아라 하던데 선생님은 그런 말을 안 하시네요?"

"물론 꼭 쓸 때는 써야 되지만 지금까지 보약을 많이 드셨으니 의서에 적힌 대로 처방하겠습니다. 만약 효과가 있으면 다시 오시지요."

"효과가 있으면 오지 말래도 오겠습니다."

약, 보름쯤 지났을까, 부부가 함께 들어오더니 기쁜 얼굴로 내 손을 잡으며 큰소리로 말씀하신다.

"선생님! 큰 효과가 있네요. 전에 먹던 약으로 두 제를 더 지어주세요."

나는 약을 지어주는 것보다 우선 약효에 대해 궁금한 것이 많아 자세히 물어 보았다.

"약을 먹은 지 3~4일이 지나 기분이 좋은 것 같아 운전을 해보니 안 어지럽대요. 그래서 새 차를 사려고 계약을 했습니다."

그 후로 매년 3~4차례씩 오셔서 약을 드신 지가 십 수 년이 넘었다. 차는 5년마다 바꾸어야 된다고 말씀한 것을 세 번 들었으니 말이다. 헌데 1년 정도 안 오시더니 하루는 부인이 혼자 오셨다. "아니, 어찌 사장님은 안 오셨어요?"

"(부인이 눈물을 흘리면서) 교통사고로 돌아가셨답니다. 저도 그 충격으로 가슴이 아프고 잠을 이루지 못하겠네요. 어지러워서 운전만 안 했어도 살아계셨을 텐데요..."

이 말을 듣는 순간 나는 왠지 모르게 죄책감이 느껴졌다. 남편 분의 어지러움 병을 고쳐주지 않았더라면 교통사고로 돌아가시지는 않았을 텐데 하는 생각에서였다. 부인에게는 심심한 위로의 말을 전하면서 약을 무료로 지어드렸다. 부인은 한사코 약값을 내려 했지만 받을 수가 없었다.

깨끗한 마음, 균형 있는 삶

노자의 말에 '화에는 복이 붙어 있고 복에는 화가 숨어 있다'고 한다. 그러므로 우환을 당했다 해서 세상이 끝난 것처럼 절망만 해서는 안 되며, 행복하다 해서 마냥 좋아하면서 방심해서는 안 될 것이다. 하지만 방심하지 않는데도 주어지는 재앙을 어떻게 받아들여야 할까? 정말 운명이 있는 걸까?

변통의 지혜

경기도 의왕에서 10여 년 넘게 매년 봄 가을로 오시는 분이 있다. 방문자 가족은 물론 아버지의 약을 꼭 지어드린다. 그리고는 감사의 말을 잊지 않는다.

"저의 아버님이 선생님의 약 덕분에 기력을 회복하셔서 식사도 꾸준히 잘 하시고 산책도 매일 하십니다. 고맙습니다."

그러던 어느 날 저녁 무렵, 상기된 얼굴로 들어오셨다.

"아버지가 병원에 입원하신 지 3일이 되었는데 차도가 없네요. 가족들의 말이, '선생님한테 가서 한약을 지어 오라' 해서 이렇게 급히 왔습니다.

"어찌해서 입원을 하셨는가요?"

"전날 음식을 드시고 체하셨는지 설사를 하고 대변에 출혈까지 해서 아무 것도 못 드십니다. 주사만 맞고 계십니다."

깨끗한 마음, 균형 있는 삶

"무슨 음식을 드셨던가요?"

"생선회를 드시고 싶어 하셔서 가족과 함께 맛있게 먹고 왔는데 아버지만 입원을 하셨으니 식중독은 아닌 것 같습니다. 병원 의사 선생님 말로는 급성 장염 같다고 하대요. '이대로 가면 연세도 많으셔서 돌아가실 수도 있다'고 겁까지 주었습니다. 그래서 선생님의 약 효험이 생각나서 부랴부랴 달려왔습니다. 아버지께서 진작 어머니 돌아가시고 저희 형제 남매들 고등학교, 대학교까지 보내느라 많은 고생을 하셨습니다. 어떻게든 편히 모시고 싶은데 뜻대로 안 되네요. 좋은 약 좀 지어주세요."

"84세의 노인이라 위장이 약한 상태에서 평소에 드시지 않던 음식을 드셨기에 배탈이 난 것 같네요. 혈변에 쓰는 약 세 첩을 지어드릴 테니, 1첩을 달여 1일 6~7회 조금씩 3일을 드시고 만약에 효험이 있으면 바로 오시지요. 그래도 여의치 않으면 병원 의사의 말씀을 따르십시오."

3일 후에 아드님이 다시 찾아오셨다.

"선생님! 고맙습니다. 아버지께서 선생님의 약을 드시고 출혈이 멈춰 3일 후 퇴원하셔서 지금은 미음을 드시고 계십니다. 다시 한 번 약을 지어주세요, 선생님!"

나는 다시 5첩을 지어드리면서 축하를 드렸다.

"아드님의 효심이 하늘을 감동시킨 것 같네요. 가서서 전과 같이 드시게 해 주세요."

아들 분께서 약값으로 많은 돈을 내놓으시길래 "차후에 아버지 모시고 오시면 받겠다."고 하니, 내 손을 잡고는 "다시 한 번 감사합니다."

하고 인사를 하신다. 그 분의 아버님은 그 후로도 가끔 약을 드시고 건강하게 지내시다 3년 후 급성 폐렴으로 돌아가셨다고 한다. 그는 자신이 잘못 모셔서 그런 것이라고 하면서 눈물을 흘렸다. 등을 들썩이면서 나가는 모습을 보니 효도의 전통이 사라진 이 시대라 쓸쓸하게 아름다워 보였다.

그 뒤로 그의 아버님 장염을 생각하면 떠오르는 말이 있었다. 변통의 지혜였다. 그 분도 젊어서부터 생선회를 좋아하셨을 텐데 왜 장염을 얻으셨을까? 물론 그 분이 드신 음식에만 세균이 많았을 수도 있다. 하지만 우리는 거기에서 하나의 지혜를 배울 수도 있다. 즉 사람은 누구나 나이가 들어가면 신체의 모든 기능이 쇠약해지는 법이다. 그런데도 젊은 시절의 생활습관을 변함없이 따르는 사람들이 많다. 젊은 시절 소주 두 병을 늙어서도 마시려 하고, 늙어서까지 변강쇠의 힘을 발휘하려 한다. 세월의 변화에 맞추어 생활방식도 바뀌어야 하는데 말이다. 나아가 상황의 변화를 면밀하게 살펴 알맞게 처사하려는 변통의 지혜를 배워야 한다. 유교에서 말하는 '시중時中'의 정신이 그것이다. 시절(시)에 알맞은(중) 삶을 살아야 한다는 것이다. 그렇지 않고 지난날의 습관대로 살려 하면 불행을 피하기 어렵다. 아닌 말로 늙은 나이에 젊은 시절의 소주 두 병을 고집하면 다음날 숙취로 고생할 수밖에 없다. 마음은 지금도 청춘이라 하면서 젊음을 흉내내서는 안 된다.

깨끗한 마음, 균형 있는 삶

몸
매
보
다
삶
의
정
성

아가씨 두 명이 들어왔다. 충주에서 왔다고 한다. 약간 마른 체형의 아가씨가 이곳에 오게 된 연유를 먼저 이야기 하였다.

"며칠 전 어머니가 여기에 다녀오셔서 하시는 말씀이 '너도 올 가을이면 시집을 가는데 선생님한테 가서 약을 먹고 가는 게 날 것 같다'고 하시대요. 그래서 오게 되었습니다."

약간 마른 체형인 이 분은 적황색의 눈을 갖고 있고, 얼굴색은 황백색이다. 위장이 약하고 간신에 피로가 쌓여 있다는 증좌다.

"잠을 늦게 자고 설사를 자주 하시죠?"

고개를 끄덕이며 그렇다고 한다.

"음식을 잘못 먹으면 배에서 꾸르룩 소리가 나면서 급히 화장실로 가시겠네요. 그래서 어머니께서 몸을 튼튼히 먼저 만들고 결혼하라고 보내신 거죠?"

"네 맞아요. 선생님! 그러니 약 좀 잘 지어주세요."

그래서 이 분에게는 위장을 보하는 약을 지어드렸다. 그러자 옆에서 듣고 있던 친구도 봐달라고 한다. 언뜻 보아도 작은 키에 유방이 상당히 커 보인다. 나한테 바짝 다가와 말을 건넸다.

"저는 보시다시피 작은 키에 유방이 너무 커서 절제 수술을 받으려고 하는데 괜찮겠어요? 이것 때문에 어깨가 무겁고 겨드랑이부터 허리까지 통증이 온답니다. 특히 여름이면 땀이 많이 나서 남 보기가 창피할 정도이고요."

나는 깜짝 놀라 "아니! 아직 결혼도 안 한 것 같은데 어찌 그런 생각을 하시나요? 관상학적으로 볼 때 아가씨는 그것 때문에 많은 돈을 벌 것 같네요."

아가씨가 눈물이 그렁그렁한 눈으로 고개를 들어 나를 쳐다본다.

"저한테는 꿈같은 이야기로 들리네요. 이런 몸을 가지고 무얼 해서 돈을 벌겠어요."

"결혼하고 오세요. 그러면 그때 돈 버는 방법을 가르쳐 드리도록 하겠습니다."

"꼭이에요, 선생님! 친구도 약을 먹으니 저도 약을 지어주세요. 어깨가 아프고 입과 눈이 건조하며 감기가 떠나지 않네요."

"그래요. 이 약을 드시면 살도 빠질 수 있습니다."

2년 쯤 지났을까. 어떤 사람이 "안녕하세요." 하면서 인사를 하고 들어오는데 큰 가슴으로 고민하던 그 아가씨였다. 과일 바구니를 건네면서 그간의 사연을 들려줬다.

"선생님께 돈을 벌 수 있다는 말을 듣고 몇 군데 선을 본 끝에 시골에서 농사짓는 사람과 결혼한지 3개월 정도 되었어요. 돈 버는 방법을 좀 가르쳐주시면 이 은혜는 평생 잊지 않겠습니다."

나는 가슴이 철렁하였다. 지난날 그렇게 말은 했지만 약 처방도 아니고 어떻게 조언을 해야 하나? 2년 전의 기억을 더듬어가면서 생각을 잠시 가다듬었다. 그리고 관상학의 지식을 총동원하였다.

"일단 사모님이 도시로 나와 상가를 얻어 장사를 해야 되는데 나올 수 있으신지요?"

"그것은 집에 가서 남편과 의논을 해봐야겠지만 설득하면 될 수 있을 것 같네요."

"그러면 예를 들어 아파트 단지 입구의 오른쪽에 상가를 얻으세요. 거기에 치킨 집을 차리는데 맥주와 함께 파십시오. 자신의 몸매를 억지로 숨기려 하지 마세요. 다만 단정하고 정갈하게 차려 입고, 정성들여 음식을 장만하고, 손님들에게 친절하게 대하십시오."

그 후 1년쯤 되었을까. 그 분이 웃는 얼굴로 인사를 하며 양손에 통닭과 맥주를 들고 들어왔다.

"선생님 말씀대로 치킨 맥주 집을 차렸는데 어찌나 바쁜지 정신이 없어요. 남편도 낮에 농사일을 하고 바쁜 저녁때는 나와서 거들어 줄 정도고요. 몸은 힘들지만 돈 버는 재미에 쉬지도 못하니 몸이 많이 피곤합니다. 약을 좀 지어주시면 좋겠어요."

"그래요. 하지만 사업을 하는데 정성과 친절의 마음을 잃어서는 안 됩니다."

그 뒤로도 가끔씩 와서 약을 지어 갔는데, 어느 날 더욱 밝아진 얼굴로 들어왔다.

"이제 돈을 많이 벌어 시내에 상가를 분양받아 레스토랑을 개업하였습니다. 손님이 많아 성업중입니다. 선생님 은혜에 보답하고 싶으니 언제 한번 들러주세요. 제가 선생님을 안 만났으면 지금도 어렵게 살았을 것인데 너무너무 감사드려요."

참으로 기쁜 일이었다. 이 또한 교훈이었다. 사람들은 자신의 몸매에 열등감을 갖고 있는 경우가 있는데 그러면 역시 열등한 삶을 살 수밖에 없다. 자기가 못났다고 여기는 사람이 어떻게 잘난 행동거지를 할 수 있겠는가. 산과 들, 정원에 핀 꽃들을 보자. 작고 못 생긴(?) 것들이 주눅 들어 있는 것을 본 일이 있는가? 모두 저마다 본연의 아름다운 자태를 뽐내며 벌과 나비를 부른다. 사람도 마찬가지다. 각자의 개성을 최고도로 발휘할 필요가 있다. 자신의 못난 삶을 몸매나 또는 생활환경 탓으로 돌릴 일이 아니다. 크고 작은 꽃들처럼 최선을 다해 자신의 삶을 꽃피우는 것만큼 아름다운 모습은 없다.

실연의 후유증

대전에서 아침 일찍 오셨다며 급히 앉으신다. 언뜻 보아도 얼굴이 크고 손도 큼지막한 60대 초반 어머니와 아드님이다. 내가 잘 본다는 소문을 듣고 왔다며 아들을 봐달라고 하신다. 아드님을 보니 키는 약 1m 80cm 정도에 마른 체격이다. 밥을 제대로 못 먹었는지 얼굴이 핼쑥하고 잠을 잘 못 자는지 눈이 상당히 충혈되어 있다. 나이를 물어보니 33세라 한다.

"요즈음 신경을 많이 쓰셨나요? 잠을 제대로 못 자는지 열이 눈으로 올라가 눈이 피로하고 식사를 못해 얼굴이 마르고 희니 위가 약해진 것 같네요."

이 말을 듣자마자 아드님이 한숨을 푹 내쉬며 한마디 내뱉는다.

"저~ 화병 같아요!"

"아니! 젊은 분이 웬 화병이요? 약을 지으려면 저간의 사정을 좀 알아야겠네요. 자초지종을 이야기해 보시지요."

"2년 간 사귀던 여자 친구와 헤어지게 되었습니다. 그동안 제가 성의 껏 잘해주면서 결혼하기로 약속까지 했었는데… 그런데 부모님께 인사를 하고 막상 혼인 말이 오고가니 느닷없이 집 없이는 결혼을 안 한다고 마음이 돌변해 버리네요. 배신감에 가슴이 답답하고 열이 올라와 잠을 잘 못자고 밥맛이 없답니다."

옆에 계시던 어머니가 눈물을 닦으시면서 말씀하신다.

"없는 것이 죄지요. 여자 측에서 원하는 아파트를 해주면 되는데 못해주는 제 마음은 더욱 가슴이 아프답니다. 남편은 제가 싫은지 일찍 가시고 남매를 키우느라 안 해 본 것이 없었어요. 그래도 아들 딸이 아무 탈 없이 공부 열심히 해서 딸은 공무원이 되고, 아들은 컴퓨터를 전공하여 걱정할 것이 없었는데 이번에 이렇게 혼사 문제에 걸려버렸네요."

"정말 여자 분을 많이 사랑했나보네요?"

"마음이 참으로 곱고 착했는데 전화번호까지 바꾸면서 독하게 절교해버리네요. 자꾸만 생각이 나서 일이 손에 안 잡히고 잊으려 하면 할수록 더욱 그리워진답니다."

말을 듣고 보니 그의 증상은 상사병의 일종이다. 이러한 상사병은 우울증으로 진전되기도 한다. 먼저 관상학적으로 접근해야겠다는 생각이 들었다.

"아드님! 주목해서 들으시고 냉정하게 생각해보세요. 여자 친구 분이 참으로 복이 없나 봅니다. 앞으로 아드님은 관상학적으로 크게 성공하여 돈도 많이 벌고 이름이 나게 될 상입니다. 한번 마음먹으면 꼭 이루

어내는 강한 의지가 있고요. 이마가 넓으니 머리가 영리하고 코가 반듯하게 내려오니 40세 이후에 사장님이 될 것입니다. 지금 사귀던 아가씨가 떠나간 것은 더 큰 인물이 되라는 뜻인 것 같네요. 곡절 없는 인생이 어디 있나요? 나도 살아오면서 좌절감을 일으키는 험한 일들을 여러 차례 겪었습니다. 옛날에 자식 잃은 여인이 부처님을 찾아가 구원해달라고 하소연했답니다. 그랬더니 부처님이 그 여인에게 '가족을 잃지 않은 집에서 겨자씨를 하나 얻어오면 구원해주겠다'고 약속했다고 하네요. 그러나 그 여인은 수많은 집들을 돌아다녔지만 겨자씨를 하나도 얻지 못했답니다. 사람들이 모두 부모와 남편, 처자를 잃는 아픔을 겪었기 때문이지요. 드디어 그 여인은 부처님을 찾을 것도 없이 스스로 깨달음을 얻었다하더군요. 어떠세요? 그에 비하면 아드님의 아픔은 하룻밤의 열병에 지나지 않습니다. 그걸 가지고 인생을 잃은 듯 그렇게 절망만 하실 건가요?

실연을 자기 발전의 자극제로 삼으십시오. 인생은 곤경에 처해서 어떻게 대처하느냐에 따라 달라집니다. 만약 실연에 좌절하면 그 뼈아픈 추억이 트라우마로 작용하여 삶에 부정적인 영향을 미칠 것입니다. 비유하자면 감기를 이겨내지 못하고 평생 기침과 콧물을 흘리는 격입니다. 그러므로 실연의 아픔 속에서도 어떻게 하면 자신의 삶을 건강하게 유지할 것인지 깊이 생각하시길 바랍니다. 컴퓨터를 전공하셨다니 그 일에 더욱 매진하는 것도 한 방법입니다. 그것이 바로 정신적 치료제요 보약입니다. 이러한 자가 처방의 노력 없이는 제가 지어드리려는 약도 별 효과가 없을 것입니다."

이 말을 들으면서 아드님의 눈빛이 달라졌다.

"선생님의 말씀을 듣고 나니 제 생각이 너무 소심하고 짧았던 것 같네요. 해 주신 말씀 가슴 속 깊이 간직하고 성공하면 꼭 찾아오겠습니다."

이어 어머님이 두 손 모아 부탁하신다.

"우리 아들 약 좀 잘 지어주세요."

이에 상기되어 있는 열을 내려주고 마음을 편하게 할 수 있는 약을 짓고는, 효험이 있으면 다시 한 번 드시라고 말을 덧붙였다. 어머님이 아드님의 손을 잡고 방을 나가시면서 하시는 말씀이 귓가에 들려온다.

"참 잘 왔네."

깨끗한 마음, 균형 있는 삶

딸부자의 사연

오래 전의 일이다. 청주에서 왔다며 30대 중반의 여성이 들어와 말을 꺼냈다.

"우리 남편이 기가 약해 딸을 두 명이나 낳은 것 같아요. 보약 좀 지어주세요."

"약 먹는다고 아들을 낳아요? 팔자에 있어야죠."

"그러긴 해도 노력은 해야 되지 않겠어요? 안 먹는 것보다 먹으면 더 좋을 듯해서 왔으니 잘 부탁드려요."

남편 보약을 지어달라고 요구하기에 중년인이 상복하는 약을 지어드렸다. 약 두 달 정도 지났을까. 괴산 가는 길에 잠깐 들렀다며 어째 느낌이 딸을 임신한 것 같다며 웃으며 말을 하고 가신다. 그 후 역시 딸을 출산하고 1년이 지나 이번에는 부부가 찾아와 부탁을 하신다.

"딸이 세 명이니 다음에는 꼭 아들을 낳아야 해요. 남편까지 왔으니 잘 지어주세요."

남편의 체질을 보니 왜소한 체격에 위, 기관지, 허리가 약하고 내성적인데, 부인은 매우 활동적이고 적극적이다. 이번에는 신장을 튼튼하게 할 목적으로 약을 지어드리면서 아들을 낳으시라고 당부하였다.

그 후 다시 들러서 이번에도 또 딸인 것 같다는 말만 하고 가신다. 어찌 검사도 안 해보고 남녀를 구별할 수 있는지 궁금할 뿐이었다. 몇 달 뒤 다시 찾아와서는 "딸을 출산한지 두 달이 넘었다"며 아이가 네 명이나 되니 손목 관절이 아파 약이라도 먹어야겠다고 약을 부탁하셨다. 나는 약을 지어드리면서 민망한 마음에 말을 건넸다.

"아들은 마음대로 안 되나 봅니다. 딸 아들 구별 말고 잘 키우면 되지 않겠어요?"

"그래도 아들 하나는 있어야 해요. 다음번에는 더 강한 약을 좀 지어주세요."

또 다시 1년 정도 지났을까? 부부가 함께 오셔서 "이제는 아이를 더 낳아 키울 수도 없고 마지막이에요. 정말 좋은 약을 좀 지어주세요."

하도 간절히 당부하는 말투라서 부담스런 마음으로 한방에서 최고로 여기는 약을 지어 드리면서 아들 낳는 태몽 꿈을 꾸시라고 진심으로 말을 건넸다. 그랬더니 부인이 또 알쏭달쏭한 말을 독백처럼 내뱉는다.

"반가운 말씀이지만 아들을 가질 수 있을지 의문이네요. 이 양반이 잘해야 되는데 말이에요."

벌써 몇 번째 오셨는데 이번에는 적중하겠지 하는 마음이 들었다. 그 뒤 약을 가져가신지 3개월 쯤 되었을까. 부인이 오셔서는 이번에도 느

깨끗한 마음, 균형 있는 삶

낌이 아닌 것 같다며 울먹이는 말투를 보이고는 나가시는걸, 잠시 앉으시라하고는 그동안 궁금했던 점을 물어보았다.

"아니! 지난 번 두 명도 미리부터 딸이라 해서 의문이 많았는데 어찌 합방하고 나서 바로 아들 딸을 예견하시는가요?"

한숨을 내쉬던 부인이 나를 쳐다보며 다음과 같이 희한한 대답을 하였다.

"선생님, 진짜 모르세요? 저도 어른들한테 들은 이야기인데요. 다 그런 것은 아니겠지만 합방할 때 여자의 기가 강하면 딸이고 남자의 기가 강하면 아들이라고 하던데요. 남아를 원하면 시간을 오래 끌어 여자가 오르가즘에 올라 기가 꺾인 후에 사정을 해야 아들 확률이 높다는 것이지요. 딸 다섯 모두 제가 절정에 오르기 전에 끝내버리니 어쩔 수 없었는데, 이번 마지막 뱃속에 있는 아이도 남편에게 몇 초만 참으라 했는데 그걸 못 참고 말았으니 성질이 나서 발길로 차버리니 뒤로 벌렁 나자빠지더라고요. 어찌 해야 좋을지요?"

하도 진지하게 이야기를 해서 어떻게 대답해야 할지 난감하였다. 다만 아기를 낳으면 약 한 제를 선물하겠다고만 말을 건넸다. 출산한 지 50일이 넘어 찾아오셨는데 얼굴이 부석부석하니 부어 있었다. 전에 약속한 것도 있고 해서 잘 오셨다고 하고 약을 지어드리며 새로 태어난 예쁜 공주 잘 키우라고 당부드렸다. 부인이 "고맙다"고 대답하면서 눈물을 글썽거렸다.

그후로 지금까지 가끔씩 오서서는 딸들의 소식을 전하고는 한다.

"모두가 건강히 공부도 잘 하고 위로 세 명은 일찍이 시집가서 잘 살고 있습니다."

　반가운 마음을 금할 수가 없었다. 과거에는 가문의 대를 이어야 한다는 생각에 아들을 선호했는데 요즘에는 딸을 낳아야 한다는 세상으로 바뀌어 가는 듯하다. 그렇지만 아들이든 딸이든 어떻게 마음대로 선택할 수 있으랴. 요즘에도 손님들이 오셔서 아들 딸 낳는 법을 가끔 물어보곤 한다. 나는 부인이 했던 이야기를 여담으로 이야기 해주면서 웃음을 나눈다.

　　　　　　　　　　　　　　　　　　　깨끗한 마음, 균형 있는 삶

구
내
염
의

치
료

50대 초반의 부부가 들어오시면서 다짜고짜 감사의 인사를 먼저 하신다.

"선생님, 감사합니다. 이 은혜 무엇으로 보답해야할지 모르겠습니다."

나는 무슨 영문인지 몰라 얼떨떨하게 인사를 받았다. 무슨 말씀인지, 언제쯤 오셨었는지 여쭈어보니, 8~9개월 전쯤 되었다며 이제는 그 지긋지긋했던 불면증과 구내염이 씻은 듯이 나아 잠도 잘 자고 살 것 같다고 하신다. 나는 기억이 잘 나지 않아 좀 더 구체적으로 물어보았다.

"약 5년 전이에요. 일이 밀려서 잠도 제대로 못 자고 일하다 보니 어느 날 입 주위에 물집이 생기고 입안에 염증이 생기기 시작했지요. 몸이 편하면 낫겠지 하고 한두 달 지냈는데도 점점 심해져 입안이 화끈거리고 아파 밥맛도 모르고 잠도 제대로 못 잤습니다. 병원에 가니 구내염이 심하다며, 세균이나 바이러스가 침투되어 면역력이 약해져서 생기는 것이니 2주 정도 먹으면 나을 거라며 약을 지어주더군요. 그런데 그 약을 복용 중에는 조금 완화되는 듯하다가도 안 먹으면 또 염증이 반복해서 나타나대요. 뿌리를 뽑아야겠다는 생각에 몇 군데서 한약을 복용했는데 효험이 없었습니다.

마침 주위 분들이 이곳 한약방을 추천하기에 오게 되었답니다. 지금 처럼 앞에 앉으라고 하시곤 관상을 보시는 것인지 제 얼굴을 자세히 관찰하시더니 '태음 체질이라 음식은 무엇이든 가리지 않고 잘 먹겠고 할 일이 있으면 내일 할 일도 오늘 다 해치우는 성격'이라고 하셨어요. '이 러면 간과 심장에 열이 많아져 입이 마르고 써서 입안에서 역겨운 냄새 까지 올라 올 텐데' 하고 덧붙이시대요. 사실 그 때 저는 구내염이 심해서 그런지 집사람이 '가까이서 말하면 냄새 난다'고 하길래 대인관계에 있어서도 혹시나 냄새 나지 않을까 하여 물을 마시거나 껌을 씹기도 하였답니다. 다른 곳에서 약을 먹을 때는 병의 증상만 물어보고 약을 지었는데 선생님께서는 체질과 저의 생활을 이야기하며 심장, 간장의 열을 내려주고 신장을 튼튼하게 해야 된다고 말씀하셨지요. 체질에 맞았는지 이렇게 효과가 클 줄은 미처 몰랐답니다. 다시 한 번 약을 먹으러 이렇게 오게 되었으니 잘 지어주세요, 선생님."

사실 염증이면 소염제 위주로 쓰나 때로 신장을 강하게 해주는 처방도 필요하다. 구내염의 경우 오늘날 많은 사람들이 겪는 증상이 되어가고 있다. 사회에 적응하기 위해 과중한 업무에 심한 스트레스를 받고, 오랫동안 컴퓨터 앞에 앉아 있으며, 또 식사를 불규칙하게 하고 잠도 늦게 자는 등의 잘못된 생활태도가 각종의 질병을 야기한다. 특히 구내

깨끗한 마음, 균형 있는 삶

염의 경우는 입안이 마르고 면역력이 약해져서 생기는 현상이다. 그러므로 스트레스를 최소화할 수 있는 방안을 강구해야 한다. 회사와 사회를 탓해 봐야 소용없다. 건강은 나의 책임이기 때문이다. 아무리 열악한 조건에서라도 건강을 최우선의 일로 여겨 관리해야 한다. 예를 들면 규칙적인 운동과 균형 잡힌 식습관으로 질병을 미연에 방지하는 것이다.

약식동원 藥食同源

늦은 가을, 부부로 보이는 두 분이 손을 잡고 들어오는데 여자의 키가 많이 작다. 여자 분이 한 손에 든 바구니를 나에게 건네면서 반갑게 인사를 하신다.

"선생님 맛있게 드세요."

"(바구니를 엉겁결에 받아들고는) 아니 웬 과일이에요?"

"(앞에 앉아 웃으면서) 저 결혼하게 되었어요. 중학교 2학년 때부터 가끔 약을 먹었는데 자주 오지는 않았어요. 처음 여기 엄마하고 왔을 땐 작은 키에 여드름까지 덕지덕지해서 다른 학생들과 어울리지 못하고 우울하여 학교까지 안 가려고 했답니다. 저의 이런 모습을 엄마가 감지 하셨는지 저에게 '얼굴 예뻐지는 한약이 있다는데 가자'고 하시대요. 엉겁결에 따라왔더니, 선생님이 저보고 '앞에 앉으라.'고 하시면서 나이를 묻고 가만히 저의 얼굴을 살펴보시고는 말씀하셨습니다. '보통

깨끗한 마음, 균형 있는 삶

여자들은 생리를 시작하고 나서 2년 정도 더 성장을 하는데 키가 작은 편이네. 3~4학년 때부터 약을 먹었으면 조금 더 컸을 텐데... 앞머리를 한 번 올려봐. 몸도 약해서 추위도 타고 여드름도 많이 났지만 학생은 관상학적으로 볼 때 식품공학이나 약학을 공부하면 잘 되겠네. 약식동원藥食同源이라, 약과 음식의 근원은 한가지라는 이야기지. 음식만 잘 먹어도 얼굴 여드름이 없어지고 피부도 깨끗해질 거야. 그리고 패스트푸드는 피하고 한식 위주로 먹어야 돼. 반찬은 표고버섯, 된장국, 북어국, 감자 등이 좋아. 아침에 일어나서 따뜻한 물을 공복에 큰 컵으로 한 잔씩 꼭 먹고. 알았지?'

말씀하신대로 6개월 이상 꾸준히 먹으니 몸에 조금씩 변화가 생기면서 여드름과 생리통이 없어지는 것을 느끼게 되었답니다. 친구들도 저의 피부가 예뻐진 것을 부러워하고 시샘까지 했습니다. 또 여드름이 없어진 것을 보고는 '어떻게 치료했기에 피부과 깨끗해졌는지' 묻기도 했고요. 제가 하던 방법을 가르쳐주자 대부분 학생들도 여드름이 없어지는 것을 체험하게 되었답니다. 그 후로 저는 '약식동원'이란 말을 실감하고는 식품공학에 목표를 두고 열심히 공부하여 원하는 학과에 입학했습니다. 졸업 후에는 연구소에 들어가 우리가 매일 먹는 음식물의 성분을 분석해서 인체에 미치는 영향을 연구하고 있답니다. 아마도 선생님을 뵙지 않았으면 우울증으로 학업을 포기하지 않았을까 하는 생각이 듭니다. 그때 공부를 열심히 하라고 써주신 자강불식自强不息의 뜻을 가슴깊이 새기고 간직하며 살아가고 있답니다.

오늘 여기 찾아온 목적은요, 이 사람은 앞으로 평생 동반자로 살아갈 예비 남편이랍니다. 내년 봄에 결혼하기로 약속했습니다. 앞으로 가질 2세를 위해 저의 체질을 강화시켜야 할 것 같아서요. 약 좀 잘 지어주세요.“

“아니, 어찌 미리 약 먹을 생각을 하셨나?”

“전에 엄마랑 왔을 때 엄마가 ‘몸이 허약한 상태에서 애를 가진 것 같다.’고 말씀하신 기억이 나서요. 미리 약을 먹고 몸을 튼튼하게 한 다음 임신을 하면 아이도 크고 튼튼할 것 같아서 오게 되었지요.”

참으로 옳은 말이다. 예를 들자면 농부가 농사를 지을 때 먼저 밭에다 거름을 하고 좋은 씨앗을 파종하는 것과 같은 이치다. 요즈음 결혼해서 초기유산으로 충격을 받아 오는 분들이 가끔 있다. 그것은 부인의 자궁이 약한 상태에서 무리하게 임신한 원인도 있지만, 보다 큰 원인은 불규칙한 식사와 늦은 잠자리, 패스트푸드를 자주 이용하는 데에 원인이 있지 않나 싶다. 신혼부부들이 각별히 조심해야 할 일이다.

삶
이
란

       70대 부부가 들어오시는데 언뜻 보니 피부가 검
고 손이 거칠다. 어렸을 때부터 농촌에서 일을 많이 하신 분 같다. 또한
머뭇거리며 어려워하는 것이 한약방에 처음 온 듯하다. 먼저 인사를 건
넸다.

"안녕하세요? 아침 일찍 어디서 오셨나요?"

"괴산 시골에서 왔답니다."

"어느 분이 보시려고요?"

"(남편이 잡았던 손을 놓고는) 제 안사람입니다. 여태까지 함께 살면
서 약 한 제 못해줬는데 자식들이 이곳에 가서 약을 지어 먹으라 해서
오게 되었답니다."

"자식들이 돈을 주던가요?"

"그렇지요. 사실 저희는 자식 위해서는 돈을 써도 내 몸 위해서는 못

313

쓴답니다. 그런데 며칠 전 아내의 칠순이라 자손들이 모여 식사를 하는데 큰 딸이 아빠한테 하고 싶은 말이 있다 하대요. 무슨 이야기를 하려나 했더니, '오늘 엄마가 일찍 일어나 구부정한 허리로 음식 하는 모습을 보니 측은하고 불쌍한 생각이 들데요. (눈물을 글썽거리면서) 아빠는 누구보다도 부지런하고 건강하셔서 쉬는 날 없이 일밖에 모르시는데, 몸이 약한 엄마도 좀 생각해주세요. 엄마는 벌써 허리수술을 한데다가 손가락은 관절이 안 좋아 펴지질 않잖아요. 착한 엄마 성품에 내몸 건강하자고 약 한 제 못 드시니, 이제는 저희들이 보살펴드릴 게요. 오늘 이렇게 돈을 모아 드리니 아까워하지 마시고 내일 약방에 가서 약을 지어 드세요.' 하대요.

어머니가 불쌍하다는 딸의 말을 듣고는, 밤에 잠자리에 누워 집사람 거친 손을 잡고는 못내 미안한 마음을 금치 못했습니다. 어렵게 사는 나한테 시집와서 편하게 못해주고 일만 시킨 것이 가슴 아파 잠을 이루지 못하고 눈물까지 나더군요. 사실은 저도 젊었을 때와 달리 일을 좀 무리하면 온몸이 아픈데도 안 아픈 척 하는 것인데, 자식들이 엄마만 생각하는 것 같아 한편으로 서운한 생각이 들더군요. 집사람이 옆에서 '전에는 베개에 머리만 대면 곯아떨어지더니 오늘은 왜 잠을 안 자느냐.'며 '아침에 큰 딸이 한 말은 마음에 담아두지 말라.'고 위로하대요. 가난하게 자란 저한테는 돈이 무엇인지, 사는 게 무엇인지 참으로 쓸쓸한 생각이 들었습니다. 부모님은 몇 해 전 돌아가셨는데 그때 갈퀴손 같던 어머니 손을 잡고 이 세상 태어나 제일 많이 눈물을 흘렸답니다. 아마도 제 자식들도 늙어가는 어머니 모습을 보고는 안타까운 마음에

깨끗한 마음, 균형 있는 삶

그런 말을 한 것 같습니다. 돈 걱정 말고 좋은 약으로 지어주세요."

부인이 위로의 말을 건넨다.

"저보다도 당신이 걱정이에요. 가장으로 가정의 큰일은 도맡아 해왔고 나는 그냥 당신을 따라만 다닌 것이랍니다. 그러니 함께 약을 먹고 건강해야지요."

자식을 낳고 기르면서 늙어 병들면 모두 이렇게 되는 건가? 나의 아버지 어머니도 그렇게 사셨고, 나도 그렇게 살아왔으며, 저분들처럼 병들어 늙어가고 있지 않은가. 마음이 처연해지면서 착잡함을 금할 수 없다. 저 어르신 말씀처럼 정말 사는 게 무엇인가? 그동안 이 자리에서 수많은 사람들의 인생 이야기를 들으면서 때로 조언을 하기도 했지만, 정작 나 자신의 인생 의문은 누구에게 물어야 하는가? 사람들의 고충을 들으면서, 끝없이 방황하다가 서당을 찾았던 내 젊은 시절을 문득문득 떠올리기도 했었다. 어떤 시인은 '왜 사냐건 / 웃지요.'라고 노래했는데 부싯돌처럼 반짝 하는 순간을 살면서 어떻게 하면 웃으면서 떠날 수 있을까?

신축년 새해 아침 '德崇業廣' 덕숭업광을 휘호하는 도곡. 덕이 높고 학업이 넓다 또는 덕을 쌓으면 사업이 잘 된다는 뜻으로 두루 쓰인다

鑑空衡平 감공형평

거울처럼 비어 있고 저울대처럼 공평하다는 뜻으로 학식 높은 선비의 맑은 마음과 균형 있는 삶을 비유적으로 자주 쓰는 문구이다. 도곡 친필 휘호.

한송 성백효 선생과 함께 서재에서

한송 성백효 선생은 충남 예산에서 태어나 부친 월산공月山公으로부터 한문을 수학하고, 월곡月谷 황경연黃璟淵, 서암瑞巖 김희진金熙鎭 선생으로부터 사사했다. 민족문화추진회 부설 국역연수원 연수부와 고려대학교 교육대학원 한문교육과를 수료하였고, 현재 한국고전번역원 명예교수, 사단법인 해동경사연구소 소장이다. 성백효 선생과 도곡은 '60년대 부여 곡부서당에서 만나 지금까지 오랜 세월을 함께해 왔다. 도곡의 도반이자, 학문적 스승이기도 하다.

성백효 선생 친필 휘호 – 개제수록豈弟受祿

용모와 기상이 화락하고 단아한 군자가 하늘의 복을 받는다

서암선생 제자인 서예가 창봉 박동규 선생 서예전(제주도)에서 한송 성백효 선생과 함께.

어느 날 김건일 선생, 성백효 선생, 신범식 박사와 약방에서 자리를 함께 했다.

괴산 화양동에서

부여서당에서 동문수학한 김기현 교수(맨 왼쪽), 권오승 교수 (오른쪽 두 번째)
그리고 박원철 변호사와 함께 이곳에서 장학재단 설립을 논의 하였다.

회인서당 낙성식 기념사진

이상규 선생을 초청하여 정통 한학의 맥을 잇기 위해 회인서당을 개설하고 의미를 다졌다. 이날 성백효 선생을 비롯하여 많은 한학자 분들이 오셔서 개소식을 축하해 주었다.

1999년 정월, 송양정사에서 여러 동문들이 모여 서암 김희진 선생의 말씀을 들었다. 그때 선생께서는 제자들에게, '글 읽는 소리가 끊이지 않도록 하라'고 당부하셨다. 이에 뜻을 받들어 2003년도 충북 보은군 회인면 소재 회룡 폐교를 사들여 회인서당을 짓기 시작하여 2004년도부터 이상규 선생을 훈장으로 모시고 전문적인 한학자를 배출함과 동시 중국에 있는 학자 및 대학과 교류하며 오늘에 이르고 있다.

회인서당懷仁書堂 설립 기념 각석. 서당 입구에 세웠다.

2001년 2월 도곡장학회를 설립하고 증평 파크호텔에서 장학금을 수여했다. 사진 우측부터 김형수 코트라 관장, 김기현 전북대 교수, 권오승 서울법대 교수.

장학금 전달을 하며 학생 각자의 처지에 맞게 글을 써주었다. 앞 줄 왼쪽에서 네 번째가 1회 장학생인 윤법렬 변호사. 지금은 그도 장학회의 뜻을 살려 장학금을 지원하고 있다 (사진 동양일보)

서암 김희진 선생을 모시고 아들 규일, 상훈과 함께

방약합편方藥合編은 1885년(고종 21년) 황필수가 아버지인 황도연의 저서 의방활투醫方活套 의종손
익醫宗損益 등 의서를 재편집하여 간행한 책으로 전래되어 오던 비방들을 두루 수록하고 있다. 이
책을 세 권이나 닳아 없어질 정도로 의술 공부를 한 도곡은 1983년 한약업사 국가시험에 합격한다.

도곡이 처방전을 쓰며 닳아 버린 수많은 붓들 중의 일부.

복숭아나무와 오얏나무는
말하지 않는다

———

한약방 40년
인생 이야기 78첩

지은이 | 연만희
펴낸이 | 유재영 · 유정융
펴낸곳 | 주식회사 동학사

1판 1쇄 | 2021년 4월 5일
1판 4쇄 | 2024년 2월 29일

출판등록 | 1987년 11월 27일 제10-149

주소 | 04083 서울 마포구 토정로53 (합정동)
전화 | 324-6130, 324-6131 · 팩스 | 324-6135
E-메일 | dhsbook@hanmail.net
홈페이지 | www.donghaksa.co.kr
　　　　　 www.green-home.co.kr

ISBN 978-89-7190-778-8　03810